옛이야기
공부법

옛이야기
공부법

김환희 지음

창비

옛이야기를 공부하려는 독자들에게

이 책의 절반은 2013년부터 2015년까지 계간 『창비어린이』에 '김환희와 함께하는 옛이야기 공부'라는 제목으로 연재했던 글이다. 처음에는 연재 원고를 조금 손질해서 책으로 묶을 생각이었지만, 묶은 글을 다시 읽으면서 내가 연재를 시작할 때 가려고 한 목적지에 다다르지 못했다는 사실을 깨달았다. 처음 품었던 의도에 맞게 원고를 대폭 손질하다 보니 결국, 절반 이상의 원고를 새롭게 다시 쓰게 되었다.

옛이야기 공부는 단시일 내에 뚜렷한 성과를 올릴 수 있는 것이 아니다. 처음 옛이야기를 공부할 때는 새로운 것을 알게 되었다는 뿌듯함이 커서 공부하는 재미가 쏠쏠하다. 하지만 조금 더 진척이 되면 점점 더 모르는 것이 많아져서 늪에 빠진 기분이 든다. 나는 지난 10여 년간 여러 대학의 수많은 학생에게 옛이야기를 가르쳤다. 내 수업을 들은 학생들은 대부분 옛이야기에 큰 관심을 보였지만, 그 관심을 학위논문으로까지 발전해 나간 학생은 소수에 지나지 않았다. 한국의 대학원 규정상,

비전임 교수인 내가 논문을 책임지고 지도할 수 없다는 문제점도 있었지만 대학원생 대부분이 업무와 학업을 병행하는 초등학교 교사여서 옛이야기 공부를 버거워했던 것 같다. 옛이야기 공부는 수많은 각편을 붙잡고 씨름을 해야 되기 때문에 빠듯한 시간을 쪼개서 공부해서는 제대로 된 결과물을 내놓기가 쉽지 않다.

선생으로서 나 자신의 한계를 뼈저리게 깨달을 무렵, 내게 희망을 준 사람들은 상아탑 밖에서 만난 독자들이었다. 2016년에 경기도 고양시에 있는 어린이책 서점에서 옛이야기 관련 강의를 해 달라고 연락이 왔다. 대학원 수업처럼 12주 동안 강의를 하면서 수강자들에게 과제도 내주고 발표도 시켜 달라는 독특한 제안이었다. 옛이야기 공부를 대학원 학생들과 똑같이 하고 싶다는 서점 주인의 말이 솔깃하기는 했지만 과연 몇 명이나 수업을 신청할지, 12주의 끝에는 몇 사람이나 남을지 조금 걱정스러웠다. 그런데 서점 주인의 노력과 역량으로 다양한 연령대와 직업을 지닌 수강생이 스무 명 남짓 모였고, 그들은 모두 각자 나름의 개성을 살린 발제문으로 12주 과정을 무사히 끝냈다. 수료한다고 해서 학위나 자격증을 받는 것도 아니고, 돈이 되는 것도 아닌데, 대학원 학생들보다 더 열심히 공부하는 사람들과 함께 시간을 보내면서 가슴이 뭉클해질 때가 많았다. 상아탑 밖 사람들의 배우고자 하는 열망이 상아탑 안 사람들보다 더 치열할 수 있다는 사실을 새롭게 깨달았다. 시간에 쫓기지 않고 '도 닦는' 마음으로, 배움의 과정 자체를 소중하게 생각하면서 꾸준하게 공부를 해야 그 매력과 가치를 제대로 알 수 있는 것이 옛이야기라는 생각이 들었다.

나는 학부와 대학원에서 스승의 가르침을 받아 서양 문학과 현대 소설론을 공부했지만, 한국 문학과 옛이야기는 혼자서 공부했다. 문학의 보편적인 문법을 대학 안에서 배운 나 자신을 독학자의 범주에 넣기는 어려울 것이다. 하지만 옛이야기를 혼자 공부하면서 헤맬 때가 많았기 때문에 독학의 어려움을 느낄 때가 적지 않았다. 모든 공부는 운동과 비슷해서 옆에서 구경할 때는 재미있지만 직접 하려고 들면 힘이 들어 쉽사리 포기하게 된다. 이 책은 혼자 헤매면서, 내 나름대로 터득한 옛이야기 공부 요령을 적은 것이다. 독학으로 옛이야기를 공부하려는 사람들에게 조금이라도 도움이 될까 싶어서, 옛이야기 바다에서 잡은 물고기가 아니라 그 물고기를 낚는 법에 대해 말하고 싶어서 이 책을 쓰게 되었다.

이 책은 모두 두 개의 부와 열 개의 장으로 이루어졌다. 「구렁덩덩 신선비」를 일종의 예시로 삼아서 옛이야기를 공부하는 과정을 설명하는 방식으로 책 전체를 구성했다.

제1부 1장은 내가 옛이야기 공부를 왜 「아기장수」 설화에서 시작하게 되었는지에 대해서, 2장은 옛이야기를 공부하려는 사람들이 설화 자료와 참고 자료를 어디에서 찾을 수 있는지에 대해서 기술하였다. 3장에서는 각편 선정과 도표 작성하는 방법을, 4장에서는 국제 설화 유형집과 모티프 색인집에서 공부하려는 이야기의 유형과 모티프를 파악하는 방법을 정리하였다.

제2부 1장은 한국의 「구렁덩덩 신선비」와 서구의 뱀신랑 설화의 공통점과 차이점을, 2장과 3장은 「구렁덩덩 신선비」를 구성하는 주요 모티프와 그 상징적 의미를, 4장은 서구의 뱀신랑 설화와 「바리공주」에 공통으로 나타나는 무쇠 신 모티프를 공부 주제로 삼았다. 5장에는 「구렁덩덩 신선비」가 던지는 여러 수수께끼에 대해서 내 나름대로 생각하는 답을 정리했다. 마지막 6장에는 옛이야기 공부를 통해서 내 삶이 어

떻게 변화되었는지, 옛이야기가 가르쳐 준 삶의 지혜가 무엇인지에 대해서 간략하게 적어 보았다.

제1부 3장과 4장에는 전문 학술 용어들이 등장하는 탓에 모처럼 시작한 옛이야기 공부에 제동이 걸릴 수도 있다. 혹시 그 부분이 부담스러운 독자가 있다면, 억지로 읽으려고 애쓰지 말고 일단 건너뛰기를 바란다. 다른 장을 다 읽고 나중에 마음이 내킬 때 찬찬히 읽는 것이 좋을 듯싶다. 문학을 좋아하는 사람들 중에는 숫자와 기호를 싫어하는 성향을 지닌 사람이 많다. 나 역시 대학 시절, 스승들이 '문학의 과학화' '기호학' '서사학' 따위에 대해 말할 때 마음속에 적잖은 거부감을 느꼈다. 하지만 돌이켜 보니 스승들이 가르쳐 준 이론 덕분에 내가 문학 텍스트를 좀 더 꼼꼼하게 읽을 수 있었던 것 같다. 문학 또는 이야기의 체계화와 과학화를 위해 평생을 바쳐 온 학자들의 글은 얼핏 보기에는 읽기 어렵지만, 그 체계에 익숙해지면 그 어떤 학자의 글보다 읽기 쉽고 유익한 정보를 많이 제공한다. 특히 제1부 4장에는 숫자와 기호가 많이 등장하기 때문에 읽기에 쉽지 않을 듯싶다. 하지만 그 장은 비교문학자로서 내 나름대로 공들여 체득한 공부법을 정리한 글이다. 한국 설화의 세계적인 보편성과 한국적인 특수성에 관심을 지닌 독자라면 반드시 알아 두어야 할 정보를 담았다.

내 특강을 들은 청중들은 무수히 많은 외국 설화 가운데서 우리 것과 비슷한 이야기를 어떻게 찾을 수 있었는지 종종 묻곤 했다. 설화 유형의 분류 체계를 정립한 국내외 학자들이 없었다면, 그리고 19세기 말과 20세기 초에 많은 외국 학자들이 수집한 무수한 설화를 오늘날 해외의 각종 디지털 도서관이 무료 전자책으로 제공하지 않았다면, 우리 옛이야기와 내용이 유사한 외국 설화를 찾을 수 없었을 것이다. 외국의 유사 설화와 비교하지 않은 채, 우리 설화의 보편성과 특수성을 말하기는 어렵다. 지구촌 곳곳에는 우리 옛이야기와 놀라울 정도로 닮은 설화가 많이 존재한다. 유럽, 중국, 일본, 몽골의 「신데렐라」나 「백조처녀」 설화를 알지 못한다면, 한국의 「콩쥐 팥쥐」나 「선녀와 나무꾼」이 지닌 고유한 특성을 파악하기 어렵다. 한국적인 특성이라고 생각했던 속성이 다른 나라 설화에도 나타날 때가 많기 때문이다. 설화는 국제어에 비유할 정도로 국가 간의 경계를 초월한 보편성을 지니고 있어서 비교 연구가 필요하다. 하지만 아직까지 국내에서 설화의 비교 연구는 불모지에 가깝다. 옛이야기를 공부하다 보면 마음속에 '과연 이러한 이야기가 우리나라에만 있는 것일까?' '이 이야기는 이 땅에서 발생한 것일까? 아니면 외국에서 흘러 들어온 것일까?' 하는 의문이 싹튼다. 그런데 국내에서 설화 비교 연구가 제대로 이루어지지 않고 있기 때문에, 그에 대한 답을 독자 스스로 구할 수밖에 없는 것이 우리나라 설화 비교 연구의 현주소이다. 제1부 4장은 인터넷의 바다에서 그러한 답을 암중모색하는 사람들에게 일종의 항해 지도가 되어 줄 정보를 담고 있다.

옛이야기 세계에서 우리 것과 유사한 외국 설화를 발견하고 그것을 비교하는 작업은 옛이야기 세계에 흠뻑 빠져든 사람, 시쳇말로 '옛이야기 덕후'라야 할 수 있는 일이다. 학자라도 옛이야기에 대한 열정과 사랑이 없으면 할 수 없고, 학자가 아니더라도 옛이야기에 대한 열정과 사랑이 있으면 할 수 있는 것이 바로 옛이야기 공부이다.

옛이야기에 관한 정보는 국내외의 다양한 인터넷 사이트에서 놀라울 정도로 풍부하게 제공한다. 주인 없는 옛이야기 보물섬들을 인터넷의 바다에서 손쉽게 발견할 수 있다. 스마트폰에 '한국구비문학대계' 앱을 내려받으면 우리 구전설화를 지하철에서든 카페에서든 이야기꾼의 육성으로 직접 들을 수 있다. 그런데 그 사실을 알고 있는 사람은 많지 않다. 집단 지성의 결정판이라고 할 수 있는 영어판 위키백과에는 설화를 비교하는 학자들이 위기의식을 느낄 만큼 설화와 요정담에 관한 전문적인 지식이 쌓여 있다. 나는 학자들이 도외시한 설화의 비교 연구를 옛이야기에 남다른 관심을 지닌 '덕후'들이 충분히 해낼 수 있으리라 기대한다.

옛이야기 세계는 공부가 잘될 때는 향기로운 숲 같고, 그러지 못할 때는 빠져나오려고 애쓸수록 더욱 깊이 가라앉는 늪과 같다. 공부하노라고 하는데도 아무것도 알지 못한 채 옛이야기 숲 언저리를 헤매고 있다는 생각이 들 때가 많다. 공부하다가 옛이야기 늪에 빠졌다는 절망감이 들면 공부를 제대로 하고 있다는 증거라고 믿고, 심지를 곧게 세울 필요가 있다. 그러다 보면 옛이야기 속의 인물이 생명력을 지닌 존재로 느껴지고, 옛이야기 속의 사건이 오늘날에도 현재 진행형이라는 사실을 깨닫게 된다. 그러고 나면 옛이야기에서 우리의 삶에서 부딪히는 여러 복잡한 문제를 풀 실마리를 찾을 수 있고, '나'를 새롭게 발견하고 흐트러진 삶을 추스를 힘을 얻을 수도 있다. 이 책을 읽는 독자들이 소걸음으로 천 리를 간다는 마음으로 즐겁게 옛이야기를 공부하기를 기원한다.

2019년 2월
김환희

차례

제2부

옛이야기 공부 넓고 깊게 하기

일러두기

1. 설화, 전래동화, 창작옛이야기, 서구의 메르헨과 요정담 등 옛이야기 용어와 장르 체계에 대한 학자 간의 견해가 분분하다. 이 책에서는 문맥상 장르 구분이 필요한 때를 제외하고 모든 종류의 이야기를 '옛이야기'로 지칭한다.

2. 한국과 외국의 신화(myth), 전설(legend), 민담(folktale) 등을 아우르는 용어로 '설화'를 사용한다. 『한국민속문학사전』을 집필한 한국의 대표적인 구비문학자들은 설화를 전승 집단이 신성시하는 신에 관한 이야기(신화), 특정 시공간에서 실제로 있었던 일로 믿어지면서 증거물과 함께 널리 구전되어 온 이야기(전설), 인격을 지닌 주인공을 중심으로 특정한 시공에 얽매이지 않으며 민간에 전승된 비사실적인 이야기(민담)로 나눈다. 하지만 이 세 가지 체계로 명확하게 분류할 수 없는 이야기가 많아서 요즘 구비문학자들은 '설화'란 명칭으로 아우르는 경향을 보인다.

3. 설화를 글문학으로 재화하는 행위를 가리키는 말로 '다시쓰기'라는 용어를 사용한다. 특정한 각편이나 이본의 서사를 되도록 그대로 살려 작품화하는 것을 뜻한다.

4. 옛이야기의 각편이나 책에 담긴 단편의 글 또는 작품을 가리킬 때는 홀낫표(「 」)를, 책 제목을 가리킬 때는 겹낫표(『 』)를 쓴다.

제1부

옛이야기 공부 기초 다지기

1장. '자기 서사' 찾기

「아기장수」 설화를 중심으로

옛이야기 세계로 처음 이끈 이야기

옛이야기 공부를 처음 시작할 때는 이야기 하나를 붙잡고 공부하는 것이 좋다. 어린 시절에 듣거나 읽은 이야기 가운데서 오랫동안 마음속에 남아 있는 이야기도 좋고, 어른이 되어서 알게 된 이야기일지라도 이상하게 뇌리에 남는다든지 마음에 울림을 주는 것이 있다면 그 이야기를 공부의 화두로 삼아도 좋다. 그러한 이야기는 우리의 무의식에서 비롯된 '자기 서사'일 가능성이 크기 때문이다. 영화감독 팀 버턴(Tim Burton)은 어느 인터뷰에서 "모든 괴물 영화는 근본적으로 하나의 이야기, 즉 「미녀와 야수」 이야기입니다. 괴물 영화는 내 신화 형식, 내 옛이야기 형식입니다. 내 생각에 설화의 목적은 헤쳐 나가야 할 삶을 극단적이고 상징적으로 표현하는 데 있는 것 같아요."[1]라고 말한 적이 있다.

월터 크레인(Walter Crane)이 그린 『미녀와 야수』(1874) 표지와 삽화.

판타지 영화 「가위손」이나 「유령 신부」도 결국 팀 버턴의 자기 서사인 「미녀와 야수」의 변주라고 볼 수 있다. 팀 버턴이 「미녀와 야수」라는 자기 서사를 통해 옛이야기 세계로 들어갔듯이, 독자들도 자기 서사로 삼을 만한 옛이야기를 만나면 공부에 깊이 빠져들 수 있다.

나는 「아기장수」와 「바리공주」를 붙잡고 옛이야기 공부를 시작했다. 2001년에는 이 두 유형의 이야기에 대한 미완성의 공부를 정리해 두 편의 논문을 발표하기도 했다.[2] 그다음에 공부한 이야기가 「구렁덩덩 신선비」이다. 그 후로 지금까지 많은 설화 유형을 공부했지만, 내 삶에 가장 큰 영향을 미친 옛이야기는 처음 공부했던 이 세 유형이 아닐까 싶다. 「아기장수」는 나를 옛이야기 세계로 처음 이끈 이야기이다. 내가 암담한 현실의 미궁에서 허우적거릴 때 만난 「아기장수」는 나 자신의 삶과 한국의 교육 현실에 대해서 많은 것을 깨닫게 했다. 「바리공주」와 「구렁덩덩 신선비」는 오랫동안 화두로 삼아 지금까지도 공부하고 있는 이야기이다. 이 두 이야기는 내 묵은 상처를 보듬어 주고, 내 안에 존재하는 '또 다른 나'에 대해서 생각하게 해 주었다. 세 유형의 이야기에 깊이 빠져든 것은 아기장수의 비극, 바리공주의 시련, 신선비 색시의 통과의례가 나 자신의 것처럼 느껴질 뿐만 아니라 오늘날의 한국 현실에서 많은 사람이 현재 진행형의 이야기로 공감할 수 있겠다고 생각했기 때문이다. 몇몇 이론가들이 말하듯이 옛이야기 속의 인물들이 현실 속의 인물들과는 동떨어진 추상적이고 평면적인 존재로 느껴졌다면, 나는 옛이야기 공부를 지속할 수 없었을 것이다.

이번 장에서는 세 유형의 이야기 가운데서 나를 옛이야기의 세계로 맨 처음 이끈 「아기장수」에 대해서 이야기할 것이다.[3] 「아기장수」 설화를 내가 처음 접한 계기, 그 당시 내가 체험한 삶의 모습, 그 이야기에 내가 빠져든 과정을 말해 볼까 한다.

새의 비상을 꿈꾸다 미궁에 갇혀 버린 소

내가 「아기장수」를 만난 것은 이청준 선생이 쓴 「날개의 집」이라는 단편소설 덕분이다. 1998년 제1회 21세기 문학상 수상작품집에 수록된 이청준 선생의 「날개의 집」은 나로 하여금 문학 공부를 원점에서 다시 시작하게 해 준 작품이다. 동화 같은 그 단편소설을 읽고 전율에 가까운 감동을 받았던 것은 삶이 출구 없는 터널 같고, 문학 공부가 공소한 자

『날개의 집』표지.

족 놀음으로 여겨졌던 내 암담한 현실 때문일 것이다.

　남자와 여자의 삶과 위상을 뚜렷하게 구분 짓는 보수적인 가치관을 지닌 아버지 밑에서 자란 나는 어릴 때부터 여자의 삶이 싫었다. 어린 시절 내 눈에 비친 어머니는 가사 노동과 살림 걱정에 끝없이 시달리면서 가족의 대소사를 챙기느라고 소처럼 고달픈 삶을 사는 존재였다. 아버지는 전국을 누비면서 하늘을 나는 새처럼 고독하고 자유로운 삶을 살았다. 어머니는 책을 읽거나 낮잠 한숨 잘 틈이 없을 정도로 피곤하고 힘든 하루를 보냈고, 가끔 서울에 올라온 손님 같은 아버지는 밤늦게까지 불을 밝힌 채 비망록인지 일기인지를 끼적이면서 딱딱하고 재미없는 책을 홀로 읽었다. 나는 고등학교 시절 리처드 바크(Richard Bach)의

『갈매기의 꿈』을 반복해 읽으면서 갈매기 '조너선 리빙스턴'처럼 자유로운 삶을 살기를 꿈꾸었다. 먹이를 찾아 부둣가를 떠도는 대부분의 갈매기와는 달리, '추락'의 고통을 견디며 더 높이 날아 더 많은 세상을 보려 하는 조너선의 모습은 늘 감동을 주었다. 더 높이 날기 위해 자신의 한계에 끝없이 도전하며, 육신의 가족을 등지고 스승을 따라 떠나는 조너선의 모습은 고교 시절 내가 꿈꾸던 삶의 모습이었다. 아버지처럼 밤늦게까지 책을 읽고 공부를 하면서 비상(飛上)의 꿈을 키웠다. 언젠가는 공부가 새처럼 나를 자유롭게 해 줄 거라고 믿었다.

그 후 유학을 떠난 미국에서 우여곡절 끝에 비교문학 박사 학위를 받은 날, 지도 교수는 내게 "이제 네 인생의 고달픈 잿빛 장은 끝났다. 앞으로는 햇살이 가득한 분홍빛 장이 펼쳐질 거다."라고 말했다. 그의 말처럼 밝은 앞날이 펼쳐질 거라고 순진하게 믿었던 내게 한국의 대학 현실은 너무도 척박했고 세상은 그렇게 만만치 않았다. 여러 대학을 전전하면서 매 학기 주어지는 새로운 과목의 강의를 준비하고, 리포트 채점, 시험 문제 출제, 성적 산출 등에 치이다 보면, 학기 중에는 쓰고 싶은 글 한 편 제대로 쓸 수 없을 정도로 피곤한 삶이 시간 강사의 생활이다. 더군다나 문학을 전공한 내게 주어진 강의는 문학이 아니라 대부분 교양 영어 관련 과목이었다. 그러다 보니 내가 한 공부는 아이러니하게도 나를 새처럼 자유롭게 해 주기는커녕 소처럼 고달픈 삶으로 이끌었다. 주부로서 집안일과 자식 교육까지 책임져야 했기에, 내 삶은 내가 그토록 벗어나고자 노력했던 내 어머니의 삶보다도 고단한 모습이 되어 있었다.

그 시기 나는 공부하는 사람으로서 갈 길을 잃으면서, 선생으로서, 그리고 딸과 아내와 부모로서, 어느 것 하나 제 역할을 해내지 못하고 있다는 자괴감에 빠졌다.

「날개의 집」에서 만난 새와 소

그때 만난 '한줄기 빛'과 같은 소설이 이청준 선생의 「날개의 집」이다. 사실, 「날개의 집」뿐만 아니라 「비화밀교」「지관의 소」『춤추는 사제』 등 이청준 선생의 여러 소설에서 아기장수 설화가 예사롭지 않게 등장한다. 또한, 「잔인한 도시」「매잡이」「선학동 나그네」「새와 나무」「새가 운들」 등 새가 등장하는 작품도 많다. 그런데 「날개의 집」은 모순 어법(矛盾語法)으로 이루어진 제목부터가 심상치 않았다. 날개는 집을 떠나 비상할 수 있는 자유를 상징하는 것인데, 그 날개를 가두는 집이 있다니 참으로 독특한 발상이라는 생각이 들었다. 나는 어릴 적부터 소설, 영화, 옛이야기 따위에 나타나는 새에 남다른 애착을 지녔다. 앨프리드 히치콕(Alfred Hitchcock)의 영화 「새」를 보고 뜬눈으로 밤을 새울 정도로 공포를 느꼈지만, 새에 대한 막연한 동경을 버리지는 못했다. 사이먼과 가펑클(Simon And Garfunkel)이 부른 「철새는 날아가고」(El Condor Pasa)는 아무리 반복해서 들어도 늘 내 가슴을 뛰게 하고, 그리스 로마 신화에서 가장 인상적인 이야기는 인공 날개를 달고 미궁을 탈출한 명장(名匠) 다이달로스와 그 아들 이카로스에 관한 신화였다. 아무도 빠져나올 수 없는 크레타섬의 미궁을 밀랍과 깃털로 만든 날개를 달고 탈출한 다이달로스는 제임스 조이스(James Joyce)를 비롯해 많은 예술가가 꿈꾼 자유와 해방의 상징이다. 예술가는 현실이라는 미궁을 탈출하기 위해서 예술이라는 인공 날개에 의존하기 때문이다.

하지만 우리네 현실에서는 철새처럼 날아가는 일도, 미궁을 벗어나는 일도 그렇게 쉽지 않다. 고생 끝에 학위를 받고 '갈매기의 꿈'을 이루었다고 생각한 순간부터 내 앞에 펼쳐진 삶이 '높이 나는 새의 삶'이 아니라 '헤매는 소의 삶'이었던 것처럼 말이다. "새는 알에서 나오려고 몸부림친다. 알은 새의 세계이다. 태어나고자 하는 자는 하나의 세계를 파괴해야 한다. 새는 신에게로 날아간다. 그 신의 이름은 아브락사스이다." 고등학교 때 읊조리곤 했던 『데미안』의 멋진 구절이 공허하게 들렸고, 새삼 예전에는 알아차리지 못했던 헤세의 영웅주의가 역겹게 느껴졌다. 세상을 냉소적으로 바라보던 그 시기에 이청준 선생의 「날개의 집」과 만난 일은 문학 공부를 새롭게 시작하라는 일종의 계시와 같았다.

「날개의 집」의 줄거리는 다음과 같다.

주인공 세민의 초등학교 시절의 꿈은 다양했다. 갓 학교에 입학할 때는 엿장수가 되는 것이 꿈이었으나, 곧 그 꿈은 우체부로 바뀌었고, 또다시 형사로 바뀐다. 세민의 아버지는 소고삐와 지게에 예속된 농부의 삶을 아들에게 물려주고 싶지 않아 세민에게 농사일을 시키지 않는다. 하지만 무료한 시간을 달래기 위해 팽나무에서 놀던 세민이 아래로 떨어져 한쪽 다리를 쓸 수 없게 되었을 때, 아버지는 비로소 아들에게 농사일을 가르치기 시작한다. 성치 않은 몸으로 농사일하기 버거운 어린 세민은 틈이 날 때마다 하늘을 나는 종다리와 솔개를 그리기 시작한다. 결국 아버지는 그림에 대한 아들의 열정을 깨닫고 친척이자 산속에서 혼자 사는 괴팍한 화가인 유당에게 세민을 맡긴다.

열두 살의 나이에 산속에 들어간 후 세민은 유당 밑에서 호된 그림 수업을 받는다. 세민이 받은 그림 수업은 '큰 그림 공부'인 고된 흙 농사일에서부터 먹 갈기, 글씨 쓰기, 『천자문』과 『명심보감』 따위의 한문 책 배우기, 사군자와 산수풍경을 그리는 '작은 그림 공부'에 이르기까지 다양했다. 십수 년 동안 스승에 대한 불만과 갈등 속에서 힘겹게 공부를 한 세민은 아버지의 죽음으로 가족의 생계를 떠맡게 되면서 마침내 스승 곁을 떠난다. 고향에서 다시 흙 농사일을 시작하면서 굴레 쓴 소처럼 삶의 질곡에 매이게 된 세민은 하늘을 나는 새를 보면서 어릴 때처럼 다시금 신열에 시달린다.

세민은 신열 속에서 온종일 그림에 매달려 "빈 들녘을 그리고 새털구름 드높은 하늘을 그리고 하염없이 한가로운 새의 비행"을 그리고 또다시 고쳐 그린다. 나중에 그러한 그림의 아래쪽에 한 마리 소의 형상을, 즉 "몸속에 괴로운 신열기를 참으며, 그로 하여 그 드높이 한가로운 새의 비행을 더욱 아프게 꿈꾸고 누워 있는 소, 그 꿈마저 괴롭게 앓고 있는 소"의 모습을 그려 넣기 시작한다. 신열을 앓고 있는 소에게 새는 "눈부신 자유, 황홀한 꿈"을 상징한다. 서로 대립되는 삶을 사는 두 존재를 보여 주는 세민의 그림은 "그 소의 눈길로 하여 오히려 뼈가 시린 자유, 황홀한 절망"을 표현하게 된다.

대단원에 이르러 새와 소, 질곡과 해방의 대극(對極)은 극복된다. 이 극복은 화가 세민의 독자적인 깨달음을 통해서가 아니라 그의 그림을 읽어내는 타자의 시선을 통해서 이루어진다. 마을 초등학교 교감은 세민의 그림을 보고 "들판에 누운 소가 하늘을 나는 새와 더불어 하염없는 꿈에 젖으니 그 느긋한 천지간의 조화가 낙원인 듯 평화롭고……."라고 말하고, 어머니도 그림 속에서 평화를 본다. 세민은 "자신은 앓음 속에 그 아픔을 빌려 그렸고, 곁에서는 거기서 그 낙원 같은 평화를 보았다."는 아이러니 속에서, 그림을 창조한 자신의 내면과 이를 해독하는 관객의 감수성의 틈새 속에서, 절망보다는 오히려 '그림 일의 비의'를 발견한다. '중생이 앓으니 나도 앓는다. 마지막 중생의 아픔이 나으면 나도 나으리라.'라는 서원(誓願)이 적힌 유마경(維摩經)의 한 구절을 떠올리면서 세민은 흙 농사일과 그림 일, 즉 스승이 말한 '큰 그림 공부'와 '작은 그림 공부'가 서로 조화를 이룰 수 있는 삶을 새롭게 시작할 결심을 한다.[4]

「날개의 집」은 그 어떤 철학책보다도 많은 생각을 하게 했다. 참다운 문학이란 무엇인가? 내가 그토록 갈망하던 자유로운 삶이란 무엇인가? 나는 왜 비교문학을 공부하게 된 것일까? 한 존재의 상처와 고통으로 빚어진 예술이 다른 존재에게 평화와 치유를 가져다주는 것이 '예술의 비의'라면, 과연 그 비의를 가르치는 일이 가능한 것일까? 「날개의 집」은 나를 문학 공부의 출발점에 다시 세웠다. 내가 대학 시절부터 20년 넘게 해 온 문학 공부는 단지 '작은 문학 공부'에 지나지 않으며 나의 긴 강사 생활은 '큰 문학 공부'를 하기 위한 밑거름이라는 생각이 들었다. 새의 비상과 소의 예속은 동전의 양면과 같아서, 참다운 자유는 삶의 명에와 고삐를 져 본 자만이 얻을 수 있으며, 우리에게 주어진 삶의 조건이 어떠하든 그 삶 속에서 자유를 얻지 못한다면 그 자유는 '진짜'가 아니라는 사실을 깨달을 수 있었다. 약 18년 전, 불혹을 훌쩍 넘긴 나이에 '큰 문학 공부'와 '작은 문학 공부'가 조화를 이룰 수 있는 길을 찾고 싶어서, '문학 일의 비의'를 알고 싶다는 바람을 지니고 초심으로 돌아가서 새롭게 시작한 것이 바로 옛이야기 공부이다.

'못다 한 삶'의 한을 지닌 「아기장수의 꿈」

「아기장수」 설화의 기본형은 줄거리가 매우 간단하다. 국문학자 임철호가 정리한 「아기장수」 설화의 기본형은 이렇다. "어느 평민의 집안에 아기가 태어났다. 아기는 태어난 지 얼마 되지 않아 천장을 날아다니는 등 비범함을 보였다. 이 사실을 알게 된 부모가 놀라서 아기의 몸을 살펴보니 겨드랑이에 날개가 달려 있었다. 평민의 집안에 태어난 장수는 역적이 되어 가문을 망하게 할 것이라고 생각한 부모가 아기장수를 돌로 눌러 죽였다. 아기장수가 죽자 용마가 나서 울다가 용소에 빠져 죽었다. 그 흔적이 지금까지 남아 있다."[5] 이 기본형에서 아기장수는 부모에 의해 날개조차 펴 보지 못한 채 참혹하게 살해당하지만, 전국에서 전승되어 온 다양한 유형에서 아기장수는 부모뿐만 아니라 국가나 지배세력에 의해 살해당한다. 이청준 선생은 「아기장수」 설화에 유달리 애착을 지녀서, 여러 지역의 아기장수 설화에서 화소를 끌어와서 개연성과 짜임새를 갖춘 동화로 고쳐 썼다.[6] 그 줄거리는 이렇다.

늦도록 아기가 없는 미천한 신분의 내외가, 산신께 기도한 효험으로 아기를 갖게 된다. 부모는 기쁘면서도 아기가 산의 정기를 받고 태어난 전설 속의 장수가 아닐까 두려워한다. 아기의 범상치 않은 행동에 놀란 부모는 어느 날 밤, 아기의 겨드랑이 밑에서 날개를 발견하고 이를 가위로 자른다.

날개가 잘린 아이는 자신의 힘과 용기를 빼앗은 부모 곁을 떠나야겠다고 결심한다. 그는 부모에게 좁쌀 한 말과 붉은팥 한 말과 검은콩 한 말을 내어 달라고 하며 떠날 채비를 서두른다. 아이는 떠나기 전 바지게에서

『아기장수의 꿈』(이청준 글, 김세현 그림, 낮은산 2016)의 한 장면.

싸릿대 여섯 개를 뽑아 세 개를 부모에게 준다. 아이는 어머니에게 싸릿대를 잘 간직해 달라고 부탁하고, 아버지에게만 몰래 자신의 비밀을 말한다. 아이는 아버지에게 자기가 떠난 지 서른 날째 되는 날, 집 뒤 큰 산 골짜기로 들어가 커다란 바위 세 개를 보면 싸릿대 세 개를 묶어 내리치라고 이르며, 어머니에게 이 사실을 말하지 말라고 부탁한다. 하지만 근심에 가득 찬 어머니는 아이를 뒤쫓아 가다가 아이가 싸릿대로 세 개의 바위를 각각 세 번씩 쳐서 바위를 가른 뒤 두 개의 바위에 곡식을 넣고 자신은 세 번째 바위 속으로 사라지는 것을 본다.

한편, 조정에 반역을 꾀하고 민중을 구할 장수가 태어났다는 소문을 들은 관군들이 아기장수를 찾으러 마을에 온다. 관군의 군장(軍將)은 부모를 협박해도 효력이 없자 계책을 써서 어머니를 속여 아기장수의 비밀을 마침내 알아낸다. 서른 날째 되는 날에 아이가 다시 세상으로 나온다는 사실을 모르는 어머니는 군장의 속임수를 곧이듣고, 자신이 목격한 아이의 행동을 털어놓고 만다.

출진과 숙성을 하루 앞둔 채, 좁쌀이 변신한 노란 투구의 병사, 팥이 변신한 붉은 갑옷의 병사, 콩이 변신한 검정말, 그리고 검은콩 속에 섞인 흰 콩 하나가 변신한 용마는 열린 바위 틈새로 쏟아지는 햇빛에 노출되는 바람에 사라져 버린다. 그리고 아기장수도 햇빛을 너무 일찍 받아 몸집이 허물어져 피를 흘리며 죽는다.

이 이야기에서 아기장수는 겨드랑이 밑의 날개를 부모에게 들킨 다음 즉시 살해되지 않고, 여러 서사 단계 — (1)부모에게 날개 잘림, (2)집을 떠남 (3)바위 속에서 은둔 (4)어머니의 비밀 누설 (5)관군에게 들켜 숙성 하루 전 죽음 — 를 거쳐 죽는다. 이청준 선생의 동화에서 아기장수의 죽음은 어머니의 비밀 누설, 관군의 횡포, 가족 간 소통의 부재 등에 기인한다. 비범한 아기장수의 비상을 도와 이상적인 사회를 건설하기보다는 자식의 날개를 자르고 꿈을 꺾어서 평범한 천민으로 만들려는 부모와 그 어떤 개혁도 용납하지 않는 지배 계층의 횡포가 아기장수의 비극을 낳은 가장 큰 원인이라고 볼 수 있다. 동화 「아기장수의 꿈」과 「아기장수」 설화가 보여 주는 비극성은 자식의 날개를 잘라 버리는 존재가 부모이고, 어머니가 아들의 죽음에 결정적으로 개입한다는 사실에 있다. 분석심리학자 이부영은 우리의 장수 설화가 모두 비극으로 끝난다는 사실을 지적하면서, 「아기장수」가 지니는 의미를 다음과 같이 풀이한다. "한국인의 소극주의, 현세 순응, 기존 질서의 고수주의는 결국 한국인의 마음속에 '못다 한 삶'의 한을 남기고 한의 슬픔을 반추하는 데서 끝나고 있다. 이야기에서 아들은 기존 질서를 새롭게 할 안트로포스(Anthropos), 영웅 원형의 상이었던 것이다. 의식의 면에서 보면 그것은 의식의 적수가 될 수 있는 의식의 그림자, 구원자로서의 가능성을 안은 그림자이다."[7]

이 글을 쓰면서 돌이켜 보니 내 옛이야기 공부의 출발점에 「아기장수」 설화가 있다는 사실이 참으로 독특하다는 생각이 든다. 날개가 달린 채 태어났지만, 민중 영웅이 되기도 전에 부모에 의해서 비참하게 죽은 아기장수 이야기는 얼핏 남자가 자기 서사로 여길 만한 이야기이기 때문이다. 「아기장수」 설화를 나의 무의식과 관련이 있는 옛이야기라고는 미처 생각하지 못했다.

그러다 몇 년 전, 어느 학술 대회에 강연하러 가는 길에 열차 옆자리에 앉은 원로 분석심리학자와 우연히 대화를 나누게 되었다. 그분에게 왜 여자인 내가 남자들이 자기 서사로 삼을 법한 「아기장수」 설화에 깊이 빠져들었는지 모르겠다는 말씀을 드렸다. 그분은 아기장수를 단순히 남자아이가 아니라 성별을 초월해 존재하는 신성한 아이로 볼 필요가 있으며, 그 이야기에 깊이 이끌렸다는 것은 내 무의식에 날개조차 제대로 펼쳐 보지 못한 채 죽은 아기장수와 자신을 동일시하는 감정이 있기 때문일 것이라고 말했다. 어쩌면 그 말이 맞을지도 모른다는 생각이 든다. 출구가 보이지 않는 암담한 현실 속에서 「아기장수」 설화를 공부하면서 나 자신도 모르게 '못다 한 삶'에 대한 슬픔을 반추하고, '구원자로서의 가능성을 안은 그림자'의 죽음을 대리 체험했을지 모른다.

아기장수의 삶이 끝난 자리에서 만난 이야기, 바리공주

내 옛이야기 공부가 아기장수의 죽음에 머물러 있었다면 현실에서 비롯된 자괴감에서 좀처럼 벗어나지 못했을지 모른다. 하지만 다행스럽게도 「아기장수」 다음에 만난 이야기가 「바리공주」이고, 그 이야기는 이상하리만치 내 마음을 편하게 해 주었다. 내가 「바리공주」를 공부하게 된 것 역시 이청준 선생 덕분이다. 2001년에 이청준 선생은 제주도 4·3사건과 무당들의 삶을 다룬 장편소설 『신화를 삼킨 섬』(열림원 2003)을 집필 중이었다. 내가 '이청준 소설론'을 구상하던 그 시기, 선생은 어느 신문 칼럼을 통해 무교(巫敎)에 관한 여러 책 ──『우리 무당 이야기』(황루시, 풀빛 2000), 『한국무속사상연구』(김인회, 집문당 1987), 『제주도 신화』(현용준, 서문당 1996), 『제주도 무속 연구』(현용준, 집문당 1986) 등 ──을 추천해 주었다.[8] 이들 책을 읽으면서 내가 한국의 무교에 대해서 잘못된 선입견을 지녔다는 사실을 깨달았다. 무교에 관한 책을 읽다가 서울과 경기 지방의 강신무(降神巫)들이 전승해 온 무조신(巫祖神) 「바리공주」 신화를 만난 것이 내게는 큰 행운이다. 어두운 밤하늘에 빛나는 별처럼 내게 다가온 「바리공주」에 대해서는 이미 세 편의 논문을 발표한 바 있지만 아직도 공부해야 할 내용이 너무도 많다.

「바리공주」를 공부하면서 느꼈던 마음의 평온을 생각하면, 김훈 소설 『칼의 노래』에 나오는 "물러설 자리 없는 자의 편안함이 내 마음에 스며들었다."[9]라는 구절이 떠오르곤 한다. 「아기장수」 설화가 '신성한 아이'의 죽음에서 끝났다면, 「바리공주」 설화는 바로 그 아이의 죽음에서 시작해서 신의 자리에 오르기까지의 지난한 여정을 그린 이야기이다. 바리공주는 아기장수와 마찬가지로 갓난아기였을 때 부모에 의해 사지(死地)에 버려진다. 하지만 바리공주는 아기장수와는 달리, 그 죽음으로부터 부활해서 자신을 버린 부모와 사회를 구원할 생명수를 구해 오고, '못다 한 삶'의 한을 품고 떠도는 영혼을 극락왕생의 길로 인도한다. 옛이야기를 공부하면서 아기장수의 죽음과 바리공주의 부활에 담긴 '삶과 죽음의 비의'를 곰곰이 생각하다 보니, 나 자신도 모르는 사이에 마음속의 아픔과 절망감이 저절로 치유되지 않았나 싶다.

「아기장수」설화 공부법

「아기장수」는 전국에서 지금까지 3백여 편이 채록된 광포설화(廣布說話, 전국적으로 널리 전승되는 설화)이다. 이 설화를 연구한 학자들이 많은 만큼, 기본형이나 변이형에 대한 학설도 다양하다. 「아기장수」를 분석한 책 중에서는 임철호의 『설화와 민중: 구비설화의 민중의식과 민족의식』(전주대학교출판부 1996)과 최래옥의 『한국구비전설의 연구』(일조각 1981)를 추천할 만하다. 특히 『한국구비전설의 연구』 부록에는 9편의 각편이 수록되어 있다. 임철호와 최래옥이 언급한 기본형에 따르면, 전국에서 전승되어 온 설화 속의 아기장수는 대부분 자신의 꿈을 펼쳐 보지도 못한 채 비참한 최후를 맞이한다. 그런데 특이하게도 제주도에서만큼은 날개가 잘렸지만 생존해서 장사의 삶을 사는 아기장수들의 이야기가 전해진다. 서로 다른 결말을 보여 주는 제주도와 그 밖의 지역의 「아기장수」 설화를 비교하면서, 그 안에 담긴 사회 현실과 의미를 생각하는 것도 좋은 공붓거리가 될 듯싶다.

1. 「아기장수」 설화의 기본형 또는 정형

전국에서 가장 많이 전승되는 「아기장수」는 앞에서 소개한 임철호의 정리처럼 어린 아기장수가 겨드랑이에 달린 날개를 들키자마자 부모에 의해 곧바로 죽임을 당하는 유형이다. 이러한 유형이 보편성이 크고 서사도 간단해서 「아기장수」 설화의 기본형으로 적합해 보인다. 하지만

이 유형을 모든 학자가 기본형으로 받아들이는 것은 아니다. 「아기장수」 설화를 연구한 대표적인 학자 최래옥은 이 설화의 정형(定型)을 다음과 같이 요약한다.

I. 옛날 어느 곳에 한 평민이 살았는데, 산의 정기를 받아서 겨드랑이에 날개(비늘)가 있고 태어나자 이내 날아다니고 힘도 센 장수 아들을 기적적으로 낳았다. **출생**

II. 그런데 부모는 이 아기장수가 크면 장차 역적이 되어서 집안을 망칠 것이라고 해서 아기장수를 돌로 눌러 죽였다. **1차 죽음**

III. 아기장수가 죽을 때 유언으로 콩 닷 섬과 팥 닷 섬을 같이 묻어 달라고 하였다. **재기(再起)**

IV. 얼마 후 관군이 와서 아기장수를 내놓으라고 하여, 이미 부모가 죽었다고 하니 무덤을 가르쳐 달라고 한 것을 어머니가 실토하여 가보았더니, 콩은 말이 되고 팥은 군사가 되어 아기장수가 막 일어나려는 것이었는데, 그만 관군에 들켜서 성공 직전에 다시 죽었다. **2차 죽음**

V. 그런 후 아기장수를 태울 용마(龍馬)가 근처의 용소(龍沼)에서 나와서 주인을 찾아 울며 헤매다가 용소에 빠져 죽었다. **용마**

VI. 지금도 그 흔적이 있다. **증시(證示)**[10]

임철호의 기본형과 최래옥의 정형 가운데서 동화작가들이 선호하는 유형은 서사가 풍부한 두 번째 유형이다. 이청준의 「아기장수의 꿈」, 서정오의 「아기장수 우투리」, 송언의 「아기장수 우뚜리」는 최래옥의 정형에 부합한다. 이들 동화에서 아기장수는 무덤 속에서 숙성의 순간을 기다리다가 어머니의 비밀 누설과 관군의 계략으로 인해 꿈을 이루지 못하고 무참하게 죽는다.

2. 제주도의「아기장수」설화

제주도 설화에서 아기장수는 유아기에 죽지 않고 날개가 잘린 채 어른으로 성장해서 제 몫의 인생을 충분히 살아간다. 사회를 개혁하는 장수가 아니라 힘센 장사의 삶을 산 제주도의 아기장수는 홍업선, 양태수, 평대 부대각, 한연 한배임재 따위의 이름을 지닌다. 그중 현용준의『제주도 전설』(서문당 1996)에 실린「홍업선」을 요약하면 다음과 같다.

홍업선은 약 300년 전, 애월면 신엄리에서 태어났다. 어릴 적부터 풍모가 예사 사람과 다르고 힘도 셌다. 아버지는 짚신을 삼아서 업선에게 팔아 오라고 했다가 아들이 너무 빨리 성안을 다녀오는 것이 의심스러워서 다시 새 짚신을 신긴 다음 짚신을 팔아 오라고 하였다. 그리고 또다시 빨리 돌아온 아들의 짚신을 살펴보았더니 흙이 하나도 묻어 있지 않았다.

그날부터 아버지는 어머니에게 독한 술을 빚게 해서 어린 업선에게 먹였다. 술에 취한 채 잠든 아들의 옷을 벗겨서 겨드랑이를 살펴보니 좋은 명주가 휘휘 감겨 있었다. 명주를 푸니 큰 새의 날개만 한 날개가 나와 있었다. 아버지는 관아에서 알면 삼족(본가, 외가, 처가)을 멸하는 화를 입을까 두려워서 가위로 아들의 날개를 잘랐다. 잠에서 깨어난 업선이 몸단장하려다가 날개가 없어진 것을 알고 눈물을 흘리면서 탄식하였다. 그러나 부모가 한 일이라 감히 원망하지 못했다.

그 후, 업선은 전보다 기운이 없고 발랄하지 못했지만, 보통 사람에 비하면 힘이 장사여서 누구도 그 힘을 당하지 못했다. 홍업선의 묘는 현재

제주도 외도리 위쪽 사만에 있으며 매년 묘제를 지낸다. 그의 9대손들이 살아 있다.[11]

「장사 양태수」 전설[12]도 비슷하다. 양태수는 겨드랑이에 날개가 돋은 채 태어난다. 부모는 힘이 세고 기술이 많은 사람은 역적이 되어 삼족이 몰살당하는 화를 입는다고 생각해서 아들의 날개를 자른다. 양태수의 부모가 아들의 날개를 절단한 방식은 홍업선의 부모가 한 것과 같다. 날개가 잘린 사실을 안 양태수는 탄식을 했지만 부모 곁에 그대로 머물면서 성장한다. 다른 사람보다 힘이 센 양태수는 선장이 되어서 백성의 재물을 약탈하는 해적선을 퇴치하면서 산다.

「한연 한배임재」 전설[13]에서도 아기장수는 날개가 잘린 뒤에 죽지 않고 살아남아서 큰 배의 선장이 된다. 그는 육지에서 쌀을 날라 오고 나라에 진상을 올리는 일을 하면서 살아가지만, 초인적인 괴력으로 수적(水賊)의 간담을 서늘하게 만든다. 진도의 벽파진 사람들이 그를 역적이라고 보고했지만, 수적에게 진상을 한 번도 빼앗기지 않은 공로를 인정받아서 조정으로부터 후한 상을 받는다.

2장. 느림의 정신

옛이야기 자료 찾는 법

거북이걸음으로 하는 여행

『모모』와『끝없는 이야기』로 유명한 독일 작가 미하엘 엔데(Michael Ende)가 글을 쓴 그림책 가운데『끈기짱 거북이 트랑퀼라』(보물창고 2005)라는 작품이 있다. 언젠가 이 책의 서평을 청탁받고 책을 처음 펼쳤을 때는 별다른 감흥이 없었다. 책 제목에 들어간 '끈기짱'이란 단어도 마음에 들지 않았고, 이야기의 짜임새도 엔데의 작품치고는 좀 엉성하다는 생각이 들었다. 그런데 며칠에 걸쳐 반복해서 읽다 보니 이상하게 마음이 끌렸다. 이야기의 줄거리는 이렇다.

거북이 트랑퀼라는 바닷가 기름나무 밑동에서 외롭게 혼자 산다. 어느 날 나무에 앉은 비둘기 부부의 대화를 엿듣게 된 트랑퀼라는 동물 나라의 사자 대왕 레오 28세가 혼인 잔치에 물과 뭍에 사는 모든 동물을 초대한 것을 알게 된다. 트랑퀼라는 고민 끝에 수레에 짐을 싣고 머나먼 사자 굴을 향해 길을 떠난다. 밤낮으로 여행을 하는 동안에 트랑퀼라는 다양한 동물을 만나는데, 그 동물들은 한결같이 여행을 만류한다. 거미는 사자 굴이 너무 멀어서 갈 수 없을 거라고 하고, 달팽이는 트랑퀼라가 방향을 잘못 들어 잔치에 가기는 늦었으니 함께 놀자고 유혹한다. 또 사막에서 만난 도마뱀은 사자 대왕이 호랑이와 싸우러 굴을 떠나서 이제 그곳에 가 보았자 잔치는 열리지 않을 거라고 말한다. 하지만 트랑퀼라는 우직스럽게 여행을 계속한다.

끈기 있게 여행을 계속하던 트랑퀼라는 을씨년스러운 바닷가를 지나다가 상복을 입은 까마귀로부터 기막힌 소식을 전해 듣는다. 레오 28세가 호랑이와 싸우다 죽어서 이미 땅에 묻혔다는 것이다. 까마귀는 트랑퀼라에게 집으로 돌아가든지 아니면 자신들과 함께 대왕의 죽음을 애도하자고 말한다. 트랑퀼라는 슬픔의 눈물을 흘리면서도 사자 굴을 향한 여행을 중단하지 않는다. 그런 트랑퀼라를 향해 까마귀들은 말한다. "저런 고집쟁이 녀석 같으니라고! 이미 죽은 대왕의 결혼식에 참석하겠다고 저렇게 가고 있다니." 마침내 사자 굴에 간 트랑퀼라는 레오 28세가 아니라 레오 29세의 결혼식에 참석하는 행운을 누리며 외톨이 동물들과 하나로 어우러져 축제를 즐긴다.

이 그림책을 읽고 나니 마음속에서 한 가지 질문이 떠나지 않았다. 왜 트랑퀼라는 레오 28세가 죽었는데도 힘든 여행을 중단하지 않고 사자 굴을 향해 줄기차게 걸어갔을까? 미하엘 엔데는 트랑퀼라가 왜 여행을 끝까지 계속했는지 그 이유에 대해서는 작품 속에 단 한마디도 남기지 않았다. 독자의 몫으로 넘긴 것이다.

　트랑퀼라가 여행을 계속한 것은 한번 마음먹은 것은 무조건 끝까지 밀어붙여야 한다는 우직하고 아둔한 천성 때문일 수도 있고, 집으로 되돌아가기에는 이미 너무도 멀리 와 버렸기 때문일 수도 있다. 혹은 그동안 허비한 시간이 아까워서 결혼식을 보지 못하더라도 사자 굴이라도 보고 싶었던 것일 수도 있다. 여러 이유를 상상할 수 있지만, 내 생각에는 트랑퀼라가 까마귀의 만류를 뿌리치고 사자 굴을 향한 발걸음을 멈추지 않았던 것은 설령 결혼식을 볼 수 없더라도 그 무모한 여행이 외톨이의 삶보다는 견딜 만했기 때문이 아닐까 싶다. 어쩌면 트랑퀼라가 여행을 감행한 목적은 사자의 결혼식을 보는 것이 아니라 자신의 고립된 '섬'에서 벗어나서 모든 동물이 다 함께 어우러져 사는 이상향에 가는 것이 아니었을까 싶다. 트랑퀼라는 거북이걸음으로 여행을 하면서 자신이 갈 수 없는 곳이라고 여겼던 낯선 세계로 나아갔고, 그 길 위에서 많은 친구를 새롭게 만날 수 있었다. 자신의 한계를 시험해 보고 잠재력을 발견하고 다양한 삶을 사는 친구들을 사귈 수 있었던 것만으로도 트랑퀼라는 보람을 느낄 수 있었을 것이다. 꿈이 없는 삶보다는, 한순간 나타났다 사라지는 무지개 같은 꿈일지라도 꿈을 지닌 삶이 더 견딜 만했을 것이다.

　옛이야기 공부도 느림보 트랑퀼라의 여행과 크게 다르지 않다. 눈에 띄는 결실을 쉽게 맺지는 못하지만, 그 과정에서 많은 것을 배울 수 있다. 우선 옛사람들에 대해서 많은 것을 알게 된다. 옛이야기를 공부하면서 우리 조상들이 김치나 된장만 잘 만든 것이 아니라 이야기도 참 잘 만들었다고 감탄할 때가 많다. 또한 우리와 비슷한 삶의 고통, 상상력, 꿈을 지닌 사람들이 전 세계에 무수히 많다는 사실에 놀라곤 한다. 가난, 전쟁, 병마, 죽음과 끊임없이 싸우면서도 이야기를 통해서 마음의 여유를 잃지 않고 척박한 삶을 담담하게 견뎌 낸 옛사람들로부터 삶의 지혜를 배울 수 있다. 옛이야기를 공부하는 것은 곧 이야기 속 낯선 사람들과 대화를 나누고 우정을 나누는 일이기 때문이다.

느림보만이 건널 수 있는 옛이야기의 늪

옛이야기 공부가 재미있고 보람 있기는 하지만 결코 쉬운 일은 아니다. 옛이야기를 공부하다 보면 이본과 각편의 늪에 빠져들고 있다고 느낄 때가 많다. 「선녀와 나무꾼」은 지금까지 채록된 각편만도 100편이 넘고, 「바리공주」와 「심청전」의 이본(異本)은 헤아릴 수 없을 정도이다. 「구렁덩덩 신선비」도 각종 설화집에 있는 각편을 모두 모으면 100편이 넘는다. 그러다 보니 내가 가르친 학생들의 표현을 빌리자면, 여기저기 '삽질'을 너무 많이 하게 된다. 옛이야기를 바탕으로 쓴 책을 제대로 평가하려면 구전설화집과 고전문학집에서 서사가 탄탄한 주요 각편을 찾아서 읽고 서사를 비교할 수 있어야 한다. 그런데 수많은 각편 속에서 비교 대상으로 삼을 만한, 완성도 높은 이야기를 알아보는 것 자체가 쉽지 않다. 그럴 때 해당 유형의 이야기를 연구한 학자들의 학위논문과 학술지 논문을 찾아서 읽게 된다.

이야기 유형을 하나 정해서 공부하는 데도 읽어야 할 자료들이 제법 많다. 국내에서 채록된 설화 자료를 수집해서 읽는 것도 힘든데 외국 자료까지 찾아 놓으면 그 수많은 이야기를 어떻게 종합하고 정리해야 할지 막막하고 버겁다. 서재가 컴컴한 터널같이 느껴져서 산의 향기와 싱

그러움이 그리울 때가 많다. 전 세계적으로 비슷한 유형의 옛이야기들이 많이 발견되기 때문에 우리나라 설화만 알아서는 해당 설화가 지닌 세계적인 보편성과 한국적인 특수성을 가려내기가 어렵다. 한국 설화의 보편성과 특수성을 알아야 우리 조상들이 '어떻게' '왜' 그러한 이야기를 남겼는지를 조금이라도 이해할 수 있다. 또한 옛이야기를 바탕에 둔 현대의 작품들을 제대로 평가하려면 저본(底本)으로 삼은 채록 자료를 살펴보고, 그 안에 담긴 전통문화의 상징체계를 읽어 낼 수 있어야 한다. 가령 옛이야기 모티프를 끌어다 쓴 창작옛이야기나 패러디 동화를 평가하려면 그 작품의 형성에 영향을 미쳤을 옛이야기를 조사해야 한다.

옛이야기는 공부할 거리를 많이 안겨 주기 때문에 공부를 하노라고 해도 갈피를 잡기가 힘들어서 옛이야기 여행에 잠시 흥미를 느꼈다가 행선지를 바꾸는 사람들이 너무도 많다. 여러 대학원에서 내 수업을 들은 학생은 무척 많지만 옛이야기를 자기 학문의 화두로 삼은 사람은 손꼽을 정도이다. 학기 중에 수업을 들을 때는 무척 적극적이었던 학생들도 막상 수업이 끝나고 나면 공부가 힘들어서 그 과정을 되풀이하고 싶어 하지 않는다. 눈치 빠른 학생들은 학기가 끝날 즈음에는 옛이야기라는 것이 만만치가 않으며 그 세계가 참으로 깊고 신비하다는 사실을 알아차림과 동시에 옛이야기 공부에 깊이 발을 담갔다가는 자료 더미의 늪에 빠져서 허우적거리게 된다는 사실을 재빨리 알아차린다. 그러다 보니 학기가 끝나고도 옛이야기 공부에 지속적인 관심을 보인 학생들은 대부분 인생에서 주판알을 튀겨 본 적이 없을 것 같은 고지식하고 우직한 성품의 소유자들이다. 어쩌면 옛이야기 공부는 그렇게 한 우물만 팔 수 있는 사람들에게나 맞는 것이 아닐까 싶기도 하다.

느림보 임석재 선생의 소중한 선물『한국구전설화』

한국 옛이야기 연구자들에게는 필독서인『임석재 전집 한국구전설화』
(전 12권, 평민사 1987~93, 이하『한국구전설화』) 총서를 편찬한 임석재(1903~98)
선생은 느림의 정신으로 최고의 반열에 오른 학자가 아닐까 싶다. "한
국인이 누구인가를 밝혀내고자 하는 염원"을 지니고 구전설화를 수집
한 임석재 선생은 70여 년에 걸친 긴 세월 동안 원고지로 5만 장에 이르
는 방대한 채록 자료를 모았다.[1] 십 대 후반부터 모은 자료를 70년 뒤에
야 비로소 책으로 출간하였으니 그야말로 그 누구도 따르기 힘든 느림
의 철학을 실천한 분이다. 평생에 걸쳐서 채록한 설화 자료를 85세가 되
어서야 비로소 출간한 것은 설화 자료를 모두 출간해 줄 뜻있는 출판사
를 그때까지 만나지 못했기 때문이다. 보통 사람이라면 평생 공들여 모
은 설화 자료를 85세까지 출간하지 못하면 초조할 만도 한데 임석재 선
생은 학술적인 가치를 알아줄 출판사가 나타날 때까지 느긋하게 기다
렸다. 원고지가 세월을 견디지 못하고 낡아서 부스러지면 자료를 보존
하기 위해서 그 방대한 자료를 새 원고지에 손수 옮겨 적었다고 한다.
모든 자료가 모인 상태에서 12권의 총서를 출간하는 데 다시 7년이나
걸린 것도, 그 많은 자료를 체계적으로 배열하고 원고지에 옮겨 쓰고 교
열을 보는 일을 손수 하였기 때문이다.

그뿐 아니라, 환갑을 넘긴 나이에도 집 한 채 값을 들여 산 녹음기를
직접 들고 전국을 누비면서 우리 민요를 직접 채집한 사연은 듣는 이의
마음을 숙연하게 한다. 임석재 선생의 따님이자 동국대 사학과 석좌 교
수인 임돈희는 그 당시를 다음과 같이 회상한다. "이미 환갑을 넘기신
아버님의 민요 채록 기행은 그야말로 전설적이다. 아버님 말씀대로 동

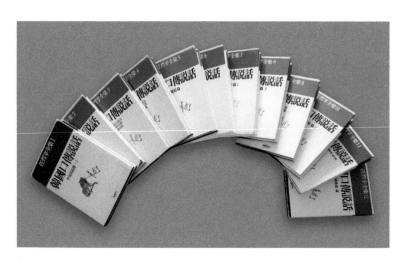

『한국구전설화』 표지.

무도 없이 혼자 외롭게 다니신 셈이다. 아버님께서는 무거운 녹음기를 손수 메고 포장도 안 된 시골길을 다니면서 민요를 채록하셨다. 그 당시 채록된 민요는 350여 곡이다. 수집한 우리나라의 민요에 일일이 채집 장소, 가창자, 채집 연월일 등을 빼곡하게 적어 놓으신 것을 보면 가슴이 뭉클할 정도이다."[2] 그렇게 힘들게 채집한 민요 자료를 30년 후인 93세가 되어서야 비로소 『임석재 채록 한국구연민요』(서울음반 1995)라는 CD 5장으로 냈으니 선생이 보여 준 '느림의 정신'은 보통 사람들로서는 흉내조차 낼 수 없는 것이다. 임돈희는 선생을 '무능거사'라고 부르면서 "아버님의 이야기 수집은 아버님의 세속적인 무능함과 더불어 아버님의 우직한 성품 덕이라고 볼 수 있다."라고 말한다.[3]

외국어 실력도 대단하시니 외국 이론을 소개해서 각광을 받을 수도 있었겠고 해방 후의 인재난 속에서 그 학벌을 가지고 행정 요직으로도 진출하셨을 수 있었을 텐데 말이다. 그리고 실제로 그런 요직에의 요청도 많았다. 그러나 세속적으로 무능한 분이시기 때문에 민담 수집이라든가 민요 수집과 같은 연구에 매달렸을 것이다. 만약 아버님이 세속적으로 유능하고 또 소위 출세라는 것에 관심이 많으셨다면 그런 학적 작업이 가능했겠는가 하는 점을 생각해 볼 때 우리에 시사하는 바가 크다. 가장 무능한 사람이 가장 유능한 일을 한다는 것을 보여 준다고 볼 수 있다. 마치 아무짝에도 쓸데없는 나무가 큰 나무가 되어서 새도 깃들고, 열매도 열리고, 그늘도 만들고 해서 유용하게 쓰이는 것과 같다.[4]

느림의 대가 임석재 선생이 평생에 걸쳐 수집하고 정리한『한국구전설화』열두 권에 수록된 이야기는 모두 2,719편이나 된다. 임석재 선생의 설화집에는 문맹률이 높았던 1920~30년대에 채록된 자료들이 많이 포함되어 있어서, 문자 문화에 오염되지 않은 구전설화의 원형을 탐구하는 데에 큰 도움이 된다. 특히 이데올로기로 변질되기 이전에 북한 지역에서 채록한 설화가 다수 수록되어 있어서 우리 설화의 전국적인 전승 양상을 공부하는 데 좋은 자료이다. 현재 어린이들이 그림책으로 읽고 있는「반쪽이」와「주먹이」등 많은 이야기가 대부분 임석재 선생이 평안북도에서 채집한 설화를 저본으로 삼고 있다.『한국구전설화』는 임정자, 임어진, 이현 등 여러 동화작가에게 영향을 미쳤기 때문에 한국의 창작옛이야기와 판타지를 이해하는 데에도 많은 도움을 준다.

『한국구전설화』총서가 지니는 가치와 의미는 말로 다 표현하기 어려울 정도로 크지만, 안타깝게도 현재 전질을 서점에서 구입하기는 어렵다. 평안북도 편(1, 2권), 충청남북도 편(6권), 전라북도 편 일부(7권)는 서점에서 구매가 가능하지만, 나머지 책은 국공립 도서관이나 시립 도서관에서 복사를 하거나 빌려 보아야 한다. 다행히 국립중앙도서관에서 『한국구전설화』를 전자책으로 만들어서 제공하고 있어서, 가까운 공공 도서관을 방문해 국립중앙도서관 홈페이지(www.nl.go.kr)의 '디지털화 자료' 방에 접속하면 읽을 수 있다. 책을 찾아서 도서관을 전전하고 복사하는 것은 시간도 걸리고 번거로운 일이지만, 그 책에 수록된 이야기를 모으고 정리하는 데 홀로 70년을 바친 학자가 있다는 생각을 하면 도서관 나들이 정도는 귀한 선물을 받으러 가는 길이라 여기고 기꺼이 나설 수 있다. 하지만 옛이야기 공부를 깊이 있게 하려는 독자들은 임석재 선생이 편찬한 『한국구전설화』 12권을 소장할 필요가 있다. 만약 12권 전질을 모두 다 구비하기 힘들면 적어도 평안북도 편(1, 2, 3권), 충청남북도 편(6권), 전라북도 편(7, 8권)이라도 갖추어 놓기를 바란다. 이들 여섯 권의 설화집에 서사가 탄탄한 이야기들이 많이 수록되어 있다.

디지털 세계 속의 옛이야기 보물 창고

처음 옛이야기 공부를 시작할 때는 구전설화집에서 자신이 공부하려는 설화 유형에 속하는 각편들을 찾기가 어렵다. 그래서 혼자서 공부하는 것보다는 예닐곱 사람이 공부 모임을 만들어서 저마다 찾은 설화 자료도 나누고 발제도 번갈아 하면서, 이야기의 의미와 상징에 대해서 토론하는 것이 좋다.

인터넷 세계에는 옛이야기를 공부하고 싶어 하는 사람들을 위한 보물 창고가 많이 있다. 인터넷만 접속하면 국내외에서 발표된 석사와 박사 학위논문, 그리고 『한국구비문학대계』(전 85권, 한국정신문화연구원 1980~92)에 수록된 방대한 설화 자료를 이제 집에서도 누구나 무료로 편하게 읽을 수 있다. 또한 그림 형제, 샤를 페로(Charles Perrault), 조지프 제이컵스(Joseph Jacobs), 앤드루 랭(Andrew Lang) 등 잘 알려진 서양 작가들이 남긴 이야기를 인터넷을 활용해서 원작 또는 영역본으로 읽을 수 있다. 옛이야기 공부를 할 때 내가 가장 많이 참고하는 웹 사이트 다섯 군데를 소개하면 다음과 같다.

1. 장서각 디지털 아카이브(yoksa.aks.ac.kr)

옛이야기에 대해 강의를 하면 많은 독자가 내게 어느 책에서 한국의 구전설화를 읽을 수 있는지 물어보곤 한다. 나는 시간과 돈을 투자할 마음이 있는 독자에게는 임석재 선생의 『한국구전설화』 총서를 권한다. 하지만 그럴 여유가 없는 독자라면 우선 '장서각 디지털 아카이브'에서 제공하는 '한국구비문학대계' 자료실에 들어가 보라고 이야기한다. 『한국구비문학대계』는 한국학중앙연구원(구 정신문화연구원)의 주관으로 많은 구비문학자들이 1979년부터 1985년까지 근 6년에 걸쳐서 전국에서 채집한 방대한 분량의 구전설화 자료집이다. 장서각에서는 그 설화 자료의 80퍼센트 정도를 전자 텍스트로 만들어서 무료로 제공한다. 『한국구비문학대계』는 총 85권이어서 전자 텍스트로 만들어지기 전에는 일반인들이 좀처럼 접근하기가 어려운 자료였다. 하지만 지금은 인터넷만 연결돼 있으면 어디서든 편하게 구전설화를 전자 텍스트로 읽고,

채록 당시의 음성 자료를 들을 수 있다. 장서각 디지털 아카이브 검색창에 설화 제목이나 키워드를 넣고 검색하면 읽고 싶은 설화를 많이 찾을 수 있다. 만약 찾고 싶은 자료를 쉽게 찾을 수 없다면, 검색 설정을 '서지 전체'에서 '본문 텍스트'로 바꾼 다음 설화의 키워드를 몇 개 넣어서 검색하면 설화 자료를 조금 더 쉽게 찾을 수 있다.

2. 학술연구정보서비스(www.riss.kr)

학자가 아닌 일반인도 '학술연구정보서비스'에 회원 가입만 하면 석사와 박사 학위논문을 모두 무료로 내려받아 볼 수 있다. 공부하고 싶은 설화 유형을 하나 정한 다음에 학술연구정보서비스의 검색창에 키워드를 입력하면 그 설화에 관련된 학위논문을 쉽게 검색할 수 있다. 관련 논문 목록을 찾아 연도순으로 정렬한 후, 최근에 발표된 학위논문 위주로 살펴보면 설화 유형별로 가장 많은 각편을 정리한 도표를 발견할 수 있다. 「아기장수」 「구렁덩덩 신선비」 「선녀와 나무꾼」과 같이 무수히 많은 각편이 전승되어 온 설화 유형을 공부할 때는 '전승 양상'을 잘 분석해 놓은 학위논문을 참조하면 많은 도움이 된다. 학위논문들은 문체와 형식이 딱딱해서 읽기 지루하기 십상이어서 처음부터 끝까지 억지로 다 읽으려고 애쓰다 보면 오히려 옛이야기에 대한 흥미를 잃을 수 있다. 학위논문에서 각편을 정리한 도표와 하위 유형의 서사 내용을 간추린 대목만 부분적으로 읽어도 옛이야기를 공부하는 데 많은 도움이 된다. 학술연구정보서비스를 활용하는 구체적인 방법에 대해서는 제1부 3장의 '논문을 활용한 공부법'에서 상세하게 설명하겠다.

3. 네이버 지식백과(terms.naver.com)

표제어가 430만 개(2018년 10월 기준)에 달하는 '네이버 지식백과'는 '한국민족문화대백과' '한국민속대백과' '한국향토문화전자대전' '문화콘텐츠닷컴'을 통합해서 검색할 수 있어서, 설화와 민간신앙을 이해하는 데 큰 도움이 된다. 네이버 지식백과의 검색 엔진은 한국학중앙연구원에서 운영하는 한국학종합정보서비스(rinks.aks.ac.kr)보다 검색하기가 쉽고 빠르며, 훨씬 풍부한 정보를 제공한다. 이곳에서 백과사전적인 기초 지식을 갖추고 공부를 시작하면 갈피를 잡기가 쉬워진다.

4. 영어판 위키백과(en.wikipedia.org)

집단 지성의 대표적인 성공 사례로 꼽히는 영어판 위키백과 사이트는 2001년에 출시되었지만 250년 가까운 역사를 자랑하는 브리태니커 백과사전을 훨씬 능가하는 방대한 콘텐츠를 보유하고 있다. 2018년 10월 현재 572만 개에 달하는 항목을 지닌 영어판 위키백과는 옛이야기에 대한 정보도 풍부하게 제공해 준다. 위키백과는 정보의 신뢰성을 높이기 위해서 직접 인용문이나 간접 인용문의 출처를 각주에 상세하게 밝히고 있다. 일반 독자에게 잘 알려진 설화 유형에 대한 정보가 잘 정리된 데다 그 유형과 관련된 다른 사이트와의 연계가 수월해서 외국 옛이야기 공부에 많은 도움을 준다. 영어판 위키백과에는 서양 문화권의 설화가 주로 소개되어 있기는 하지만, 영어로 번역된 제3세계 설화에 관한 유익한 정보도 적지 않게 얻을 수 있다.

5. 쉬르라륀느 요정담(www.surlalunefairytales.com)

전 세계에 잘 알려진 옛이야기를 유형별로 잘 정리해 놓은 미국 사이트이다. 만약 「미녀와 야수」 유형의 이야기를 찾고 싶다면 사이트 첫 화면의 왼편 메뉴에서 'Beauty and the Beast'를 클릭하면, 그것과 관련된 자료들을 다양하게 볼 수 있다. 「미녀와 야수」의 대표 각편에 상세한 주석을 덧붙인 텍스트(Annotated Tale, Annotations), 「미녀와 야수」의 전승 역사(History), 유명한 그림책 작가의 그림 또는 삽화(Illustrations), 다른 문화권의 유사 설화(Similar Tales Across Cultures), 그리고 「미녀와 야수」를 현대적으로 변용한 작품(Modern Interpretations)에 대한 정보 등이 일목요연하게 정리되어 있다.

옛이야기 여행자가 꿈꾸는 만다라의 세계

옛이야기 공부를 본격적으로 시작할 무렵인 2000년에 나는 마틴 스코세이지(Martin Scorsese) 감독의 「쿤둔」(1997)이라는 영화를 보게 되었다. 달라이 라마의 유년기와 청년기를 그린 이 영화가 오랫동안 내 마음속에 남아 있는 것은 영화의 처음과 끝이 보여 주는 모래 만다라 관정(灌頂) 의식 때문이다. 영화의 첫 장면은 빨강, 노랑, 초록, 파랑, 검정, 하양의 여섯 가지 색 모래로 칼라차크라(Kalachakra) 신의 성전을 2차원으로 표현한 만다라의 세부 모습을 보여 준다. 대단원에서 칼라차크라 만다라는 한 번 더 등장한다. 중국 군대에 쫓겨서 깊은 밤 티베트의 포탈라궁을 버리고 망명길에 오른 달라이 라마는 험준한 산과 어두운 강을 지나면서 삼라만상이 모두 무(無)로 돌아간다는 사실을 떠올린다.

고통스러운 밤 여행과 뚜렷한 대조를 이루면서 펼쳐지는 영화 속 칼라차크라 만다라 관정 의식은 숨을 멎게 할 정도로 아름다웠다. 승려들이 오랜 시간을 들여서 힘들게 만다라를 완성했을 때 달라이 라마는 한치의 망설임도 없이 그 아름다운 모래 만다라의 한가운데를 금강저(金剛杵)로 가른다. 승려들이 만다라를 붓으로 쓸어서 다시 모래로 해체한 후 도자기 병에 담아서 강물에 흘려보내는 장면은 고통도 아름다움도 똑같이 무로 환원된다는 삶의 진리를 감동적으로 잘 보여 주었다.

나는 옛이야기 공부를 하면서 힘들 때마다 「쿤둔」에서 본 만다라를 마음속으로 그려 보곤 한다. 티베트 승려들은 자신들이 제작하는 만다라가 곧 해체되어 물의 세계로 돌아간다는 것을 알면서도 온갖 정성을 기울인다. 비록 물리적인 세계에서는 만다라 형상이 사라지지만, 승려들의 노고가 허무하게 끝났다는 생각은 조금도 들지 않는다. 승려들은 만다라를 제작하는 과정에서 그 무엇과도 비교할 수 없이 충분한 보상을 받았고, 만다라는 관정 의식을 지켜본 사람들의 마음속에 영원히 남아 있을 거라는 생각이 들기 때문이다. 아름답고 경이로운 이야기를 들려준 수많은 이야기꾼들은 이 세상에 자신의 이름조차 제대로 남기지 못한 채 바닷가의 모래성처럼, 모두 다 '시간의 바퀴'를 벗어나지 못하고 죽음의 강을 건너갔다. 하지만 그들의 이야기가 지닌 아름다움은 그들의 목소리에 귀 기울이는 사람들의 마음속에 여전히 살아 있다. 결과에 크게 집착하지 않으면서 느림의 정신을 지니고, 매 순간 즐거운 마음으로 최선을 다해 공부하다 보면, 그 아름다움을 좀 더 뚜렷하게 느끼고 볼 수 있다.

인터넷 사이트 활용한 공부법

옛이야기를 공부할 때 느끼는 즐거움의 하나는 좋은 인터넷 사이트를 새롭게 발견하고, 좋은 전자책을 무료로 내려받을 수 있다는 것이다. 본문에서 소개한 곳 말고도 인터넷의 바다에는 인류의 문화유산을 누리게 해 주는 훌륭한 사이트가 수없이 많다. 20여 년 전만 해도 외국의 대학 도서관을 방문하더라도 찾을 수 있을까 말까 했던 수많은 책을 이제 집에서 편하게, 그것도 무료로 읽을 수 있다는 것은 디지털 세상이 주는 큰 혜택이 아닐까 싶다. 여기 소개하는 사이트는 옛이야기를 공부하는 데 유익한 무료 전자책 또는 전자 텍스트를 제공해 준다.

1. 한국구비문학대계(gubi.aks.ac.kr)

한국학중앙연구원은 '한국구비문학대계' 인터넷 사이트를 통해 2만 5천여 편의 구전 각편을 제공한다. 각편들을 지역별, 제보자별, 유형분류별로 검색할 수 있다. 이 사이트가 보유한 채록 자료 가운데는 한국학중앙연구원에서 2008년 이후에 진행해 온 '한국구비문학대계 개정·증보 사업'의 결과물도 포함되어 있다. 여기 소개된 최근 각편들은 '장서각 디지털 아카이브'의 자료실에서 제공하지 않는 이야기들이다.

2. 한국민속대백과사전(folkency.nfm.go.kr)

한국 민속에 관한 총체적인 정보를 검색할 수 있을 뿐만 아니라 2018년

12월 기준,『한국세시풍속사전』『한국민속신앙사전』『한국민속문학사전』『한국일생의례사전』『한국민속예술사전』『한국의식주생활사전』(일부) 등 6종의 사전을 내려받을 수 있다. 이 가운데『한국민속문학사전: 설화 1』과『한국민속문학사전: 설화 2』을 내려받기를 권한다.

3. 제주학연구센터(jst.re.kr)

제주 설화에 관한 학술 자료들을 내려받을 수 있다. 그중에서 914면에 달하는『개정·증보 제주어 사전』(2017)은 반드시 내려받기를 권한다. 제주도의 신화나 전설을 공부할 때 부딪히는 가장 큰 어려움은 제주어가 어렵다는 데 있다. 외국어와 다름없이 낯선 제주어를 공부할 수 있는 사전이 시중에는 거의 없고, 구할 수 있는 사전은 표제어 수가 너무 적다. 또한 이 사이트에서 제공하는『제주문화원형: 설화편 1』(2017)과 서귀포문화원에서 발간한『우리고장의 설화』(2010)도 제주도 설화를 공부하는 데 큰 도움이 된다.

4. 문화콘텐츠닷컴(culturecontent.com)

한국콘텐츠진흥원이 운영하는 사이트로, 서사무가「바리공주」에 대해 풍부한 무가 자료를 제공한다. 이곳에서 '바리공주'를 검색하면『서사무가 바리공주 전집』(총 4권)에 수록된 무가 전문(全文)을 전자 텍스트로 읽을 수 있다.

5. 인터넷 아카이브(archive.org)

외국 옛이야기를 찾을 때 가장 많이 활용하는 전자 도서관이다. 1996년에 설립된 이 전자 도서관에서는 전자책, 오디오북, 이미지, 비디오 등의 풍부한 자료를 무료로 제공한다. 그중에서도 특히 '전자책과 텍스트' 방(archive.org/details/texts)을 주로 활용할 것을 추천한다. 유럽에서 민속학이 가장 활발했던 시기는 19세기인데, 놀라울 정도로 많은 설화 관련 책들을 인터넷 아카이브에서 발견할 수 있다. 전 세계 도서관들과의 협업으로 제작된 1천 5백만 권이 넘는 전자책과 텍스트를 무료로 내려받을 수 있다. 또한 저작권이 살아 있는 55만 권의 전자책을 무료로 빌려 볼 수 있다(2018년 10월 기준). 단, 저작권이 있는 책을 빌려 보려면 회원 가입을 해야 한다. 회원 가입과 책 대여는 모두 무료이며, 대여 기간은 2주이다. 만약 보고 싶은 책이 대여 중이라면 대기자 명단에 등록하면 차례가 될 때 전자우편으로 알려 준다. 이 사이트에서 책을 내려받을 때는 pdf 파일로 받아야 온전한 텍스트로 읽을 수 있다. 낡은 책을 스캔해서 전자화한 경우, 수정·보완의 작업을 제대로 하지 않아서 epub 파일이나 text 파일로 내려받으면 글자가 깨져 읽기에 불편하다.

6. 프로젝트 구텐베르크(gutenberg.org)

1971년에 설립된 전자 도서관으로, 5만 7천 권의 무료 전자책을 제공한다. '인터넷 아카이브'에 비해서 소장한 전자책이 적기는 하지만, 어떤 파일 형태(html, epub, kindle, txt)로 내려받아도 상태가 좋은 텍스트를 읽을 수 있다는 것이 이 사이트의 큰 장점이다. 이곳에서 내려받은 설화집(folk tales)이나 전래동화집(fairy tales)에는 삽화가 있어서 읽는 재미가 쏠쏠하고, 스마트폰이나 전자책 단말기에 담아서 읽기에도 좋다. 특히 이곳은 전 세계의 전래동화집을 많이 소장하고 있어서, 'fairy tales'을 검색하면 44개의 주제로 분류된 다양한 국가의 전래동화집을 찾을 수 있다.

7. 민속과 신화 전자 텍스트(pitt.edu/~dash/folktexts.html)

미국 피츠버그대학교가 운영하는 '민속과 신화 전자 텍스트'(Folklore and Mythology Electronic Texts) 사이트는 설화문학을 연구하는 사람들에게 유익한 정보를 제공한다. '인터넷 아카이브'와 '프로젝트 구텐베르크'가 모든 분야의 전자 텍스트를 축적하고 있다면, 이 사이트는 신화, 전설, 민담, 요정담에 한정하여 자료를 수집해 놓고 있다. 이 사이트에는 검색창이 없어서 자료를 찾으려면 알파벳 색인을 활용해야 한다. 만약에 「신데렐라」 유형에 속하는 설화를 찾고 싶다면, C 항목에서 'Cinderella'라는 표제어를 찾아야 하는 식이다. 'Cinderella'를 찾아서 클릭하면, 해당 유형에 속하는 23편의 외국 각편을 한꺼번에 모아 놓은 페이지로 이동한다. 분량이 너무 많아서 한꺼번에 읽기 불편하면 문서 작성 프로그램에 '복사-붙여넣기'를 한 다음에 pdf 파일로 만들어 읽거나 epub 파일로 만들어 전자책 단말기로 읽을 수 있다. epub이나 pdf 파일에는 주석이나 간단한 독후감을 덧붙일 수 있어서 편리하다. 게다가 이 사이트는 모든 자료를 전 세계적인 설화 분류 표준이라고 할 만한 '아르네-톰프슨-우터의 설화 유형 분류 체계'(ATU)에 부합되게 분류하고 있어서 세계 여러 지역의 설화를 공부하는 데 큰 도움을 준다. 이에 대해서는 제1부 4장에서 상세하게 언급하겠다.

3장. 옛이야기 숲에서 삽질하는 요령

도표 만들기와 각편 고르기

포클레인을 사용할 줄 모르는 자의 변

몇 년 전 어느 학술 대회에 발표자로 나갔는데 친분이 있던 교수가 내 발표를 듣고 나서 농반으로 말했다. "선생, 이제 힘들게 삽질은 그만하고 포클레인으로 팍팍 찍어요." 이제는 옛이야기 공부도 할 만큼 했으니 비교문학자의 시각이 담긴, '한국 옛이야기의 본질' 같은 것을 주제로 책을 써서 우리 옛이야기의 특징과 문화적인 정체성을 명료하게 이야기해 달라는 당부 같았다. 그런데 나는 포클레인을 사용할 능력도 없고, 그 자체로 위압감이 느껴져서 싫다. 길을 지나가다가도 공사 중인 포클레인을 보면 거대한 덩치만도 겁이 나서 멀찌감치 돌아간다. 아마도 내 적성에는 삽질이 맞을 성싶다.

우리 옛이야기의 전반적인 특성은 말할 것도 없고 한 유형의 옛이야기를 이해하기 위해서도 읽어야 할 자료들이 무척 많다. 자기가 읽은 전래동화가 구전설화와 어떻게 다른지, 우리 설화와 외국 설화는 어떤 점이 같고 어떤 점이 다른지 알지 못하면서 우리 옛이야기의 특성을 말하기는 어렵다. 그래서 옛이야기 공부를 처음 시작하는 사람들에게 옛이야기는 울창한 숲 같기도 하고, 넓고 아득한 바다 같기도 하다. 숲에서 길을 잃고 헤매기도 하고, 바다에 빠져서 허우적대기도 한다. 한국 설화에만 나타난다고 여겼던 상징이나 모티프가 외국 설화에서 발견되어서 공부의 원점으로 돌아가 삽질을 처음부터 다시 해야 하는 경우도 많다. 한국인의 집단 무의식이 담겨 있다고 믿었던 옛이야기 속의 상징이나 모티프가 실은 한 작가의 개인적인 상상력이 빚어낸 산물이라는 사실을 알게 되어 허망할 때도 적지 않다.

우리 옛이야기를 공부하면 할수록 뚜렷하게 느끼는 것은 우리 옛이야기는 그 어떤 틀도 거부한다는 것이다. 우리 옛이야기를 아이에 비유하자면, 그 아이가 너무도 자유분방해서 어느 방향으로 어디까지 튈지 쉽사리 예측하기 힘들다. 굳이 그러한 속성을 단어로 표현하자면 '역동성, 확장성, 유연성'이라고 할 수 있겠다. 「구렁덩덩 신선비」 「우렁 각시」 「선녀와 나무꾼」 따위와 같은 우리 대표 설화들은 서사 구조가 다양해서 여러 하위 유형으로 나뉜다. 화자와 청자가 세상을 바라보는 시각에 따라서 행복하게 끝맺기도 하고 비극으로 끝나기도 한다. 또한 우리 옛이야기는 서사가 풍부하고 모티프가 다채로워서 그 원류를 추정하기가 매우 어렵다. 실크로드를 타고 중앙아시아나 북방 지역에서 들어온 듯한 이야기가 있고, 일본 오키나와, 말레이시아, 베트남과 같은 남방에서 흘러 들어온 듯한 이야기도 있다. 심지어 남방과 북방의 흔적이 묘하게 뒤섞여 한 이야기 속에 나타나기도 한다. 아프리카 북부, 팔레스타인, 스칸디나비아반도처럼 우리 옛사람들과는 교류가 이루어지지 않았을 것 같은 먼 지역의 설화에서 발견되는 모티프들이 우리 설화에 나타나기도 한다.

우리 옛이야기가 지닌 역동성, 확장성, 유연성은 공부하는 사람들에게 커다란 기쁨과 고통을 동시에 안겨 준다. 옛이야기 숲에서 보물을 찾는 사람은 삽질을 무척이나 많이 할 수밖에 없고, 정상으로 오르는 길은 멀고도 아득하기만 하다. 옛이야기 숲에 들어가면 산을 정복해야겠다는 야망은 일찌감치 포기하고 나무 한 그루 한 그루가 들려주는 사연에 귀 기울이고 들꽃의 아름다움을 음미하면서 느긋한 마음으로 여행해야 한다. 공부를 열심히 해도 영 진척이 없을 때가 많아서 가끔은 혼잣말을 하기도 한다. "이러다가는 옛이야기 바다로 나가기는커녕 평생 조그만 섬 기슭에 앉아서 물장구만 치다가 말겠구나." 그럴 때면 내가 만지는 섬 기슭의 물이 두루 돌아다녔을 일곱 바다를 머릿속으로 그리면서 나 자신을 다독이곤 한다. 그러면 옛이야기는 신비하게도 삽질로 흘린 땀방울을 씻어 주고 내 삶에 활력을 가져다준다.

이번 장에서는 내 나름대로 각편의 숲에서 오랫동안 헤매면서 삽질을 많이 하다가 체득한 세 가지 요령을 소개하려고 한다. 다양한 설화 유형을 놓고 이야기하려다가는 길을 잃기 십상일 테니, 여기서는 「구렁덩덩 신선비」라는 한 유형만 놓고 이야기하겠다.

요령을 설명하기에 앞서, 왜 「구렁덩덩 신선비」를 선택했는지에 대해서 간단히 밝히겠다.

첫째, 국내에서 전국적으로 폭넓게 전승되어 온 설화로서, 제주도, 함경도, 황해도를 제외한 전국에서 각편이 채록되었다. 『한국구비문학대계』와 『한국구전설화』, 『한국구전설화집』(전 21권, 민속원 2000), 『강원의 설화』(전 3권, 강원대 2005) 등 한국의 대표적인 구전설화집과 '한국구비문학대계' 인터넷 사이트에 수록된 설화가 100편이 넘을 정도로 채록 자료가 풍부하다.

둘째, 우리 옛이야기의 특수성과 세계적인 보편성을 잘 보여 주는 이야기이다. 세계 설화 유형론에 따르면 「구렁덩덩 신선비」는 로마 신화 「큐피드와 프시케」 계열에 속하는 이야기로, 유사 설화를 세계 여러 지역에서 골고루 발견할 수 있다. 다양한 외국 설화와 비교하면, 우리 설화가 지닌 한국적인 특수성과 세계적인 보편성을 짐작할 수 있다.

셋째, 여성들의 심층 심리를 이해하는 데 도움을 주는 이야기이다. 분석심리학자 이부영은 '구렁덩덩 신선비'를 여성의 무의식 속에 내재한 남성상, 즉 여성의 내적 인격인 아니무스(심혼〔心魂〕)를 상징하는 상(像)으로 보았다.[1] 이와 비슷하게 스위스의 분석심리학자 마리루이제 폰 프란츠(Marie-Louise von Franz)도 「미녀와 야수」 유형의 이야기를 "아니무스가 의식화되는 양식을 상징하는 과정"[2]으로 해석하였다. 즉 분석심리학자들은 「구렁덩덩 신선비」와 같은 남편 탐색담 속의 괴물 남편을 여자의 심층 심리에 자리 잡은 남성성으로 본 것이다. 이 유형의 설화를 공부함으로써 한국 여성의 집단 무의식에 조금이나마 접근할 수 있지 않을까 하는 바람을 가져 본다.

삽질하는 첫 번째 요령: 학위논문을 적극 활용하자

「구렁덩덩 신선비」에 대해서 학위논문을 쓰고자 한다면 수집할 수 있는 각편은 모두 다 찾아서 읽어 보아야 하지만, 일반 독자들은 좋은 각편을 몇 편 잘 선택해서 공부하면 된다. 그런데 수많은 각편들 가운데서 좋은 각편을 선택하기가 쉽지 않다.「구렁덩덩 신선비」처럼 많은 각편이 채록된 설화 유형을 공부하려면 학위논문을 참조하는 것이 유익하다. 그렇다고 모든 학위논문을 꼼꼼하게 읽을 필요는 없다. 학위논문 가운데서 아주 잘 쓰인 논문은 그다지 많지 않다. 학위논문을 대단하게 생각해서 복잡한 학술 용어와 세분된 유형을 이해하려고 억지로 노력하다 보면 머리도 아프고 기력도 쇠진하여, 옛이야기 공부가 재미없어진다. 무엇보다도 학위논문 가운데 내용은 단순한데 쓸데없이 복잡한 체계로 구성된 글, 선행 연구에서 분류한 유형과 내용이 크게 다르지 않은데도 명칭만 새롭게 붙인 글이 적지 않다. 논문에서 언급한 하위 유형 분류 체계는 서사 구조의 전체적인 틀과 변이 양상을 파악하는 데만 활용하면 되지, 유형 간의 차이를 곧이곧대로 받아들일 필요는 없다.

「구렁덩덩 신선비」에 대한 공부를 제대로 시작하기 전에, 우선 학술연구정보서비스 홈페이지에 들어가서 해당 설화의 전승 양상을 잘 정리한 학위논문 몇 편을 내려받을 필요가 있다. 내 경험에 비추어 볼 때, 제목에 '설화 연구' '전승 양상' '각편 형성' 따위의 단어가 들어간 학위논문이 선행 연구자들이 각편에 관해 수집한 정보를 잘 담고 있다. 이러한 제목을 달고 있는 것 중에서 학술지 논문은 유료인 경우가 많다. 굳이 유료 학술지 논문까지 읽지 않고 학술연구정보서비스에서 무료로 제공하는 학위논문만으로도 옛이야기 공부에 필요한 정보는 웬만큼 얻을 수 있다. 전승 양상 또는 각편 형성을 연구한 논문을 몇 편 내려받고 나면, 첫 장부터 차근차근 읽으려고 애쓰기 전에 우선 정독할 만한 가치가 있는지 전체를 훑어보고 판단할 필요가 있다. 논문 초록, 목차의 구성, 장과 절의 제목, 도표와 그림, 서론과 결론, 참고 문헌을 잘 살펴본

다음, 유익한 정보가 많이 담겨 있다고 판단되면 꼼꼼하게 읽어 보고, 그렇지 않다면 필요한 부분만 발췌해서 읽으면 된다.

학술연구정보서비스에서 '구렁덩덩'을 검색해 보면 석사 또는 박사 학위논문이 30편 가까이 검색된다. 각편에 따라 제목의 '구렁덩덩' 다음에 붙은 단어는 '신선비' '새선비' '소선비' '시선비' 따위로 다양하다. 그중에서 「'구렁덩덩 신선비'의 전승 양상 연구」(최교연, 충북대 석사 학위논문)와 「'구렁덩덩 신선비' 설화 연구」(김경희, 한국교원대 석사 학위논문)라는 두 편의 논문이 제목부터 눈에 띈다. 두 논문을 훑어보면, 2007년에 출간된 최교연의 논문은 『한국구비문학대계』에 수록된 49편만을 연구 대상으로 삼았고, 1997년에 출간된 김경희의 논문은 『한국구비문학대계』 『한국구전설화』 『서울민속대관 6: 구전설화편』(서울특별시 1994) 따위의 다양한 구전설화집에 수록된 63편을 연구 대상으로 삼았다는 사실을 알 수 있다. 김경희의 논문은 최교연의 논문보다 10년 앞서 쓰인 것이기는 해도 훨씬 많은 구전 자료를 분석 대상으로 삼고 있어서, 학자의 성실성이 돋보인다. 더군다나 목차를 살펴보면 일본과 중국의 유사 설화도 소개하고 있어서, 「구렁덩덩 신선비」를 입체적으로 공부하는 데 유익한 논문이라고 판단된다. 최교연의 논문은 『한국구비문학대계』에 수록된 각편만을 연구 대상으로 삼은 한계는 있지만, 구전설화와 전래동화를 비교 분석하였기 때문에 '설화의 동화화'를 이해하는 데 도움이 된다. 두 논문을 참조해서 「구렁덩덩 신선비」 설화의 기본 서사를 종합 정리하면 다음과 같다.

(1) 구렁이의 신이한 탄생: 어떤 할머니가 구렁이 아들을 낳는다.
(2) 색시와 구렁이의 첫 만남: 부잣집 세 딸이 구렁이를 보러 온다. 첫

째와 둘째는 구렁이를 혐오하고, 셋째 딸만 좋게 말한다.

(3) 구렁이의 청혼: 구렁이가 어머니를 위협해서 부잣집에 혼담을 건넨다.

(4) 색시의 승낙: 부잣집 영감(또는 부인)이 딸들의 의사를 물으니, 셋째 딸이 부모의 뜻을 따르겠다고 말한다.

(5) 구렁이의 변신과 혼인: 구렁이는 결혼 첫날밤에 허물을 벗고 잘생긴 선비로 변신한다.

(6) 남편의 금제 선언: 남편은 '허물을 태우지 말라'는 금기를 색시에게 말하고 길을 떠난다.

(7) 허물의 소각: 색시의 두 언니가 허물을 빼앗아 불태운다.

(8) 부부의 이별: 허물 타는 냄새를 맡은 남편이 색시 곁으로 돌아오지 않는다.

(9) 색시의 남편 탐색과 시련: 색시가 남편의 행방을 찾기 위해 온갖 시련을 겪는다.

(10) 색시의 이계 여행: 색시는 조력자의 도움을 받아서 이계로 건너간다.

(11) 부부의 재회: 색시는 새보는 아이가 가르쳐 준 기와집에서 남편과 재회한다.

(12) 색시와 두 번째 아내의 경쟁: 색시는 남편을 찾기 위해서 다른 여자와 시합한다.

(13) 부부의 재결합: 시합에서 이긴 색시는 남편과 재결합한다.

김경희와 최교연은 「구렁덩덩 신선비」의 하위 유형을 다음과 같이 나눈다.

<표 1> 김경희와 최교연의 「구렁덩덩 신선비」 하위 유형 분류

김경희(1997년)의 분류		각편 수	최교연(2007년)의 분류		각편 수
기본형	부부 결합형	6	단순형	구렁이 변신형	4
변이형1	부부 분리형	9	복합형1	이별 비극형	10
변이형2	지상 탐색형	21	복합형2	탐색 재회형	18
변이형3	이계 탐색형	23	복합형3	아내 시합형	17

두 학자가 말한 네 가지 하위 유형들은 모두 '(1) 구렁이의 신이한 탄생'에서 이야기가 시작되지만, 끝나는 지점은 각기 다르다. 첫 번째 기본형 또는 단순형은 '(5) 구렁이의 변신과 혼인'에서 끝나고, 두 번째 변이형 1과 복합형 1은 '(8) 부부의 이별'에서 이야기가 마무리된다. 김경희와 최교연은 세 번째와 네 번째 유형을 어떻게 나눌 것인가에서 견해가 엇갈린다. 김경희는 '(10) 색시의 이계 여행'을, 최교연은 '(12) 색시와 두 번째 아내의 경쟁'을 하위 유형을 나누는 중요한 잣대로 삼았다.

이렇듯 학위논문은 옛이야기의 전승 양상과 하위 유형, 서사의 뼈대 따위를 파악하는 데 큰 도움이 된다. 하지만 이야기를 고정된 틀에 넣고 보기 때문에 이야기 한 편 한 편이 지닌 매력과 가치를 제대로 알려 주지는 못한다. 우리가 꼼꼼하게 살펴보아야 할 이야기를 발견하기 위해서는 서사가 탄탄해 보이는 각편을 몇 편이라도 수집해서 전문을 반복해서 읽고 이야기를 구성하는 화소의 차이점을 직접 도표로 만들어 볼 필요가 있다.

삽질하는 두 번째 요령: 각편을 잘 골라서 도표로 만들자

임석재 선생의 『한국구전설화』에는 '구렁덩덩 신선비' 유형의 각편이 13편 실려 있다. 또한 장서각 디지털 아카이브와 한국구비문학대계 인터넷 사이트에서 '구렁덩덩'을 검색하면 각각 25편과 48편의 각편을 찾을 수 있다.[3](2018년 10월 기준) 이렇게 한 유형에 따른 각편이 『한국구비문학대계』와 『한국구전설화』에서 골고루 발견될 때에는, 『한국구전설화』에 수록된 각편을 먼저 살펴보는 것이 좋다. 모두 12권으로 이루어진 『한국구전설화』는 분량에 있어서는 『한국구비문학대계』에 한참 못 미치지만 그 질에 있어서는 『한국구비문학대계』에 버금간다. 앞 장에서도 말했듯이, 옛이야기를 본격적으로 공부하기 위해서는 임석재 선생의 『한국구전설화』 12권을 모두 소장할 필요가 있다. 임석재 선생이 설화를 채록한 시기는 1910년대 말까지 거슬러 올라가기 때문에 남한과 북한에서 오래전에 구전되어 온 각편이 다수 수록되어 있어서 우리 옛이야기의 원형을 짐작하는 데 도움이 된다. 『한국구비문학대계』에 수록된 각편들은 수많은 구비문학자가 협력해서 1979년에서 1985년 사이 대대적으로 채록한 것이어서 남한에서 구전되던 설화의 양상을 폭넓게 보여 준다. 하지만 모두 남한 지역에서만 채록되었다는 한계와 채록 시기가 1979년 이후여서 기록문학의 영향을 배제하기 힘들다는 문제점을 안고 있다. 그렇기 때문에 옛이야기 공부를 시작할 때는 임석재 선생이 채록한 각편들을 먼저 읽어 보라고 권하고 싶다. 무엇보다 우리 옛이야기의 원형을 짐작하기 위해서는 채록 시기가 1945년 이전인지 아닌지가 매우 중요하다. 1945년 광복 당시 우리나라의 12세 이상 총인구 중 약 78퍼센트가 문맹자였다고 한다. 이때까지는 옛이야기 전승의 주요 매체가 입말이었으며, 구전설화가 기록문학에 크게 영향을 받지 않았다고 볼 수 있다. 하지만 광복 이후 10여 년 동안 문맹률이 급격하게 떨어지면서 옛이야기 전승에도 영향을 미쳤다.[4] 미군정 시기 3년 동안 문맹 퇴치 운동이 대대적으로 전개되어서 1948년 대한민국 정부가 수립되었을 때는 문맹률이 41퍼센트로 뚝 떨어졌고, 1958년에는 4.1퍼센트에 지나지 않았다.[5] 문맹률이 이렇게 급격하게 낮아졌다는 것은 이 땅에서 고소설, 초등학교 교과서, 동화책과 같은 기록문학이 구전문학에 영향을 미치기 시작했다는 것을 의미한다. 따라서 문맹률이 높았던 1945년 이전에 구전 현장에서 임석재 선생이 채록한 자료가 지닌 가치는 이루 말할 수 없을 정도로 크다. 옛이야기를 공부하는 사람들은 임석재 선생이 채록한 각편을 읽는 것만으로도 우리 구전설화에 대해서 많은 것을 배울 수 있다.

『한국구전설화』에 수록된 「구렁덩덩 신선비」 각편 13편의 줄거리를 화소 중심으로 정리해 보면 〈표 2〉와 같다.[6]

항목 번호	채록 지역·시기	구연자	화소					
			구렁이 부모	색시 부모	청혼 과정	혼담 전달자	구렁이 변신 시기	구렁이 변신 도구
1	전북 정읍 1917 전북 순창 1918 전북 고창 1923	이씨, 나씨, 이점례(여)	노부부	장자	오른손 칼, 왼손 불 들고 어머니 위협	색시 어머니		끓는 물 한 솥
2	경남 김해 1932	박종순(여)	할머니	정승	한 손에 관솔가지, 한 손에 불 들고 어머니 위협	색시 아버지	—	간장독, 밀가루 단지
3	평북 철산 1935	백천복	한 부부	부잣집	—	—	혼인 다음 날	—
4	평북 선천 1936 평북 정주 1936	이철 안용집 계창옥	한 년 (한 여자)	앞집 부부	구멍으로 다시 들어간다고 어머니 위협	색시 어머니	장가가는 날	—
5	평북 선천 1936	김성준	김 정승	이 정승	—	색시 어머니	—	굴엄물 (굴 안의 우물)
6	평북 영변 1936	김인국	중이 삼아 준 신을 신고 7년 만에 알 낳은 과부	이 정승	—	색시 어머니	첫날밤	—
7	충남 태안 1943	김천병엽	고추밭에서 알 먹은 할머니	부잣집	한 손에 칼, 한 손에 불 들고 어머니 위협	색시 아버지	장가가는 날	끓는 물 한 가마
8	충남 부여 1962	정연우	할머니	부잣집	한 손에 칼, 한 손에 불 들고 어머니 위협	색시 부모	—	끓는 물 한 솥
9	전북 무주 1969	박길리(여)	노부부	부잣집	—	색시 아버지	혼인날	—
10	경남 거제 1970	옥만석 모친(여)	할머니	장자	구멍으로 다시 들어간다고 어머니 위협	색시 아버지	첫날밤	—
11	충북 청원 1972	김기순(여)	할머니	부잣집		구렁이 어머니		칼로 배꼽을 쨈
12	경남 밀양 1973	박순자(여)	노부부	정승	구멍으로 다시 들어간다고 어머니 위협	색시 아버지	—	3년 묵은 꿀단지, 기름독, 밀가루 독
13	전북 익산 1977	나순이(여)	가난한 사람	장자	—	색시 아버지	첫날밤	—

번호	구렁이(신선비) 출타 이유·장소	허물 소각자	색시의 이계 이동 안내자(조력자)	이계 이동 통로와 도구	신선비의 새집으로 입성 계책	부부 재회 계기	남편 되찾기 과제 (두 번째 아내와 힘겨루기)	호랑이 할머니조력	부부 재결합
						화소			
1	서울	색시 언니	까마귀, 멧돼지, 빨래하는 여자, 논 가는 사람, 새보는 계집	옹달샘과 은복주깨 (주발 뚜껑)	—	달밤의 노래	① 싸리 열 단 해 오기 ② 물 한 동이 긷기 ③ 호랑이 눈썹 다섯 대 뽑기	○	○
2	과거 보러 서울	색시 언니	새보는 아이	—	동냥 좁쌀 젓가락으로 줍기	달밤의 그리움 표현	샘물 길어 오기	—	○
3	—	색시 어머니	—	—	—	—	—	—	—
4	—	색시 언니	까마귀, 빨래하는 여자	—	—	허물 태운 사람 언니 라고 고백	—	—	○
5	공부	색시 언니	낚시하는 영감, 혼자 과자 먹는 아이	굴우물과 금복주깨	—	노래	① 물 한 동이 긷기 ② 싸리 열 단 해 오기	—	○
6	공부하러 서울	색시 언니	까마귀, 빨래하는 여자, 새보는 아이	굴우물과 금복주깨	—	노래	① 물 한 동이 긷기 ② 싸리 열 단 해 오기	—	○
7	과거 보러 서울	색시 언니	산전 일구는 사람, 집 짓는 까치, 빨래하는 여자	샘과 은복주깨· 은젓가락	동냥 쌀 줍기	달밤의 대화	① 물 한 동이 긷기 ② 새 앉은 나무 끊어 오기 ③ 호랑이 눈썹 세 대 뽑기	○	○
8	공부	색시 언니	새보는 아이, 소, 꿩, 빨래하는 여자	목선 (나무배)	동냥 좁쌀 놋젓가락 으로 줍기	—	① 물 한 동이 긷기 ② 참새 있는 나무 꺾어 오기 ③ 호랑이 눈썹 세 대 뽑기	○	○
9	공부	색시 본인의 실수	까마귀, 새보는 아이	냇가에 떠내려온 방망이	—	달밤의 그리움 표현	① 좁쌀 한 말 쏟고 도로 줍기 ② 물 한 동이 긷기 ③ 호랑이 눈썹 뽑기	○	○
10	공부하러 서울	색시 언니	새보는 아이	—	동냥 쌀 젓가락으로 줍기	달밤의 그리움 표현	*화소 대체: '둘 중 하나 고르기' ① 새 간장과 묵은 간장 ② 새 옷과 묵은 옷	—	○
11	서울	색시 언니	—	—	동냥 쌀 젓가락으로 줍기	달밤의 노래	① 물 한 동이 긷기 ② 마당에 부은 물 도로 담기 ③ 새 서른 마리 앉은 앵두나무 해 오기	—	○
12	과거 보러 서울	색시 언니	새보는 아이	—	—	달밤의 그리움 표현	① 물동이에 물 긷기 ② 호랑이 눈썹 세 대 뽑기	—	○
13	과거 보러 서울	색시 언니	까마귀, 논 가는 사람, 새보는 처녀	옹달샘과 은복주깨	쌀 젓가락 으로 줍기	달밤의 노래	*화소 대체: '둘 중 하나 고르기' ① 새 그릇과 묵은 그릇 ② 새 임과 묵은 임	—	○

『한국구전설화』에 수록된 「구렁덩덩 신선비」 13편의 각편을 지역별로 구분하면 전북 3편, 경남 3편, 평북 4편, 충남 2편, 충북 1편이다. 『한국구전설화』에는 1917년과 1923년 사이에 전북에서 채록한 각편 3편을 하나로 통합한 이야기가 한 편 수록되었다(〈표 2〉 1번). 1930년대에 채록한 각편은 모두 5편이 수록되었다. 임석재 선생은 1940년대에 1편, 1960년대에 2편, 1970년대에는 모두 4편을 채록하였다. 〈표 2〉를 중심으로 각편의 서사를 〈표 1〉의 하위 유형으로 분류해 보면, 신선비가 혼례를 올리는 것에서 이야기가 끝나는 '부부 결합형' 또는 '구렁이 변신형'은 한 편도 발견할 수 없다. 또 허물 소각으로 부부가 헤어지며 끝나는 '부부 분리형' 또는 '이별 비극형'은 단 한 편만 채록되었다(〈표 2〉 3번).

「구렁덩덩 신선비」 유형 가운데 1970년대 말까지 각편이 가장 많이 채록된 것은 서사가 가장 풍부한 네 번째 유형이다. 『한국구전설화』에는 김경희가 분류한 '이계 탐색형'에 넣을 수 있는 이야기가 7편, 최교연이 분류한 '아내 시합형'에 해당하는 이야기가 9편 실려 있다. 〈표 2〉를 보면 전북 익산 지역의 나순이가 구연한 각편(13번)을 제외하고는 모든 '이계 탐색형' 각편에서 색시는 물의 세계로 건너간 다음에 남편을 되찾기 위해서 두 번째 아내와 경쟁한다(1, 5, 6, 7, 8, 9번).

이러한 사실로 미루어 짐작할 때, '이계 탐색'과 '아내 시합' 모티프가 모두 포함된 각편이 중요하다고 볼 수 있다. 〈표 2〉를 참조해서 보편성이 큰 화소를 추출하면 다음과 같다.

(1) 구렁이와 색시의 부모: 할머니와 부잣집
(2) 구렁이가 색시에게 청혼한 방법: 한 손에 칼, 한 손에 불을 들고 어머니 몸속으로 다시 들어가겠다고 위협함

(3) 딸에게 구렁이와 혼인할 의사가 있는지 물은 부모: 아버지

(4) 구렁이의 탈각: 가마솥에 끓는 물로 목욕함

(5) 신선비의 출타 이유: 서울에 과거 보러 감

(6) 색시가 남편 탐색 여행에서 만난 길 안내자: 까마귀, 빨래하는 여자, 논 가는 사람

(7) 이계 이동 통로와 도구: 옹달샘과 은복주깨

(8) 이계에서 만난 길 안내자: 새보는 아이

(9) 색시가 이계의 남편 집에서 한 일: 땅에 쏟아진 동냥 쌀 젓가락으로 줍기

(10) 부부 재회 시기와 방법: 달밤에 그리움을 표현한 노래 또는 말을 주고받음

(11) 남편을 찾기 위해 치르는 과제: 물 한 동이를 나막신 신고 머리에 이고 오기, 나무(싸리나무 열 단 또는 새 있는 나뭇가지) 해 오기, 호랑이 눈썹 뽑아 오기

(12) 마지막 과제 해결 방법: 호랑이 할머니에게 통사정하기

〈표 2〉의 13편 가운데서 보편성이 큰 화소로 구성된 각편은 1943년에 충남 태안의 김천병엽이 구연한 이야기이다(〈표 2〉 7번). 김천병엽이 구연한 각편에는 '(8) 새보는 아이' 모티프만 빠졌을 뿐, 거의 모든 주요 화소가 포함되어 있다. 따라서 이 각편에는 한국「구렁덩덩 신선비」 설화의 특성이 잘 담겨 있을 거라고 추측할 수 있다. 김천병엽의 각편을 표준 텍스트로 삼을 때는 두 가지 예외적인 면, 즉 '새보는 아이'라는 보편적인 모티프가 들어 있지 않다는 것과 구연자가 남성이라는 사실을 기억해 둘 필요가 있다. 1979년 이후 최근까지 한국학중앙연구원

이 채록한 설화 및 각종 설화집에 수록된 자료를 보면 「구렁덩덩 신선비」 설화가 주로 여성 구연자를 통해 전승되었음을 알 수 있다. 내가 살펴본 각편 100여 편 가운데 남성이 구연한 각편은 17편 남짓에 지나지 않았다. 이것만 놓고 보면, 「구렁덩덩 신선비」가 주로 여성에 의해 전승된 이야기라고 보기 쉽다. 하지만 1979년 이전에 채록한 「구렁덩덩 신선비」 설화에서는 구연자의 남녀 성비가 크게 다르지 않았다. 〈표 2〉에서 정리한 13편의 각편 가운데 6편은 남성이 구연한 것이다. 이외에도 손진태가 1927년에 채록한 각편[7]과 임동권이 1954년에 채록한 각편[8]의 구연자도 남성이었다. 「구렁덩덩 신선비」가 본디부터 여성 화자들에 의해 구연된 것이라고 딱 잘라 말하기는 어렵다. 이처럼 옛이야기를 공부할 때는 특정 시기의 자료만 놓고 분석하기보다 폭넓은 시기를 아우르며 자료를 수집하고 살펴야 제대로 된 분석을 내릴 수 있다.

삽질하는 세 번째 요령: 앞뒤가 맞물리나 잘 살펴보자

「구렁덩덩 신선비」나 「선녀와 나무꾼」처럼 전승의 광포성(廣布性)이 큰 설화 유형을 공부하거나 동화로 다시 쓰기 위해 표준 텍스트를 정할 때 서사 내용의 보편성만큼이나 중요하게 살펴보아야 할 점이 구연자의 이야기 구성 능력이다. 구성이 잘된 이야기는 화소가 전체적으로 잘 맞물리고 이야기의 앞뒤가 유기적으로 연결되어 있다. 내가 옛이야기의 유기적인 통일성에 주목하게 된 것은 어느 초등학생 때문이다. 십수 년 전 내 친구가 초등학생 아들이 책 읽기를 즐기지 않는다면서, 나에게 책을 한 권 추천해 달라고 부탁한 적이 있다. 그때 나는 서정오의 『우리가 정말 알아야 할 우리 옛이야기 백가지 1·2』(현암사 1997~99)를 권했는데, 평소 책을 싫어하던 아이가 놀랍게도 그 책에 푹 빠져서 여러 번 반복해서 읽었다고 한다. 심지어는 부모를 따라 외국에 나가 살아야 할 때도 아이는 태평양 건너까지 책을 가져갔다. 나는 그 아이가 왜 그 책을 그토록 좋아하는지 궁금했다. 내 친구도 그것이 알고 싶어서 아들에게 물었더니, 아이가 이렇게 대답했다고 한다. "앞뒤가 딱딱 맞물리고 인생 역전이 있어서 좋아요."

사실 그 소년 비평가가 한 말은 놀라운 것이다. 그 아이는 아리스토텔레스(Aristoteles)가 2천여 년 전에 『시학』에서 말한 복합적인 플롯을 자신의 말로 표현했다. 아리스토텔레스는 플롯을 비극의 영혼이라고 표현하면서, 이야기를 구성할 때는 그 어떤 화소도 쓸데없이 존재하지 않을 정도로 딱딱 맞물려야 한다고 말했다. 플롯이 잘 짜인 이야기는 얼핏 보기에는 이질적 요소로 이루어진 것 같지만, 꼼꼼하게 살펴보면 유기적인 통일성과 개연성이 내재한다는 것이다. 아리스토텔레스는 플롯 가운데서도 상황의 반전과 충격 효과가 수반되는 복합적인 플롯을 높이 평가했는데, 내 친구의 아들은 이미 열 살의 나이에 그러한 플롯을 파악할 줄 알았던 셈이다.

문학 사전이나 개론서에서 단편소설을 정의하거나 설명할 때 반드시 등장하는 용어가 '단일한 효과'(single effect)이다. 단편소설 이론을 정립한 것으로 알려진 에드거 앨런 포(Edgar Allan Poe)가 단일한 효과라는 용어를 사용한 것은 단편소설이란 새로운 장르를 정립하기 위해서는 아니었다. 단지 포는 소설가 너새니얼 호손(Nathaniel Hawthorne)의 이야기책에 관한 서평을 쓰면서 이야기(tale)를 잘 구성하려면 어떻게 해야 하는지를 말하고자 했을 따름이다.[9] 포는 살아생전에 후대 사람들이 자신을 단편소설 이론의 창시자로 꼽으리라고는 상상하지도 못했다. 단일한 효과는 단편소설뿐만 아니라 설화를 포함해 잘 구성된 모든 이야기에 해당하는 특징이기 때문이다. 이 이론의 핵심은, 뛰어난 이야기꾼은 미리 전체적인 짜임새와 효과를 잘 계획해서 첫 문장에서부터 그러한 효과가 나타나도록 이야기를 펼친다는 것이다. 단일한 효과 또는 인상의 통일성에 이바지하지 않는 화소를 이야기 속에 쓸데없이 넣어서는 안 된다는 주장이다.

우리 옛사람들이 남긴 고전소설과 구전설화 가운데는 아리스토텔레스의 플롯 이론이나 포의 단일한 효과 이론에 부합하는 이야기가 많다. 「선녀와 나무꾼」과 「구렁덩덩 신선비」를 공부하면서 이야기의 짜임새가 탄탄한 각편들을 잘 살펴보면 화자가 이야기를 시작할 때 이미 결말을 머릿속에 그렸다는 느낌을 받는다. 「선녀와 나무꾼」의 경우, 들머리에 나무꾼이 홀어머니를 모시고 사는 것으로 설정되어 있으면, 끄트머리에 홀어머니가 다시 등장해서 나무꾼이 어머니에 대한 걱정과 그리움 때문에 지상에 왔다가 수탉이 되는 것으로 이야기가 끝난다. 또 들머리에 나무꾼이 생쥐에게 밥을 나누어 주는 내용이 나오면, 끄트머리에 그 생쥐가 큰 쥐가 되어 다시 등장해 나무꾼에게 고양이 왕국의 보물을 구해다 준다.

「구렁덩덩 신선비」의 경우도, 구성이 잘된 각편에서는 화소들이 유기적으로 잘 맞물린다. 앞서 언급한 김천병엽의 각편을 표준 텍스트로 삼아서 서사의 맞물림을 간단하게 정리해 보면 〈표 3〉과 같다.

이 표에서도 알 수 있듯이, 김천병엽의 이야기는 전반부와 후반부가 잘 맞물리게 구성되었다. 구렁이 아들을 낳은 할머니에서 이야기가 시작해서 호랑이 아들을 둔 할머니로 마무리된다. 남편의 동물성을 상징

〈표 3〉 충남 태안 김천병엽이 구연한 「구렁덩덩 신선비」의 화소별 서사 구조

주요 모티프	전반부	후반부
동물 아들을 둔 어머니	구렁이를 낳은 할머니	호랑이 아들을 둔 할머니
신선비의 동물성 상실과 복원 도구	뱀 허물	호랑이 눈썹
허물의 탈각, 소각, 치유	• 가마솥의 끓는 물로 허물 탈각 • 부엌 아궁이의 불에 허물 소각	색시의 물동이 물로 마음의 상처 치유
다른 여자와의 힘겨루기	허물 지키기 실패	남편 되찾기 성공
불과 물의 대조성	• 어머니를 불로 위협 • 신선비의 허물이 불에 훼손됨	물의 세계로 도피
부부 간의 오해와 소통	색시가 허물을 태웠다고 오해	달밤에 나눈 대화

하는 허물을 불에 태운 색시는 나막신 신고 물동이에 물을 이고 오는 과제와 호랑이 눈썹을 뽑아서 남편에게 가져다주는 과제를 치른다. 불에 덴 상처를 물로 치유하고, 손상된 동물적 속성(뱀 허물)을 생생한 동물적 속성(호랑이 눈썹)으로 다시 살린다고 풀이할 수 있다. 또한 화자가 물과 불 모티프를 활용하는 방법도 눈여겨볼 만하다. 신선비의 허물은 물과 불이 결합한 끓는 물에는 벗겨지지만, 부엌 아궁이 불에는 타 버리고 만다. 들머리에서 부잣집 딸과 결혼하고 싶은 신선비는 "한 손에 칼을 들구 또 한 손에는 불을 들구 내가 나오든 구멍으루 도루 들으갈 테야."[10]라고 어머니를 협박한다. 어머니를 불로 협박한 신선비는 거꾸로 자기 자신이 불에 상처를 입게 된 것이다. 불에 타 버린 허물 때문에 마음에 상처를 입고 신선비가 달아난 곳은 샘 너머에 있는 공간, 물의 세계 저편이다.

부부가 재회하는 장면을 이야기하는 방식도 흥미롭다. 신선비가 말

없이 색시를 떠났던 것은 색시가 자신의 허물을 태웠다고 오해하였기 때문인데, 후반부에 부부가 서로의 속마음을 드러냄으로써 화합하게 된다. 김천병엽의 각편에서 신선비는 달을 향해서 "즈그 즈 달은 밝기도 하다. 즈 달은 고향에 있는 내 각시를 보근마는 나는 못 보는구나." 하고 글 읽듯이 말한다. 그러자 색시는 그 소리를 듣고 "즈그 즈 달은 밝기도 밝다. 즈 달은 구릉등등 시슨비를 보근마는 나는 못 본다."[11]라고 응대한다. 색시는 자신을 버린 남편이 자신의 읊조림을 듣고 몸소 찾을 때까지 모습을 드러내지 않는다. 달을 구실 삼아 아내를 향한 그리움을 표현하는 남편과, 간난신고 끝에 찾은 남편을 대면하기 전에 자신의 속마음을 대구법(對句法)과 읊조림으로 전하는 아내가 벌이는 달밤의 숨바꼭질은 화자가 얼마나 빼어난 이야기꾼인지를 느끼게 한다.

김천병엽의 각편에 '다른 여자와의 힘겨루기' 모티프가 있는 것도 서사의 완결성을 높이는 장치로 볼 수 있다. 이 각편에서 색시는 다른 여자(들)와 두 번의 경쟁을 한다. 전반부에서 색시는 착하지만 나약해서 자신의 행복을 시샘하는 언니들로부터 남편의 허물을 지키지 못한다. 색시의 여행은 남편을 찾기 위해서 조금씩 강인한 인물로 변해 가는 과정을 보여 준다. 세상 물정 모른 채 착하기만 했던 부잣집 셋째 딸은 농사일하고 새를 돌보고 빨래를 해 주면서 조금씩 강인해진다. 이러한 통과의례를 통해, 색시는 물의 세계 저편에 있는 낯선 곳에서 또다시 다른 여자와 경쟁을 함으로써 자신의 행복과 사랑을 되찾을 수 있는 힘을 갖게 된다.

오호통재라! 삽질의 아름다움이여

이번 장에서 살펴보았듯이, 옛이야기를 공부하기 위해서는 논문도 읽어야 하고, 각편도 다양하게 수집해야 하고, 도표도 만들어야 한다. 내가 가르친 학생들은 설화 자료를 수집해서 종합하고 정리하는 것만으로도 힘이 들어서 발표를 제대로 못 할 때가 적지 않았다. 학생들은 비록 발표는 신통치 않더라도 노력을 많이 기울였다는 사실만은 선생이 알아주었으면 하는 바람으로, "여기저기 삽질만 열심히 하다가 말았어요."라고 하소연한다. 학생들의 표현이 재미있어서, 국립국어원 표준국어대사전에서 '삽질'이란 단어를 새삼스레 찾아보았다. 사전은 삽질을 두 가지 뜻으로 풀이하고 있었다. "(1) 삽으로 땅을 파거나 흙을 떠내는 일. (2) 별 성과가 없이 삽으로 땅만 힘들게 팠다는 데서 나온 말로, 헛된 일을 하는 것을 속되게 이르는 말." 요즘 삽질이란 단어는 첫 번째 의미보다는 두 번째 의미로 더 많이 통용되고 있는 것 같다.

몇 년 전, 어느 텔레비전 심야 프로그램에서 가수 윤도현이 법륜 스님에게 비슷하게 하소연하는 것을 본 적이 있다. 윤도현이 앨범을 내고 열심히 활동 중인데 사람들이 잘 몰라줘서 걱정이라고 말하자, 법륜 스님이 열심히 하는 것과 결과가 좋은 것은 다른 문제라고 말하면서 인상적인 답변을 했다. "하짓날 제일 더운 게 아니라 그 한 달 뒤가 덥다. 해가 짧은 동지보다 한 달 뒤가 더 춥듯 원인과 결과가 나오는 데 시간이 걸린다. 학교에서 열심히 공부한다고 성적이 잘 나오는 것도 아니다. 지금 적금을 붓는다 생각하고 목돈은 좀 있다가 타라." 옛이야기 숲에서 삽질을 열심히 하는 사람들에게 언젠가는 목돈을 탈 수 있을 거라고, 언젠가는 보물을 찾을 수 있을 거라고 명쾌한 답변을 할 자신이 내게는 없다. 단지 내가 알고 있는 것은 엉뚱한 곳을 여기저기 삽질하는 체험이 쌓이지 않고서는 숲에서 원하는 보물을 찾을 수 없다는 사실이다. 나는 옛이야기를 마법의 숲이라고 믿기 때문에 삽질의 노동을 마다하지 않는 이들은 언젠가 '찾고 있던 보물'뿐만 아니라 '찾지 않았던 보물'도 발견하리라고 기대한다. 또한 우리 눈에 보이는 곳에 죽 있었지만 미처 보지 못했던 보물을 발견하는 기쁨도 누릴 수 있을 것이라고 믿는다. 하지만 삽질과 헤맴이 주는 조촐한 매력은 은근히 중독성이 강해서 옛이야기를 공부하는 사이에 점점 보물을 찾고 있었다는 사실 자체를 잊어버리게 될지도 모르겠다.

논문을 활용한 공부법

옛이야기를 공부하려면 '학술연구정보서비스' 홈페이지에 자주 들어갈 필요가 있다. 공부하고 싶은 설화를 결정하고 나면, 학술연구정보서비스에 들어가서 연구자들의 학위논문과 학술지 논문을 검색한다. 구전 현장에서 채록된 각편 수가 적은 설화는 논문이 많지 않아서 검색된 자료를 모두 훑어보고 읽고 싶은 자료를 선택하면 된다. 하지만 「아기장수」「홍수전설」「구렁덩덩 신선비」「선녀와 나무꾼」「우렁 각시」「콩쥐 팥쥐」 등 각편 수가 많은 광포설화는 연구 자료 또한 너무 많아서 초심자는 길을 잃고 헤매기 쉽다. 그러므로 「아기장수」 설화를 예로 들어서 논문을 활용한 공부법을 설명하겠다.

1. '학술연구정보서비스'에서 '키워드'를 검색한다

검색창에 '아기장수'를 입력하면 학위논문이 106편, 국내 학술지 논문이 150편이 검색된다.(2018년 9월 기준) 일일이 다 읽기에 자료가 너무 많기 때문에 '결과 내 재검색'을 선택한 후에 '유형'이란 단어로 재검색해 보면 학위논문 37편, 국내 학술지 논문 29편으로 자료가 압축된다.

2. 상위 10개의 논문에서 검토할 대상을 고른다

보편적이고 개론적인 성격을 띤 제목의 논문일수록 설화를 전반적으로 이해하는 데 도움이 된다. 「아기장수」 관련 학위논문 가운데는 박인구의 「아기장수 전설의 유형 연구」(숭실대학교 1990)라는 석사 학위논문과 강현모의 「비극적 장수설화의 연구」(한양대학교 1994)라는 박사 학위논문이 눈에 띈다. 둘 다 '간략보기'만 가능하기 때문에 원문을 읽기 위해서는 국립중앙도서관이나 소장 기관에 직접 가야 한다. 이런 경우, 학술지 논문을 다시 살펴봐야 한다. 박인구나 강현모가 학술지에 학위논문과 비슷한 주제의 논문을 발표했을 가능성이 있기 때문이다.

실제로 같은 주제의 학술지 논문 가운데 상위 10개 남짓한 논문을 살펴보니, 박인구가 석사 학위논문과 같은 제목으로 쓴 학술지 논문이 눈에 띈다. 학술지 논문 「아기장수 전설의 유형 연구」(숭실어문 7집, 1990)는 학술연구정보서비스에서 무료 원문보기가 가능하다.

3. 논문의 전체적인 흐름을 파악한다

논문은 목차, 서론, 결론 순으로 읽으면 파악하기 쉽다. 박인구의 「아기장수 전설의 유형 연구」 목차를 살펴보면 '서론-자료일람 및 기본형 설정-각 유형의 구조 분석-구조변이와 의식변화의 상관성-아기장수 전설의 의미-결론'으로 구성되어 있다. 목차만으로도 채록 자료를 분석해서 기본형을 설정하고 유형을 분류한 논문임을 짐작할 수 있다. 이러한 논문은 「아기장수」 설화의 전승 양상을 파악하는 데 도움이 된다.

서론에서 글쓴이는 논문의 목적을 "현재 우리나라에 분포되어 있는 '아기장수 전설'의 유형을 분류하고 그것의 의미를 파악"하는 데 있다고 밝힌다. 또한 결론을 읽어 보면, 글쓴이가 「아기장수」 설화를 어린 시기에 죽은 유형, 성공 직전에 죽는 유형, 능력 상실 후 생존 유형 등 세 가지 하위 유형으로 나누고, 각 하위 유형이 지닌 의미를 나름대로 해석하고 있음을 알 수 있다.

4. 도표나 사진을 찾는다

본론을 읽기에 앞서 논문에 삽입된 도표나 사진을 찾아서 살펴본다. 박인구의 「아기장수 전설의 유형 연구」에는 각편 97편의 서사 구조를 분석한 〈자료일람표〉와 세 가지 하위 유형의 전승 양상을 지도에 표시한 〈분포도〉가 있다. 논문 전체를 읽지 않고 도표만 살펴보아도 전국에서 가장 활발하게 전승된 「아기장수」 설화의 하위 유형은 '어린 시기에 죽은 유형'임을 알 수 있다. 분포도에 따르면, 어린 시기에 죽은 유형이 75편, 성공 직전에 죽는 유형이 19편, 능력 상실 후 생존 유형이 3편 채록되었다. 특히, 세 번째 하위 유형은 제주도에서만 전승되었다. 이 도표를 통해서, 우리나라에서 압도적으로 많이 전승되어 온 「아기장수」 설화는 아기장수가 어린 나이에 죽는 이야기이며, 날개가 잘린 아기장수가 생존하는 이야기는 제주도 지역에만 국한되어 전승되었다는 사실을 알 수 있다.

5. 본론을 읽으며 공부할 유형을 선택한다

「아기장수」의 세 가지 하위 유형이 구체적으로 어떠한 것인지를 알기 위해서는 본론을 찬찬히 읽어야 한다. 세 가지 유형 가운데 서사도 탄탄하고 의미도 예사롭지 않다고 판단되는 유형을 선택해서 공부를 본격적으로 시작한다.

전국에서 각편이 가장 많이 채록된 유형은 아기장수가 어린 시기에 죽은 첫 번째 유형이지만, 많은 작가가 동화로 다시쓸 때 선호한 것은 아기장수가 성공 직전에 죽는 두 번째 유형이다. 비극적인 내용을 극적으로 전달하려면 서사가 어느 정도는 풍부해야 하기 때문이 아닐까 싶다. 세 번째 유형은 설화의 보편성이 크지 않은 탓인지 동화작가들의 관심을 끌지 못했다. 하지만 제주도에서 전승된 유형은 「아기장수」 설화를 다시쓴 기존의 어린이책과는 다른 결말을 보여 주고, 서사가 무척 다채롭다는 점에서 공부할 만하다.

6. 각편을 따로 찾아서 읽는다

공부하려는 설화의 유형과 전승 양상을 파악했으면, 각편들을 설화집 또는 장서각 디지털 아카이브에서 직접 찾아서 읽는다. 대다수 논문은 각주, 도표, 참고 문헌 등에 각편들을 찾을 수 있는 설화집의 출처를 밝힌다. 논문에 따라서는 채록 자료를 아예 부록에 첨부하기도 한다.

7. 다양한 논문을 찾아 읽는다

「아기장수」설화에 대해 자세한 정보와 채록 자료를 얻고 싶으면, 국립중앙도서관에 가면 된다. 전자 도서관에서 소장한 자료와 웹 DB에 올라간 거의 모든 유료 논문을 무료로 내려받을 수 있다. 가장 많은 논문이 수록된 DB는 '디비피아(dbpia.co.kr)' '한국학술정보(kiss.kstudy.com)' '교보문고 스콜라(scholar.dkyobobook.co.kr)'이다. 그 밖에 '학술교육원(earticle.net)' '학지사 뉴논문(newnonmun.com)'에서도 논문을 찾을 수 있다.

4장. 옛이야기 여행을 위한 항해 지도

유형과 모티프

옛이야기 바다의 기원

지구촌에서 전승되어 온 옛이야기는 바다에 비유할 정도로 무수히 많다. 과거에 우리는 그 바다의 한쪽 모퉁이만을 갈 수 있었지만, 오늘날에는 인터넷 덕분에 국경을 초월해서 그 바다를 두루 여행하는 것이 가능하다. 세계 곳곳의 인터넷 사이트에서 무료 전자책으로 제공하는 구전설화집과 전래동화집은 헤아릴 수 없이 많다. 그중에는 우리 설화와 유사한 이야기들도 상당히 많다. 몇 가지 유형을 예로 들자면,「신데렐라」와「콩쥐 팥쥐」,「큐피드와 프시케」와「구렁덩덩 신선비」,「백조처녀」와「선녀와 나무꾼」,「생명수」와「바리공주」,「두 여행자」와「나쁜 형과 착한 아우」,「악마의 황금 머리카락 세 개」와「복 타러 간 총각」,「마이다스와 당나귀 귀」와「임금님 귀는 당나귀 귀」,「손 없는 색시」 따위를 꼽을 수 있다.

'전 세계에 어떻게 비슷한 이야기가 이렇게 많이 존재하는 것일까?' '설화는 언제 어디서 시작되었을까?' 이러한 질문에 답하기 위해서 설화학자들은 오랫동안 이런저런 가설을 세웠다. 어떤 학자들은 동양과 서양의 설화가 비슷한 것은 설화가 단일한 기원에서 발생했기 때문이라고 보았고, 어떤 학자들은 인류의 삶, 정신, 문화가 유사하기 때문이라고 보았다. 그림 형제 중 형 야코프 그림(Jakob Grimm)은 인도·유럽어족이 공통으로 지녔던 고대 신화에서 설화가 발생했다는 인구(印歐) 기원설을 주장하였다. 인도 설화집 『판차탄트라』(*Pancatantra*)를 번역한 독일 학자 테오도어 벤파이(Theodor Benfey)는 설화가 고대 인도에서 발생해 서구 각국으로 전파되었다고 주장하였다.

영국의 에드워드 타일러(Edward Tylor)와 앤드루 랭은 전 세계에 유사한 설화가 분포되어 있는 것은 "인류의 정신적인 공통성과 문화 발전 과정의 유사성"[1] 때문이라면서, 다원 발생설을 주장하였다. 랭은 아주 먼 지역 간에 비슷한 문화나 설화가 존재한다고 해서 반드시 영향을 주고받았다고 단정 지을 수 없다고 생각하였다. 기원을 알 수 없는 오래전에 이야기가 전해졌을 가능성은 있지만, 지역과 상관없이 인간의 마음은 비슷하기 때문에 비슷한 일에 대해 비슷한 생각을 했을 수도 있다는 것이다.

옛이야기의 기원과 전파에 관한 다양한 가설 가운데서 내게 가장 흥미로운 것은 '역사지리학파'의 가설이다. 이 학파는 19세기 말 핀란드 학자들을 중심으로 처음 시작되었다고 해서 '핀란드 학파'로 불리기도 한다. 핀란드 학파의 학자들은 "설화는 어느 한 시기 한 자리에서 생겨난 것이 아니라 유형마다 다른 역사를 가지고 있다는 전제"[2]를 설정하고 연구를 시작하였다. 그들은 지구촌의 이야기 바다를 탐색할 수 있는 분류 체계가 필요하다고 인식했다. 설화를 수많은 유형으로 체계를 세워 나눈 후 각 유형의 전승 양상을 추적하다 보면 발생지, 원형, 전파 경로를 알 수 있지 않을까 하는 생각에, 방대한 설화 자료를 유형별로 분류해서 번호와 이름을 매기고, 그 유형을 구성하는 주요 모티프를 체계적으로 정리할 수 있는 방법을 마련하였다.

핀란드 학파의 학자들이 100여 년에 걸쳐서 증보한 설화 분류 체계는 오늘날까지 옛이야기 바다를 항해하려는 사람들, 옛이야기 바다에서 보물을 찾으려는 사람들이 반드시 지참해야 할 항해 지도이다. 그 항해 지도를 만든 대표적인 학자가 핀란드의 안티 아르네(Antti Aarne, 1867~1925), 미국의 스티스 톰프슨(Stith Thompson, 1885~1976), 독일의 한스요르그 우터(Hans-Jörg Uther, 1944~)이다. 셋 가운데 가장 중요한 인물은 설화 유형뿐만 아니라 '모티프-인덱스' 모음집을 출간한 톰프슨이다. 그가 편찬한 『설화의 유형』(*The Types of the Folktale*)[3]과 『민속 문학의 모티프-인덱스』(*Motif-Index of Folk-Literature*)[4]는 국가 간의 경계를 초월해 범세계적인 차원에서 설화를 공부하려는 사람들이라면 반드시 참조해야 할 필수 안내서이다. 이번 장에서는 톰프슨이 정리한 설화 유형과 모티프의 분류 체계, 그리고 그 체계를 활용하는 법에 대해서 간략하게 정리해 볼까 한다.

아르네, 톰프슨, 우터의 설화 유형 분류 체계

아르네는 세계 각국의 구비문학자들의 도움을 받아서 수집한 많은 설화를 유형별로 분류한 책을 1910년에 처음 출간하였다. 아르네가 죽은 후 톰프슨이 설화 자료를 증보하여『설화의 유형』을 1928년과 1961년 두 차례에 걸쳐서 출간하였다. 톰프슨은 세계 설화를 수많은 유형으로 분류한 후 각 유형의 개요와 국제적인 전승 양상을 정리해 놓았다. 세계 설화학자들이 설화 유형 앞에 'AT'를 붙이는 것은 아르네와 톰프슨의 이니셜을 딴 것이다. 톰프슨이 죽은 지 28년이 지난 2004년에 우터는 아르네와 톰프슨의 유형론을 다시 수정하고 보완해서『국제 설화의 유형』(*The Types of International Folktales*)[5]을 펴냈다. 이 책이 나온 후, 학자들은 설화 유형의 번호 앞에 '아르네-톰프슨'을 뜻하는 'AT' 대신에 '아르네-톰프슨-우터'의 이니셜을 따서 'ATU'라는 글자를 붙인다. 역사지리학파의 유형집은 부모가 죽은 뒤에도 끊임없는 후손의 보살핌 아래 100년 가까이 몸피를 키우면서 성장한 셈이다.

설화 유형과 모티프를 분류하는 체계 마련에 가장 큰 공헌을 한 톰프슨은 설화를 동물담(animal tales), 본격담(ordinary tales), 소화와 일화(jests and anecdotes), 형식담(formula tales), 미분류담(unclassified tales)으로 나눈 후, 다시 세분화해서 설화 유형에 번호를 매겼다. 우리나라에서 설화 유형을 연구한 대표적인 학자인 조희웅과 최인학이『한국설화의 유형』(일조각 1996)과『한국민담의 유형 연구』(인하대학교출판부 1994)를 통해 톰프슨의 분류 체계를 소개한 바 있다. 하지만 두 학자가 사용한 용어들이 약간씩 다르고 원문과 다른 의미로 번역된 용어도 있어서, 부분적으로 수정 보완해서 인용하겠다.

I. 동물담(1~299)
야수/야수와 가축/인간과 야수/가축/조류/어류/기타의 동물과 사물

HANS-JÖRG UTHER

The Types of International Folktales

A Classification and Bibliography

Part I
ANIMAL TALES, TALES OF MAGIC,
RELIGIOUS TALES, and REALISTIC TALES,
with an INTRODUCTION

ACADEMIA SCIENTIARUM FENNICA

HANS-JÖRG UTHER

The Types of International Folktales

A Classification and Bibliography

Part II
TALES OF THE STUPID OGRE, ANECDOTES
AND JOKES, and FORMULA TALES

ACADEMIA SCIENTIARUM FENNICA

HANS-JÖRG UTHER

The Types of International Folktales

A Classification and Bibliography

Part III
APPENDICES

ACADEMIA SCIENTIARUM FENNICA

우터의 『국제 설화의 유형』 표지, 2011년 판.

II. 보통민담 또는 본격담(300~1199)

  A. 마법담(300~749)

  B. 종교담(750~849)

  C. 노벨레(낭만적 설화)(850~999)

  D. 어리석은 식인귀담(1000~1199)

III. 소화와 일화(1200~1999)

  바보담/부부담/여성(소녀)담/남성(소년)담/거짓말

IV. 형식담(2000~2399)

  누적담/꼬리따기담/기타의 형식담

V. 미분류담(2400~2499)

　이러한 다양한 범주의 설화 가운데서 '설화 중의 설화'를 꼽는다면 'II. 보통민담 또는 본격담'의 한 갈래인 '마법담'이다. 마법담에 속하는 이야기들의 유형 번호는 300에서 749까지이다. 우리가 잘 알고 있는 설화의 대부분이 마법담이다. 마법담은 다시 다음 7가지로 나뉜다.

  (1) 초자연적 적수(300~399)

  (2) 초자연적 남편(아내) 또는 마법에 걸린 남편(아내)(400~459)

  (3) 초자연적 과제(460~499)

  (4) 초자연적 조력자(500~559)

  (5) 마법의 물건(560~649)

  (6) 초자연적인 힘 또는 지식(650~699)

  (7) 초자연적인 것에 대한 기타 설화(700~749)

설화를 국제적인 차원에서 비교할 때 'AT' 또는 'ATU'라는 기호 다음에 붙여진 숫자를 살펴보면 이야기의 내용이 어디에 초점을 맞추고 있는지 대충 짐작할 수 있다. 'AT 333' 유형으로 분류되는 「빨간 모자」는 초자연적인 적수가 등장하는 첫 번째 범주에 속한다. 'AT 425' 유형인 「구렁덩덩 신선비」와 'AT 400' 유형인 「선녀와 나무꾼」은 초자연적인 속성을 지닌 배우자 또는 마법에 걸린 배우자가 중심인물로 등장하는 두 번째 범주에 속한다. 'AT 461' 또는 'AT 461A' 유형에 분류되는 「복 타러 간 총각」은 초자연적인 과제가 핵심 소재인 세 번째 범주에 속한다.[6] 'AT 510' 유형에 속하는 「콩쥐 팥쥐」와 「신데렐라」는 초자연적인 조력자가 중심인물로 등장하는 네 번째 범주에 속한다.

핀란드 학파의 학자들이 설화를 유형별로 분류하는 체계를 만들었지만, 그 체계에 문제점이 없는 것은 아니다. 같은 유형에 속하는 설화일지라도 각 설화마다 독자적인 특성이 있기 마련이어서, 유형의 분류 체계에 딱 맞아떨어지는 이야기를 찾기 쉽지 않다. 또, 한 유형을 구성하는 모티프들이 다른 유형의 모티프들과 결합할 때가 많아서, 유형 간의 차이가 뚜렷하지도 않다. 핀란드 학파의 유형 체계가 지닌 또 다른 문제점으로, 그들이 참조한 설화 자료의 상당수가 주로 유럽 지역에서 채록되어서 아시아 설화 자료가 충분히 반영되지 않았다는 사실을 꼽을 수 있다. 그래서 한국과 일본의 설화학자들은 자국의 설화를 분류하기 위한 별도의 설화 유형 체계를 만들었다.

하지만 국가별로 마련된 유형 분류 체계는 자국의 설화를 분류하는 데는 적합할지 몰라도, 지구촌 곳곳에서 전승되어 온 설화들을 국제적인 차원에서 폭넓게 이해하는 데 큰 도움이 되지 않는다. 아직까지 동양과 서양의 설화를 비교하려면 아르네, 톰프슨, 우터가 만든 설화 유형 분류 체계에 의존할 수밖에 없다. 한국 설화를 한·중·일의 경계를 초월해서 외국 설화와 비교하려면 핀란드 학파의 유형 분류 체계를 폭넓게 활용할 필요가 있다.

유형과 모티프의 차이, 그리고 기타 용어들

설화에 관한 논문을 읽다 보면, 유형, 각편, 화소, 유화, 모티프 따위의 용어들이 자주 등장한다. 각각의 용어에 대해서는 국내 학자들의 견해가 매우 다양해서 학술 논문이나 이론서를 읽어도 갈피를 잡기가 쉽지 않다. 조희웅은 유형(類型, type)을 "이야기를 구성하고 있는 주요 모티프와 그 배열 순서가 대체로 일치하는 이야기"로, 유화(類話, variant)를 "동일 유형에 속하는 이야기들의 각각"이면서 "설화를 구성하고 있는 모티프가 공통될 뿐만 아니라, 기본 형식 즉 유형이 일치되는 것"으로 정의한다.[7] 또, 최운식은 각편(各篇, version)을 "각각 다르게 이야기되는 이야기 하나하나"[8]라고 정의한다. 같은 유형의 이야기일지라도 사람에 따라, 심지어는 같은 사람이 같은 유형의 이야기를 하더라도 경우에 따라 조금씩 다르게 이야기할 수 있는데, 그 각각의 이야기를 각편으로 정의한 것이다. 유형과 유화, 각편에 대해서는 조희웅과 최운식의 정의를 따르는것이 무방하다.

옛이야기 관련 용어에서 가장 문제가 되는 것은 '모티프'이다. 조희웅은 『한국설화의 유형』에서 상당히 공을 들여 모티프를 설명한다.

톰프슨에 의하면, 모티프는 매우 간단한 개념을 나타내는 것으로, 범

세계적인 것이다. 예를 들면 요정(fairy), 마술사(witch), 용, 괴물, 악한 계모, 말하는 동물 등과 같은 것은 모티프가 될 수 있다. 또한 모티프는 신비스러운 세계나, 혹은 주보(magic object),[9] 신비로운 현상 등을 포함한다. 이 같은 모티프는 평범한 것이 아니라야 한다. 다시 말하면 '어머니'란 결코 모티프가 못 되지만, '계모'는 그녀가 적어도 범상하지 않다는 점에서 모티프가 될 수 있는 것이다. 하나 더 예를 들면, "소년이 옷을 입고 밖으로 나갔다."와 같은 보통의 사건은 모티프가 못 되지만, "영웅이 보이지 않는 감투를 쓰고 요술 방석을 타고 해와 달 나라로 날아갔다."는 것은 적어도 네 개의 모티프를 포함하고 있다. 즉 감투, 방석, 주술적인 공중 여행, 신비스러운 나라…….[10]

이 인용문에서도 알 수 있듯이, 조희웅의 모티프 정의는 톰프슨의 정의에 바탕을 둔 것이다. 설화 단위에 관한 용어 가운데서 가장 많이 사용되는 것이 모티프인데, 많은 국문학자들이 'motif'를 우리말로 번역하지 않고 원어 발음 그대로 한글로 옮겨 적어서 '모티프'라고 지칭한다. 전 6권으로 출간된 『민속 문학의 모티프-인덱스』를 발간한 톰프슨이 말하는 유형과 모티프의 차이는 다음과 같다.

유형은 독립적으로 존재하는 전승 설화이며, 다른 설화에 의존하지 않는 독자적인 의미를 가지고 있는 완결된 설화라 할 수 있다. 실제로는 다른 설화와 함께 이야기되기도 하지만, 그 자체만으로도 충분히 구연될 수 있는 독립성을 가지고 있다. 유형은 단 하나의 모티프로 이루어질 수도 있고, 여러 개의 모티프로 구성될 수도 있다. 대부분의 동물담, 소화와 일화는 하나의 모티프로 되어 있고, 일반적인 메르헨(「신데렐라」나 「백설공주」와 같은 설화들)은 여러 개의 모티프로 구성되어 있다.

　모티프는 설화의 가장 작은 구성 요소로서 설화가 전승될 수 있도록 하는 어떤 힘을 가졌다. 이러한 힘을 갖기 위해 모티프는 특이하면서도 뚜렷한 어떤 것을 지녀야 한다. 대부분의 모티프는 세 가지 범주로 분류된다. 첫 번째 범주에 속하는 모티프는 설화의 등장인물로서, 신이나, 이상한 동물이나, 마녀, 식인귀, 요정과 같은 기이한 존재나 사랑받는 막내, 잔인한 계모와 같은 전형화된 인물 따위가 이에 해당한다. 두 번째 범주에 속하는 모티프는 사건의 배경이 되는 사항으로서, 마법의 물건, 특이한 관습, 이상한 신앙 따위가 여기에 해당한다. 세 번째 범주에 속하는 모티프는 하나의 단순한 사건들이다. 통상적으로 대다수의 모티프가 이에 해당한다. 세 번째 범주에 속하는 모티프들은 독립적으로 존재할 수 있으며, 진정한 설화 유형으로 기능할 수 있다. 전통적인 설화 유형 가운데 상당수가 세 번째 범주에 속하는 단일 모티프로 구성되어 있다.[11]

　국내 학자들은 톰프슨의 설화 유형 분류 체계에는 관심을 기울이지만, 모티프 분류 체계를 적극적으로 활용하지는 않는 편이다. 그런데 톰프슨이 정리한 모티프 분류 체계는 국가 간의 경계에 구애받지 않고 이야기를 살펴볼 수 있기 때문에 설화의 세계적인 보편성을 파악하는 데 큰 도움이 된다. 톰프슨은 모티프를 "설화가 전승될 수 있도록 하는 어떤 힘"을 가진, 설화의 가장 작은 구성 요소라고 보았으며, 그러한 전승의 힘을 지닌 모티프는 "특이하면서도 뚜렷한 어떤 것"을 지니고 있다고 주장한다. 설화 유형을 구성하는 모티프들이 힘을 지녀야, 그 유형이 시간과 공간을 초월해서 수백 년 또는 수천 년 동안 지구촌 곳곳에서 살아남을 수 있다.

톰프슨은 『민속 문학의 모티프-인덱스』에서 설화를 구성하는 모티프들을 크게 23개의 범주 ── A 신화적 모티프, B 동물 모티프, C 금기 모티프, D 마법, E 망자, F 경이, G 식인귀, H 시험, J 현자와 우자, K 사기, L 운명의 반전, M 예언, N 우연과 운명, P 사회, Q 보상과 징벌, R 포로와 도망자, S 기이한 잔혹성, T 성(sex), U 삶의 본질, V 종교, W 인물의 성격, X 유머, Z 기타 모티프들 ── 로 나눈다. 모티프 번호 앞에 붙여진 첫 번째 알파벳은 각 모티프가 속해 있는 범주를 지칭한다. 예를 들어, 어떤 모티프 앞에 'B'가 붙으면 동물에 관한 모티프, 'C'가 붙으면 금기에 관한 모티프라고 유추할 수 있다.

옛이야기 이론서나 논문에서 '유형'과 '모티프' 다음으로 많이 쓰이는 용어는 '화소'(話素)이다. '화소'라는 용어는 구비문학자들이 저마다 다르게 사용하고 있어서 명료하게 정의 내리기 어렵다. 『구비문학개설』과 『한국민속문학사전』에서는 화소를 'motif'의 번역어로 정의하고 있다. 하지만 최운식과 최래옥은 '화소'와 '모티프'를 차별화한다. 최운식은 화소를 'tale element'라는 용어로 영역하고, "모티프를 형상화하기 위하여 동원된 설화 요소"로 보았다.[12] 또한 『한국민속문학사전』에서 「화소」라는 항목을 기술한 최래옥은 화소를 'motif'로 영역하였지만, 본문에서는 자신의 견해를 따로 밝혔다. 최래옥은 자신이 정의한 '화소'라는 용어를 다음과 같이 3인칭 시점으로 소개한다. "한편, 모티프의 보다 작은 단위를 '화소'로 정의한 경우도 있는데, 최래옥은 한국의 설화를 분석하면서 이 모티프보다 그 아래에 들어갈 작은 설화 단위(이를 '화소'로 정의함)를 설정하였다."[13] 조희웅은 화소라는 용어가 국내에서 모호하게 사용되고 있다고 지적한다. "설화의 최소 단위로 흔히 국내에서는 '화소'란 용어가 사용되고 있다. 그러나 이 화소에 대한 서구어가 'motif'인지 아니면 'element' 또는 'zug'인지 분명하지가 않다."[14] 화소에 대한 국내 학자들의 의견이 이처럼 분분하다. 이 책에서는 화소를 '설화의 최소 단위'로 간주하고, 모티프를 '화소들 중에서 전승의 힘을 지녀서 여러 설화에 두루 나타나는 것들'을 지칭하는 용어로 쓰기로 한다.

「구렁덩덩 신선비」가 속한 설화 유형과 모티프 찾아보기

「구렁덩덩 신선비」는 그동안 연구가 많이 이루어진 편이어서, 관련 논문을 읽어 보면 유형 번호를 쉽사리 알 수 있다. 하지만 상당수의 한국 설화는 아직 유형 연구가 되지 않았기 때문에 세계 설화 유형 분류 체계에서 어디에 속해 있는지를 쉽게 알 수 없다. 옛이야기의 바다에서 외국의 유사 설화를 찾기 위해서는 설화 유형을 알아야 하는데, 인터넷 검색만으로는 알기 어렵다.

국내에서 한국 설화 유형에 대해서 가장 공부를 많이 한 학자는 최인학과 조희웅이다. 특히 최인학의 『한국민담의 유형 연구』는 국제적인 차원에서 한국 설화가 속한 유형을 파악하기 위해서 반드시 소장해야 할 책이다. 이 책에 수록된 '한국민담 유형표'를 보면 각 유형 말미에 'AT' 번호가 기입되어 있다. 최인학이 공들여 쓴 이 유형집은 안타깝게도 현재 절판된 상태이지만, 다행히 인하대학교 도서관인 정석학술정보관 홈페이지(lib.inha.ac.kr)에 접속하면 전자책을 누구나 무료로 내려받을 수 있다. 최인학은 설화집 『옛날이야기 꾸러미』(전 5권, 집문당 2003)에서도 수록 설화의 말미에 'AT' 번호를 기입해 놓았다. 최인학의 유형집에는 「구렁덩덩 신선비」가 'AT 425, 433B, 440'에 속하는 것으로 분류

되어 있다. 외국 설화집이나 유형집에서 같은 번호를 지닌 설화를 찾아보거나 구글 검색창에 'tale type'과 함께 유형 번호를 입력하면 「구렁덩덩 신선비」와 유사한 외국 설화를 여러 편 찾을 수 있다.

전 세계에서 유사 설화를 폭넓게 수집할 수 있는 설화 유형 가운데 분류 체계가 가장 복잡한 것은 「구렁덩덩 신선비」가 속한 'AT 425 잃어버린 남편 탐색' 유형이다. 이 유형은 15개의 하위 유형을 거느리고 있다. 2004년에 출간된 우터의 유형집에 따르면 한국의 「구렁덩덩 신선비」는 '하위 유형 A'로 분류된다. 이 하위 유형에는 'ATU 425A 동물 신랑' 또는 'AT 425A 괴물(동물) 신랑'이라는 이름이 붙어 있다. 이 항목의 개요를 우터의 『국제 설화의 유형』에서 발췌해 번역하면 다음과 같다.

425A 동물 신랑(구 유형 425G를 포함) 이 유형은 다양한 도입부와 하나의 공통된 주요부로 구성되어 있음. 유형 430, 432, 441과 비교.[15]

도입부 에피소드

(1) 막내딸이 아버지(왕)에게 (노래하는) 장미(종달새 등등) 한 송이를 여행에서 돌아올 때 구해 달라고 말한다. 아버지가 야수의 정원에서 장미를 발견하지만 딸을 야수에게 주기로(집에 갔을 때 처음 만나는 것을 주기로) 약속한다.[L221, S228, S241] 아버지는 딸 대신에 다른 처녀를 주려고 부질없이 애쓴다.[S252] 유형 425C와 비교.

(2) 동물-아들(뱀, 대하, 호박 등등)이 (부모의 성급한 기도 때문에) 태어난다.[C758.1] 그는 딸(공주)을 아내로 달라고 요구하고 실현하기 어려운 (불가능한) 과제를 수행한다. 딸(공주)은 그와 결혼한다.[T111].

(3) 처녀가 운명에 의해서 동물 신랑과 결혼하거나 또는 결혼하는 것

에 동의한다.[B620.1, L54.1]

(4) 다른 이유로 처녀는 동물 신랑과 결혼해서 함께 그의 성에서 지낸다. 그는 밤에는 아름다운 남자로 변한다.[D621.1, L54.1]

주요부 에피소드

젊은 색시가 (종종 여성 가족의 충고로 인해서) 신랑의 허물을 태우자[C757.1](밤에 신랑을 쳐다보다가 촛불로 화상을 입히거나[C32.1, C916.1], 신랑의 비밀을 누설하거나[C421], 또는 마법이 풀리는 것을 방해하자), 신랑이 사라진다.[C932]

젊은 색시는 길고 힘든 탐색을 시작한다[H1385.4](무쇠 신을 신고서[Q502.2] 등등). 도중에 그녀는 해, 달, 바람, 별에게서 길 안내를 받고 귀중한 선물을 얻는다.[H1232](노인 또는 동물 조력자 [H1233.1.1., H1235]) 색시는 (때때로 유리산을 올라가서[H1114]) 머나먼 곳에 있는 신랑의 거처에 이른다. 그녀는 남편이 다른(초자연적) 신부를 얻었다는 사실을 알게 된다.

색시는 하녀로 일하면서[Q482.1] 잃어버린 남편 옆에서 사흘 밤을 보내는 대가로[D2006.1] 귀중한 선물(황금 물레 용품, 보석, 멋진 옷 등등)을 다른 색시에게 준다. 색시는 남편의 기억을 일깨우려고 하지만, 남편은 두 번씩이나 다른 색시가 준 약을 먹고 잠이 든다. 사흘째 밤 남편은 약을 먹지 않고 깨어 있다가 진짜 신부를 발견한다.[D2006.1.4.](가짜 신부의 죽음.)

이 유형에 속하는 세계 설화들의 도입부는 무척 다양하지만, 주요부는 전체적인 서사의 뼈대가 비교적 비슷한 편이다. 주요부는 남편의 허물을 태운 색시가 사라진 남편을 찾기 위해 길을 떠나고, 도중에 조력자를 만나서 길을 안내받고 신물도 얻고, 먼 곳에 있는 남편의 거처로 가서 두 번째 색시와 경쟁하는 등의 기본적인 서사 내용을 공유한다.

우터가 서사 개요 속에 삽입한 모티프들에 대해서 자세하게 알기 위해서는 톰프슨의 『민속 문학의 모티프-인덱스』를 살펴볼 필요가 있다. 이 책은 원래 6권으로 발간될 만큼 그 양이 방대해서 모티프 번호를 알아도 참조하기가 쉽지 않았다. 그런데 최근에 무료 전자책으로 만들어져서 모티프를 찾는 일이 무척 수월해졌다. 모티프를 찾을 때는 인터넷 아카이브(archive.org)에서 전자책 『민속 문학의 모티프-인덱스』를 내려받아서 검색하면 된다.

구체적인 예를 하나 들기로 하자. 위에 언급한 'ATU 425A 동물 신랑' 유형의 도입부 개요를 살펴보면, 에피소드 (3)이 「구렁덩덩 신선비」의 들머리와 가장 유사하다. "(3) 처녀가 운명에 의해서 동물 신랑과 결혼하거나 또는 결혼하는 것에 동의한다."라는 내용의 말미에 'B620.1'과 'L54.1'이라는 두 개의 모티프가 기입되어 있다. 두 모티프를 톰프슨의 『민속 문학의 모티프-인덱스』에서 찾아보면 다음과 같이 설명되어 있다.

B620.1 Daughter promised to animal suitor(동물 구혼자에게 주기로 한 딸). *Types 425, 552; *BP II 232 III 424ff.--India: Thompson-Balys; Japanese: Ikeda.--Africa (Angola): Chatelain 65 No. 3.

L54.1 Youngest daughter agrees to marry a monster; later the sisters are jealous(막내딸이 괴물과 결혼하는 것에 동의하고, 나중에 언니들이 시샘한다). Type 425; India: Thompson-Balys; Korean: Zong in-Sob 199 No. 76.

정인섭의 『한국의 설화』 표지.

두 모티프 가운데서 'L54.1'이 「구렁덩덩 신선비」의 내용과 조금 더 유사하다. 「구렁덩덩 신선비」에서는 아버지가 구렁이에게 딸을 주기로 약속했기 때문에 혼인이 성립한 것이 아니라, 딸이 구렁이와의 혼인에 동의해서 결혼이 이루어졌기 때문이다. 그런데 'L54.1' 항목의 말미를 살펴보면, 이 모티프가 들어 있는 주요 설화집으로 '정인섭'(Zong In-Sob)의 책을 소개하고 있다. 톰프슨이 소개한 책은 정인섭이 1952년 런던에서 발행한 『한국의 설화』(*Folk Tales from Korea*)이다.[16] 그 설화집의 76번째 이야기에 L54.1 모티프가 삽입되어 있다는 정보를 톰프슨이 기록해 놓은 것이다. 이 책에 수록된 76번째 설화는 「두꺼비 신랑」(The Toad-Bridegroom)이다.

『민속 문학의 모티프-인덱스』를 편찬할 당시(1955~1958), 톰프슨이 참조한 한국 설화집은 유감스럽게도 정인섭의 책뿐이었다. 따라서 '잃어버린 남편 탐색' 모티프가 들어 있지 않은 「두꺼비 신랑」이 한국의 대표적인 동물 신랑 설화로 세계인들에게 널리 소개되었다. 세계 설화학자들이 'AT 425 잃어버린 남편 탐색' 유형에 속하는 동물 신랑 설화가 한국에서 활발하게 전승되어 왔다는 사실을 알지 못하는 것은 안타까운 일이다.

혜초의 기상을 그리워하면서

수십 편의 각편을 찾아서 표를 만들고, 톰프슨의 『설화의 유형』과 『민속 문학의 모티프-인덱스』를 참조해야 옛이야기 공부를 할 수 있다고 말한다면, 많은 독자들이 아마도 공부를 중도에 포기할지도 모른다. 설화를 비교하는 작업이 쉽지는 않지만, 반드시 전공자만이 할 수 있는 것도 아니다. 한국 옛이야기의 특성과 한국인의 상상력에 대해 탐구하고자 하는 열정만 있다면 비전공자도 할 수 있는 일이 설화를 비교하는 일이다. 국내 설화가 지닌 세계적인 보편성과 한국적인 특수성을 이해하려면 우리 설화를 세계 설화문학 속에 위치시킬 필요가 있다. 그런데 지금까지도 국내의 많은 전공자들은 한국 설화를 외국 설화와 비교하는 연구에는 큰 관심을 기울이지 않고 있다. 설화 비교에 관심을 기울이는 학자들도 대부분 동아시아 지역의 설화와 비교하는 데 치중한다. 8세기 초에 혜초는 이란 북동부에 위치한 니샤푸르까지 여행을 했다. 인터넷 시대인 오늘날 설화를 비교하려는 사람들은 혜초의 기상을 이

어받아 연구의 지평을 넓힐 필요가 있다.

국내에서 국제적 차원의 비교 연구가 제대로 이루어지지 않고 있다는 사실은 반드시 참고해야 할 설화 유형집을 소장한 대학의 실태를 살펴보면 잘 알 수 있다. 학술연구정보서비스에서 검색한 바에 따르면, 아르네-톰프슨의 『설화의 유형』을 소장한 대학은 열 곳[17], 우터의 『국제 설화의 유형』 전질을 소장한 대학은 단 한 곳밖에 없다.[18] 국가에서 주는 연구비를 받은 수많은 설화학자들은 도대체 어떠한 책들을 구입하는 데에 연구비를 쓰는지 알 수 없는 노릇이다. 어쨌든 이 유형집들은 개인이 구입하기에는 비용도 만만치 않고 외국 서점에 주문하기도 쉽지 않다. 그러니 발품을 팔아 대학 도서관에서 복사해서 보는 수밖에 없다. 나 역시 아르네-톰프슨과 우터의 유형집을 구입할 길이 없어서, 소장 대학 도서관에 주민등록증을 맡기고 들어가 진종일 머물면서 쉬엄쉬엄 복사를 해야 했다.

한국 설화와 그림 형제의 메르헨 공부법

그림 형제의 메르헨은 지난 2백여 년간 수많은 이야기책과 그림책으로 만들어져 어린이의 정서와 사고에 많은 영향을 미쳤을 뿐만 아니라 오랫동안 인간의 심층 심리를 읽는 모범 답안으로 여겨 왔다. 한국 설화와 그림 형제의 메르헨을 비교해 보면, 한국 설화의 세계적인 보편성과 한국적인 특수성을 어느 정도 가늠할 수 있다. 국문학자들이 서양 설화와 한국 설화를 비교할 때 주로 활용하는 것이 그림 형제의 메르헨이다. 비교 연구에 관심 있는 독자를 위해서 그림 형제의 메르헨을 활용한 옛이야기 공부법을 소개한다.

1. 그림 형제의 메르헨이 속한 설화 유형을 파악한다

피츠버그대학교의 '민속과 신화 전자 텍스트' 사이트의 그림 형제 관련 페이지(pitt.edu/~dash/grimmtales.html)에 들어가면 그림 형제의 『어린이와 가정을 위한 메르헨』에 수록된 이야기들을 아르네-톰프슨-우터의 분류 체계에 맞게 'ATU' 번호로 정리해 놓은 표가 나온다.

2. 그림 형제의 메르헨과 유형 번호가 일치하는 한국 설화를 찾는다

(1) 인하대학교 정석학술정보관 홈페이지에 들어가서 최인학의 『한국민담의 유형 연구』를 무료 전자책으로 내려받는다.

(2) 『한국민담의 유형 연구』에 수록된 '한국민담 유형표'에서 관심이

가는 옛이야기들이 속한 설화 유형을 찾아보고, 그 유형의 'AT' 번호를 파악한다.

(3) '민속과 신화 전자 텍스트' 사이트에서 찾은 그림 형제의 메르헨 분류표에서 'ATU' 번호를 파악한다.

(4) 'AT' 번호와 일치하는 'ATU' 번호를 찾은 뒤 한국 설화와 그림 형제의 메르헨, 두 텍스트를 비교 대상으로 삼아 공부를 시작한다.[19]

3. 같은 유형을 표로 정리한다

그림 형제의 메르헨과 최인학의 '한국민담 유형표'를 비교해 보면, 설화 유형 번호가 같은 이야기들을 48편 정도 찾을 수 있다. 그 가운데 9개의 유형을 선별해서 표로 정리해 소개한다. 그림 형제 메르헨의 번호와 제목은 김경연이 완역한 『그림 형제 민담집: 어린이와 가정을 위한 이야기』(현암사 2012)를 따랐고 한국 설화의 각편은 최인학의 설화집 『옛날이야기 꾸러미』를 따랐다.

표에 정리한 설화 가운데 몇 편을 골라서 비교해 보면, 독일 설화와 한국 설화가 공유하는 보편성을 미흡하나마 가늠해 볼 수 있다. 내가 '미흡하나마'라고 표현한 것은 그림 형제의 메르헨에는 작가 개인의 상상력과 문학적인 감수성이 많이 담겨 있어서 독일 구전설화의 특성이 온전히 살아 있지 않기 때문이다. 그럼에도 한국 구전설화와 그림 형제의 메르헨 사이에는 공통적인 모티프들이 적지 않게 발견되어서, 한국 설화가 지닌 세계적인 보편성을 엿볼 수 있다.

설화 유형 분류(AT) 번호	그림 형제 메르헨 (김경연 완역 『그림 형제 민담집』)	한국 설화 (최인학 『옛날이야기 꾸러미』)
300 용퇴치자. 공주의 구출	60 두 형제	117 지네와 두꺼비의 격투
425 잃어버린 남편 탐색	88 노래하며 날아오르는 종달새	200 구렁이 신랑
451 오빠를 찾아나선 처녀	9 열두 오빠 25 일곱 마리 까마귀 47 노간주나무 49 여섯 마리의 백조	1 접동새와 까마귀
460A 보상을 받으러 　　신에게 가는 여행 461 악마의 수염 세 가닥	29 세 개의 황금 머리카락을 가진 악마 165 괴물새 그라이프	242 밥도 먹고 말도 하는 부처-구복여정
510A 신데렐라	13 숲속의 세 난쟁이 21 재투성이 아셴푸텔 24 홀레 할머니 201 숲속의 성 요셉	450 콩쥐 팥쥐
653 재주 좋은 사 형제 654 삼 형제	124 세 형제 129 재주꾼 사 형제	469 사 형제의 재간
700 엄지동자 톰	45 엄지둥이의 여행	214 엄지손가락 아이 (주먹이)
706 손 없는 색시	31 손이 없는 소녀	452 손 잘린 처녀
780 노래하는 뼈	28 노래하는 뼈다귀	106 소금 장수와 이상한 뼈

제2부

옛이야기 공부 넓고 깊게 하기

1장. 동서양 설화 비교하기

「구렁덩덩 신선비」와 유럽의 뱀신랑 설화

「구렁덩덩 신선비」와 「큐피드와 프시케」

「구렁덩덩 신선비」는 지리적 인접성으로 봐서는 중국과 일본의 '뱀신랑 설화'와 비슷할 것 같지만 좀 더 깊이 들여다보면 유럽의 「큐피드와 프시케」와 더 닮았다. 임석재와 서대석 등 구비문학과 무속 신화를 오랫동안 연구한 학자들 또한 「구렁덩덩 신선비」의 비교 대상으로 「큐피드와 프시케」를 선택했다. 임석재는 최초로 두 설화의 유사성에 대해서 발표하면서 「큐피드와 프시케」와 「구렁덩덩 신선비」가 서술 방식, 사용 어구, 보조 인물 등장, 상황 설정 따위는 다르지만 그 전체적인 구성이 같다고 보았다. 임석재는 두 설화의 공통점을 다음과 같이 정리한다.

여주인공은 삼 자매 중의 막내라는 것, 남주인공은 사람이 아니라는 것, 여주인공과 남주인공은 결혼했는데 언니들의 질투 때문에 남주인공의 금기를 범하여 이별이 생겼다는 것, 여주인공이 남주인공을 다시 만나러 찾아 나섰다는 것, 만나러 가는 도중에 여주인공은 가지가지의 고난을 겪는다는 것, 재결합을 위해서는 많은 시련이 과해졌다는 것, 드디어 재결합하게 됐다는 것, 외에 여주인공은 청순하게 서술되고 있는 것, 남녀주인공과의 사랑이 격렬·분방·탐욕·욕정적으로 되어 있지 않는 것 등을 공통 인자로 삼고 있다.[1]

임석재는 「큐피드와 프시케」가 교양을 갖춘 지식인 계급이 글로 쓴 이야기이고 「구렁덩덩 신선비」가 입말로 전승되어 온 설화라는 차이점은 있지만, 두 설화 간 공통 인자가 너무 많아서 '동일화(同一話)의 유화(類話)'라고 할 수 있다고 말한다. 두 설화는 세부 내용이 많이 다르지만, 이야기의 뼈대는 우연이라고만 보기 어려울 정도로 비슷하다는 것이다.

「큐피드와 프시케」 유형에 속하는 설화의 기원과 전파를 파악하기 위해서 스웨덴 학자 얀외이빈드 스반(Jan-Öjvind Swahn)은 외국 학자들의 도움을 받아서 전 세계적으로 1,137편의 각편을 수집해 책으로 냈다.[2] 이 책이 출간된 1955년에 일본과 중국의 학자들이 제공한 설화 자료는 서사가 「큐피드와 프시케」 유형과는 다르다고 판정되어 집계에 포함되지 않았다. 이후에도 중국과 일본의 학자들이 수많은 '뱀신랑 설화'를 수집하였지만, 아직까지 「큐피드와 프시케」 유형에 속할 수 있는 남편 탐색담의 구전 각편이 발견되지 않았다. 이 유형에 속할 수 있는 문헌 설화만 일본에서 몇 편 전승되고 있을 따름이다. 반면에 우리나라에서는 「구렁덩덩 신선비」 설화가 1917년에 채록된 각편이 있을 정도로 오래전부터 구전되어 왔고, 지금까지 채록된 각편 수가 백 편이 넘을 정도로 활발하게 전승되고 있다.

그러면 어떻게 「큐피드와 프시케」와 유사한 「구렁덩덩 신선비」라는 남편 탐색담이 우리나라에 전승되어 왔을까? 「구렁덩덩 신선비」는 오래전부터 이 땅에서 자생적으로 전승되어 왔을까? 아니면 「큐피드와 프시케」가 실크로드를 타고 중앙아시아를 거쳐서 이 땅에 흘러 들어왔을까? 그도 아니면 아주 오래전에 이 땅에 들어온 후 우리 옛사람들의 사고와 정서에 맞게 변형된 것일까? 꼬리에 꼬리를 무는 의문이 머릿속을 떠나지는 않지만, 내 능력으로 답을 구하기는 어려울 것 같다. 「큐피드와 프시케」 유형의 기원과 원형, 역사를 파악하기 위해서 천여 편의 설화를 분석한 스반은 자신들이 원형을 찾지 못한 것은 연구 방법이 잘못되었거나 자료가 부족했기 때문이 아니라 "원형이 결코 존재한 적이 없었다는 사실" 때문이라고 말한다.[3] 천여 편이 넘는 각편을 분석해서 얻은 결론치고는 너무도 허무하다는 느낌을 준다.

이번 장에서는 'AT 425 잃어버린 남편 탐색' 유형 중에서 「구렁덩덩 신선비」와 가장 유사한 서사 구조를 지닌 유럽의 구전설화 두 편을 소개하려고 한다. 임석재와 서대석이 비교 대상으로 삼은 「큐피드와 프시케」는 서기 170년경에 고대 로마의 루키우스 아풀레이우스(Lucius Apuleius)가 쓴 소설 『황금 당나귀』에 삽입된 이야기이다. 이 이야기가 신화인지, 민담인지, 알레고리인지를 놓고 아직까지 학자들의 의견이 분분하다. 여러 서구 학자들의 견해를 살펴보면, 아풀레이우스가 민담과 신화에서 모티프를 끌어와서 자신의 상상력, 문학성, 종교관에 맞게 개작한 이야기로 보는 듯싶다. 또한 최근 세계 학자들의 유형 분류 체계

이탈리아 판화집 『아풀레이우스가 들려준 큐피드와 프시케 이야기』(1530~60)의 한 장면.

에 따르면, 아풀레이우스의 「큐피드와 프시케」가 속한 하위 유형은 「구렁덩덩 신선비」가 속한 하위 유형과 다르다. 아풀레이우스의 「큐피드와 프시케」에서 이야기의 후반부를 차지하는 내용은 큐피드의 어머니인 비너스가 며느리인 프시케에게 부여한 과제이다. 이 이야기에는 이계에 사는 두 번째 여자와의 경쟁이라는 모티프가 나타나지 않는다. 서구학자들은 마녀인 시어머니가 내준 과제가 후반부를 구성하는 남편 탐색담을 하위 유형 'AT 425B 마법이 풀린 남편: 마녀의 과제'로 분류하고, 「구렁덩덩 신선비」와 같이 두 번째 여자와의 경쟁이라는 모티프가 후반부에 나타나는 이야기를 'AT 425A 괴물(동물) 신랑'으로 분류한다. 「구렁덩덩 신선비」에는 마녀 유형의 시어머니가 등장하지 않고, 두 번째 여자와의 경쟁이라는 모티프가 들어 있다. 따라서 「구렁덩덩 신선비」를 지식인이 중편 분량으로 쓴 「큐피드와 프시케」와 비교하는 것보다는 동일 유형에 속하는 유럽의 구전설화와 비교하는 것이 각 이야기의 보편성과 특수성을 이해하는 데 더 도움이 될 것 같다.

앞 장에서 살펴본 것처럼 임석재 전집 『한국구전설화』에 수록된 「구렁덩덩 신선비」 각편 가운데서 서사의 짜임새와 모티프의 보편성이 돋보이는 각편은 김천병엽이 구연한 충청남도 설화이다. 이번 장에서는 김천병엽 본을 서양의 유사 설화와 비교해서 살펴보도록 하겠다. 유럽의 설화 가운데서 우리 것과 가장 유사한 것은 이탈리아와 프랑스에서 구전되는 남편 탐색담이다. 미국의 사서이자 연구자인 하이디 앤 하이너(Heidi Anne Heiner)는 전 세계에서 「큐피드와 프시케」 유형에 속하는 각편 180편을 수집해서 선집으로 출간한 바 있다.[4] 180편 가운데 'AT 425A 괴물(동물) 신랑'에 속하는 각편은 모두 34편이다. 그중 3편에 구렁이 또는 뱀이 신랑으로 등장한다. 이 3편을 모두 살펴보면 이탈리아의 「마법사 피오란테 경」이 「구렁덩덩 신선비」와 가장 비슷하다. 「구렁덩덩 신선비」와 서사가 유사한 또 다른 유럽 각편은 프랑스의 「뱀과 포도 재배자의 딸」이다.[5] 이번 장에서는 이 두 편의 이야기를 김천병엽의 「구렁덩덩 신선비」와 비교해 볼까 한다.

충남 태안에서 전승되어 온 「구렁덩덩 신선비」

제1부 3장에서 임석재의 『한국구전설화』에 실린 「구렁덩덩 신선비」 각편 13편을 표로 만들어서 검토한 결과, 김천병엽이 1943년에 구연한 충남의 「구렁덩덩 신선비」가 가장 풍부한 화소들로 구성되어 있다. 채록자 임석재가 성별을 기록하지는 않았지만 김천병엽이라는 이름으로 미루어 짐작할 때 구연자는 남성일 가능성이 크다. 그런데 그의 서사는 여성 구연자의 서사와 크게 다르지 않다. 여성 구연자 문계완이 1974년에 구연한 「구렁덩덩 신선비」[6]는 김천병엽 본과 서사 내용과 화소가 거의 똑같다. 김천병엽이나 문계완이 모두 서산군 태안 사람인 것으로 미루어 짐작할 때, 두 화자의 각편 내용이 그 지방에서 오랫동안 전승되던 보편적인 이야기인 듯싶다. 김천병엽 본을 유럽 설화들과 비교하기 전에 줄거리를 소개하면 다음과 같다.

한 할머니가 고추밭을 매다가 어떤 알을 하나 먹고 구렁이 아들을 낳았다. 할머니는 아기를 뒤뜰 구석에 놓아두고 삿갓을 덮어 두었다. 부잣집 세 딸이 아기를 보러 왔다가 첫째와 둘째는 구렁이 아기를 보고 침을 뱉으면서 퉤퉤거리고, 셋째 딸은 "아 구룽둥둥 시슨비를 나났구만." 하면서 구렁이를 토닥거렸다. 세월이 흐른 후, 어느 날 구렁이는 부잣집 딸에게 장가가겠다고 말한다. 어머니가 말리자, 구렁이는 어머니가 자신의 말을 듣지 않으면 "한 손에 칼을 들구 또 한 손에는 불을 들구 내가 나오든 구멍으루 도루 들으갈 테야."라고 위협한다. 어머니는 무서워서 부잣집에 혼담을 건넨다. 부잣집 영감이 세 딸의 의사를 물으니, 첫째와 둘째는 싫다면서 달아나고, 셋째 딸이 부모의 생각을 따르겠다고 말한다.

구렁이는 장가가는 날, 어머니에게 물을 한 가마 끓여 달라고 해서 목욕을 하고 허물을 벗는다. 구렁이가 옥골선풍(玉骨仙風)의 잘생긴 선비로 변신하자 첫째와 둘째가 몹시 부러워한다. 셋째와 결혼해서 잘 살던 신선비는 어느 날 과거 보러 서울로 간다면서, 구렁이 허물을 각시에게 준다. 남편은 각시에게 허물을 주면서, 잃어버리거나 없애면 다시는 만나지 못하니 허물을 잘 간수하라고 당부한다. 각시는 허물을 걸저고리 속에다 깊이 감춰 두었지만 언니들이 억지로 빼앗아서 부엌 아궁이에 집어 넣어 태운다. 허물 타는 냄새가 서울까지 올라가서 구렁덩덩 신선비는 각시를 원망하고는 다시 돌아오지 않는다.

각시는 남편의 행방을 찾기 위해 길을 떠난다. 도중에 산전을 일구는 사람을 만나서 넓은 산전을 모두 일궈 주고, 집 짓는 까치에게 삭정이를 가져다주고, 빨래하는 여자가 시키는 대로 검은 빨래 희게, 흰 빨래 검게 빨아 주고 길 안내를 받는다. 빨래하는 여자는 은복주깨와 은젓가락을 주면서 은복주깨를 타고 은젓가락으로 저어서 샘을 건너가면 풍경을 단 기와집이 나오는데, 그 집이 신선비의 집이라고 가르쳐 준다.

각시는 신선비의 집 대문 앞에서 중 행세를 하고 동냥을 달라고 한 다음, 여자 종 아이가 주는 쌀을 밑 없는 자루에 받다가 땅바닥에 쏟는다. 각시는 그 쌀을 하나하나 주워 담는 동안 밤이 되자 하룻밤 잠자리를 청한다. 각시는 헛간에 들어가서 밤을 새고, 신선비는 다락에서 글을 읽다가 마당에 내려와서 "즈그 즈 달은 밝기도 하다. 즈 달은 고향에 있는 내 각시를 보근마는 나는 못 보는구나."라고 말한다. 각시는 헛간에서 "즈 그 즈 달은 밝기도 밝다. 즈 달은 구룽등등 시슨비를 보근마는 나는 못 본다."라고 말한다. 각시를 다시 만난 신선비는 자신이 서울에서 새 각시를 얻었다고 하면서, 자신이 두 여자 모두 데리고 살 수 없으니 재주 좋은 각시를 택하겠다고 말한다. 신선비가 내준 과제는 굽 높은 나막신을 신고 얼음판 위를 지나 물 한 방울 흘리지 않고 물동이에 물 길어 오기, 앞산 숲에 가서 많은 새가 앉아 있는 생나무 가지를 끊어서 새 한 마리도 날려 보내지 않고 가져오기, 호랑이 눈썹 세 대 뽑아 오기이다.

첫 번째와 두 번째 과제를 마치고 세 번째 과제를 수행하면서, 서울 각시는 돼지털, 토끼털, 강아지털을 뽑아 왔지만, 고향의 각시는 산호랑이 눈썹을 뽑으러 깊은 산중으로 들어간다. 산중에서 베를 짜는 할머니를 만난 각시는 산호랑이 눈썹 세 대를 뽑으러 왔다고 말한다. 할머니는 각시를 치마에 숨겨 준 후에 호랑이 아들 삼 형제가 들어오자 눈썹에 진드기가 붙었다고 하면서 차례차례 눈썹을 뽑는다. 호랑이 아들 삼 형제가 사냥을 나가자, 할머니는 각시에게 눈썹을 주면서 호랑이 아들이 등성이를 넘어갈 때 나타나서 불러도 뒤돌아보지 말고 그냥 가라고 일러 준다.

호랑이 눈썹을 세 대 가져온 각시는 신선비와 잘 살았다고 한다.[7]

김천병엽 본의 기본 서사와 다른 국내 각편의 공통점과 차이점에 대해서는 제1부 3장의 〈표 2〉를 통해서 자세히 살펴보았기 때문에, 이번 장에서는 또다시 언급하지 않기로 한다. 김천병엽 본이 흥미로운 것은, 그 각편을 구성하는 '불과 칼' '끓는 물 목욕' '금 또는 은으로 된 물건' '호랑이 눈썹' 모티프가 「구렁덩덩 신선비」 유형에 속하는 다른 각편에서도 보편적으로 발견된다는 점이다. 나는 제1부에서 언급한 『한국구전설화』의 「구렁덩덩 신선비」 각편 13편 말고도 각종 구전설화집에서 100여 편의 「구렁덩덩 신선비」 각편을 수집해서 살펴보았다. 내가 살펴본 각편들 가운데서 가장 보편적으로 발견되는 모티프는 '호랑이 눈썹'(25편), '불과 칼'(20편), '금 또는 은 복주깨'(9편), '끓는 물 목욕'(9편)

따위이다. '호랑이 눈썹'과 '불과 칼' 모티프는 충남, 경기, 전북 지역에서 활발하게 전승되어 왔다. 금복주깨, 은복주깨, 은가락지, 은젓가락 따위의 모티프는 충남 지역에서 가장 많이 채록되었지만, 평북, 경상도, 전라도 지역에서도 한두 편씩 채록되었다. 구렁이 신랑이 허물을 벗을 때에 이용한 물질에 대한 언급은 충남과 경상도의 각편이 다르다. 충남 지역에서는 구렁이 신랑이 '가마솥에 끓인 물'로 목욕해서 허물을 벗는 반면에, 경상도 지역의 각편에서는 주로 '묵은 간장 독'이나 '밀가루 통'에 들어갔다 나와서 허물을 벗는다. 전북 지역의 각편에서는 세 모티프가 골고루 발견된다.

유럽의 뱀신랑 설화: 「마법사 피오란테 경」과 「뱀과 포도 재배자의 딸」

'AT 425 잃어버린 남편 탐색' 유형에 속하는 외국 설화에서 주인공이 남편을 잃고 겪는 시련은 다양하다. 잃어버린 남편을 찾아서 해와 달과 별의 나라로 여행을 한 여인들도 있는가 하면, 동풍과 서풍과 북풍의 나라로 여행을 한 여인들도 있다. 대장장이가 만들어 준 무쇠 신을 신고 유리 산 또는 유리 언덕 너머에 있는 남편의 집을 찾아간 여인들도 있다. 유고슬라비아와 그리스 옛이야기의 경우, 주인공은 남편을 찾아 나섰다가 실패한 후에 세계 여러 지역을 여행하는 나그네들이 묵을 수 있는 여인숙을 차려서 남편에 관한 정보를 수집한다. 또 어떤 여인들은 친정 식구들 때문에 상처를 입고 달아난 남편을 치유하기 위해서 마법의 약을 힘들게 구한 후 의사로 변장해서 남편의 성을 방문하기도 한다. 많은 판본에서 아내가 험난한 여행 끝에 남편을 겨우 찾았을 때 남편은 다른 여자와 막 결혼식을 올리려고 한다.「구렁덩덩 신선비」와 마찬가지로 남편이 이미 두 번째 아내를 얻어서 살고 있는 것으로 전해지는 이야기도 있다.

이탈리아의「마법사 피오란테 경」과 프랑스의「뱀과 포도 재배자의 딸」은 뱀이 동물 남편으로 설정되어 있고, 남편 탐색 모티프가 들어 있는 이야기들이다.「마법사 피오란테 경」은 하이너의 선집에 실린「큐피트와 프시케」유형에 속하는 전 세계 옛이야기 180편 가운데서 우리 설화와 가장 유사한 각편이다.[8]「뱀과 포도 재배자의 딸」은 프랑스 민속학자 폴 들라뤼(Paul Delarue)가 수집한 122편 가운데서「구렁덩덩 신선비」와 가장 닮은 이야기이다.[9] 이 세 편을 비교해 보면, 한국과 유럽의 뱀신랑 설화의 공통점과 차이점을 가늠해 볼 수 있지 않을까 싶다.

「마법사 피오란테 경」

세 딸을 둔 나무꾼이 있었다. 매일 아침 세 딸은 숲속에 있는 아버지에게 번갈아 가면서 빵을 날랐다. 나무꾼과 세 딸은 숲속에 사는 커다란 뱀을 보았는데, 어느 날 그 뱀은 나무꾼에게 세 딸 중 한 명과 결혼하고 싶다고 말한다. 청혼을 거절하면 나무꾼을 죽이겠다고 위협해서 나무꾼은 어쩔 수 없이 딸들에게 곧이곧대로 전한다. 첫째와 둘째가 펄쩍 뛰면서 거절했기 때문에 만약 셋째마저 거절한다면 아버지는 목숨을 부지할 수 없게 되었다. 셋째는 아버지를 위해서라면 즐거운 마음으로 결혼하겠다고, 심지어 자신은 뱀이 좋을 뿐만 아니라 청혼한 뱀이 잘생긴 것 같다고 말한다. 이 말을 들은 뱀은 기뻐서 꼬리를 흔든다. 뱀은 막내딸을 태우고 아름다운 초원으로 간다.

초원에 멋진 궁전을 짓고 잘생긴 남자로 변신한 뱀은 아내에게 자신을 빨간 양말과 하얀 양말을 신은 피오란테 경이라고 소개하고는, 만약 자신의 존재와 이름을 남에게 발설하면 불행해질 거라고 말한다. 혹시라도 그런 일이 생긴다면, 무쇠 신, 지팡이, 모자가 다 닳도록 헤매고, 눈물로 일곱 개의 병을 채울 정도로 울어야 자신을 다시 만날 수 있다고 말한다. 아내는 남편에게 비밀을 지키겠다고 약속했지만 언니들을 만나러 가서는 사실대로 털어놓고 만다. 아내가 남편에게 다시 돌아왔을 때는 이미 남편도 궁전도 사라지고 없다.

아내는 남편을 다시 만나기 위해서 속죄의 여행을 떠난다. 걷고 또 걸으면서 내내 운다. 눈물로 병 하나를 채우자 할머니가 나타나 호두를 주면서 필요할 때 깨 보라고 말하고는 사라진다. 눈물로 병 네 개를 채우자 또 다른 할머니가 나타나 개암을 주면서 필요할 때 깨 보라고 말하고는 사라진다. 눈물로 병 일곱 개를 모두 채우자 또 다른 할머니가 나타나 아몬드를 주면서 필요할 때 깨 보라고 말하고는 사라진다.

마침내 아내는 피오란테 경의 성에 다다른다. 피오란테 경은 또 다른 여자와 함께 살고 있었다. 아내는 호두를 깨서 예쁜 옷을 꺼내 두 번째 아내에게 보여 주면서, 피오란테 경과 하룻밤 자게 해 주면 옷을 주겠다고 말한다. 두 번째 아내가 옷을 받고 승낙했지만, 남편은 두 번째 아내가 준 아편을 먹고 깊은 잠에 빠져 있었다. 아내는 잠든 남편에게 울면서 말한다. "빨간 양말과 하얀 양말을 신은 피오란테 경이여, 무쇠 신이 닳도록 걸었어요. 지팡이와 모자도 다 닳았어요. 눈물로 일곱 개의 병을 모두 채웠는데 이제 당신의 아내를 알아보셔야죠." 그다음 날에 아내는 개암을 깨서 첫 번째 옷보다 더 예쁜 옷을 꺼내서 두 번째 아내에게 주고는 남편 곁에서 하룻밤을 더 보내게 된다. 그날 밤에도 아편을 먹은 남편은 깊은 잠이 들었다.

사흘째 되던 날, 피오란테 경의 충직한 하인이 간밤에 울음소리를 듣지 못했는지 주인에게 묻는다. 피오란테 경은 듣지 못했다고 말하고는 아편을 먹지 말아야겠다고 마음먹는다. 아내는 아몬드를 깨서 눈부신 드레스를 꺼내서 두 번째 아내에게 주고는 남편 곁에서 하룻밤을 더 보내게 된다. 그날 밤 남편은 잠자는 척하고는 자신이 버린 아내가 말하는 것을 모두 듣는다. 주체할 수 없는 감동이 밀려와서 남편은 아내를 껴안는다. 그다음 날 피오란테 경은 궁전을 두 번째 아내에게 주고 첫 번째 아내와 훨씬 더 멋진 성에서 행복하게 살기 위해 길을 떠난다.

「뱀과 포도 재배자의 딸」

포도 재배자가 어느 날 밭에 놓인 커다란 돌을 들어 올렸다. 그때 돌 아래 구멍에서 커다란 뱀이 나왔다. 뱀은 허락 없이 자신의 집 문을 없앤 남자를 나무라면서, 세 딸 중 한 명을 자신에게 주지 않으면 남자를 죽여 없애겠다고 협박한다. 슬픔에 잠긴 남자는 세 딸에게 상황을 자세히 설명한다. 두 딸은 뱀의 아내가 되지 않겠다고 울고, 막내딸만이 아버지를 위해 자신을 희생하겠다고 밝힌다. 포도 재배자는 정원으로 딸을 데려갔고, 뱀이 문에서 그들을 기다렸다. 문 앞에서 기다리던 뱀은 부녀를 지하의 세계로 데려간다. 곧 그들은 화려한 가구와 보석으로 장식된 수많은 방이 있는 성에 다다른다. 성의 아름다움에 도취한 딸은 아버지에게 뱀의 아내가 되겠다고 밝힌다. 뱀은 막내딸에게 하얀 웨딩드레스를 준다. 교회에서 거행된 결혼식에는 많은 손님이 참석하고, 화려한 피로연이 베풀어진다.

신방에 단둘이 남게 되자 막내딸은 공포에 질리고 만다. 뱀은 아내에게 자신이 낮에 인간이 되길 바라는지 밤에 인간이 되길 바라는지 묻는다. 아내는 밤에 인간이 되어 준다면 덜 무서울 것 같다고 말한다. 뱀은 즉각 허물을 벗고 사악한 요정의 마법에 걸리기 전의 아름다운 왕자의 모습을 드러낸다. 그 뒤에 뱀은 밤에는 인간이 되고, 낮에는 뱀 허물을 다시 썼다. 며칠 뒤에 신부는 친정집을 방문하고, 언니들은 다이아몬드로 치장한 예쁜 옷을 입은 동생을 시기한다. 언니들은 동생에게 밤에 뱀 옆에 누워 있는 것이 두렵지 않냐고 묻는다. 뱀신랑은 아내에게 언니를 초대할 경우 자신이 잠든 동안에 허물을 만지지 않도록 주의해야 한다고, 그러지 않으면 큰 불행이 뒤따를 것이라고 경고한다. 하지만 언니들의 근심 걱정을 덜어 주고 또 자신의 잘생긴 남편을 보여 주고 싶어서 막내딸은 두 언니를 신방으로 안내한다. 그러고는 남편이 신신당부한 말을 언니들에게 곧이곧대로 들려준다. 동생의 남편이 잘생긴 왕자라는 사실을 알게 된 큰언니는 질투와 욕망에 사로잡혀서 횃불을 들고는 뱀 허물에 접근해서 불태운다. 놀라서 깬 왕자는 자신의 말을 듣지 않은 아내의 어리석음을 꾸짖는다. 왕자는 처형들을 요술 봉으로 쳐서 성 밖으로 즉각 내쫓고, 아내에게는 다음과 같이 말한다. "당신이 내 충고를 듣지 않았기 때문에 당신을 벌할 수밖에 없소. 일곱 개의 빈 병과 일곱 켤레의 무쇠 신을 갖고 가시오. 당신의 눈물로 일곱 개의 병을 채우고, 일곱 켤레의 무쇠 신이 다 닳도록 걸으면 그때서야 당신이 내게로 올 수 있소."

그런 뒤에 왕자는 요술 봉을 휘둘러서 아내를 들판에 홀로 남게 한다. 아내는 밤낮으로 하염없이 울면서 끝없이 걷는다. 임신 중이어서 더욱 힘든 여행이었다. 아내는 일곱 달이 지난 뒤에 잘생긴 아들을 낳고, 길가에 있는 풀과 과일로 연명하면서 아이에게 젖을 물린다. 일곱 해 동안 쉴 새 없이 걸으면서 일 년마다 병 하나씩을 눈물로 채운다. 마침내 아내는 일곱 켤레의 무쇠 신이 다 닳을 정도로 누더기 인생이 되었다.

방랑 생활을 시작한 지 일곱 해가 지났을 때, 아내는 우렁찬 종소리가 울려 퍼지는 어느 마을에 다다른다. 마을 사람들에게 물어서 남편의 결혼식 날이라는 사실을 알게 된 아내는, 아기의 손을 잡은 채 교회 문 앞에 서 있다가 남편과 재회한다. 남편은 결혼식에 온 하객들을 향해 묻는다. "제게 예쁜 열쇠가 있었습니다. 일곱 해 전에 그 열쇠를 잃어버렸지요. 오늘 저는 그 열쇠를 발견했습니다. 어떻게 해야 하나요? 새 열쇠를 가져야 합니까? 옛 열쇠를 가져야 합니까?" 손님들은 "옛 열쇠를 가져야 합니다."라고 대답했고, 왕자는 칠 년 전의 아내를 다시 받아들여 함께 아름다운 성으로 돌아간다. 그 뒤 부부는 많은 아이를 낳고 행복하게 살았다.

세 각편의 공통점과 차이점

「구렁덩덩 신선비」「마법사 피오란테 경」「뱀과 포도 재배자의 딸」을 비교해 보면, 다음과 같은 공통점을 발견할 수 있다. 뱀이 세 딸에게 청혼을 한다. 첫째와 둘째 딸은 청혼을 거절하지만, 셋째 딸이 뱀의 청혼을 받아들인다. 결혼 후에 미남자로 변신한 뱀은 아내에게 부부의 행복을 유지하기 위한 금제를 선언한다. 시기심이 많은 두 언니 때문에 아내가 금제를 어기자, 뱀신랑은 아내의 곁을 떠난다. 아내는 남편을 찾아 길을 떠나서 여러 시련을 겪은 끝에 남편의 거처를 알게 되지만 남편은 다른 여자와 동거를 하거나 막 결혼식을 올리려고 한다. 아내는 두 번째 아내와 경쟁을 하거나 여성 조력자가 준 마법의 물건 덕분에 남편을 되찾는다. 세 각편은 전반적으로 '괴물(동물) 신랑의 청혼—결혼—금제

위반—남편 탐색—재회'라는 기본 서사를 따른다. 하지만 「구렁덩덩 신선비」와 두 편의 유럽 각편을 주요 화소 중심으로 꼼꼼하게 비교해 보면 몇 가지 차이점을 알 수 있다.

첫째, 이야기의 도입부가 매우 다르다. 「구렁덩덩 신선비」 김천병엽 본에서는 구렁이 아들의 탄생에서 이야기가 시작되지만, 「마법사 피오란테 경」과 「뱀과 포도 재배자의 딸」에 등장하는 뱀은 이미 혼인을 할 수 있을 정도로 성장한 괴물이다. 유럽의 뱀신랑 설화에 남편의 탄생을 서술한 이야기가 없는 것은 아니다. 하지만 뱀의 탄생이 도입부에 들어 있는 유럽 각편은 대부분 뱀과 여자의 결혼에서 이야기가 마무리되고 남편 탐색 모티프가 나타나지 않는다. 「큐피드와 프시케」처럼 남편 탐색 모티프가 들어 있는 유럽의 설화들은 대부분 괴물의 탄생이 아니라 어른 괴물의 갑작스러운 등장으로 시작된다.

그래서 서구 학자들은 뱀신랑 설화를 'AT 433 뱀왕자' 유형 또는 'ATU 433B 린도름 왕' 유형으로 따로 분류한다. 「린도름 왕」(또는 「린도름 왕자」) 설화는 북유럽의 여러 지역에서 널리 펴져 있는 이야기로 뱀 또는 용의 모습으로 태어난 왕자와 그 신부에 관한 이야기다. 노르웨이 옛이야기책 『해의 동쪽과 달의 서쪽』(1914)에 실린 「린도름 왕자」[10]에서 괴물 왕자와 결혼식을 올린 처녀는 첫날밤에 조력자의 조언을 받아들여서 여러 겹의 허물과 옷 벗기, 회초리로 때리기, 잿물과 우유로 목욕하기 따위의 의식을 거쳐 괴물 신랑의 마법을 풀어 준다.

서구 학자들이 서로 다른 두 유형 ——'AT 425 잃어버린 남편 탐색'과 'AT 433 뱀왕자'(또는 'ATU 433B 린도름 왕') —— 으로 간주하는 설화를 국내 학자들은 같은 유형의 하위 유형으로 분류한다. 제1부 3장에서 살펴보았듯이, 국내 학자들은 「구렁덩덩 신선비」 유형에 속하는 각편들

노르웨이 옛이야기 「린도름 왕자」의 뱀신랑 모습,
카이 닐센(Kay Nielsen)이 『해의 동쪽과 달의 서쪽』에 그린 삽화.

을 대체로 네 가지 하위 유형으로 분류한다. 색시가 결혼한 후에 시련을
겪지 않고 뱀 허물을 벗은 남편과 행복하게 사는 것으로 이야기가 끝나
는 '부부 결합형', 색시가 허물을 제대로 간수하지 못해서 신랑에게 버
림받는 것으로 끝나는 '부부 분리형', 색시가 남편을 찾아서 여행한 곳
이 지상계이면 '지상 탐색형', 물의 세계 너머에 있는 이계이면 '이계

탐색형'으로 분류한다. 네 가지 하위 유형 가운데 부부 결합형과 부부 분리형은 'AT 433 뱀왕자'에 가깝고, 지상 탐색형과 이계 탐색형은 'AT 425 잃어버린 남편 탐색'에 속한다. 앞의 두 유형에서는 주인공이 뱀신 랑이지만, 뒤의 두 유형에서는 주인공이 전반부에는 구렁이였다가 후반부에는 셋째 딸로 바뀐다. 서사의 중심이 구렁이에서 셋째 딸에게로 이동한 것이다. 네 유형 가운데 채록 시기가 가장 이르고 각편 수도 가장 많은 유형은 김천병엽 본이 속해 있는 이계 탐색형이다. 반면에 이계 탐색형에 나타나는 '서사의 중심 이동'이 서구 설화에서는 좀처럼 발견되지 않는다.

둘째, 결혼 과정과 괴물 신랑의 신분이 다르다. 「구렁덩덩 신선비」에서 구렁이는 태어나자마자 이웃에 사는 부잣집 세 딸을 만난다. 세 딸의 아버지는 신선비 집안보다 훨씬 높은 사회 계급에 속한다. 세 딸의 아버지는 딸을 구렁이에게 시집보낼 이유가 없는데도 혼사가 이루어진다. 반면, 「마법사 피오란테 경」과 「뱀과 포도 재배자의 딸」에서 뱀이 맨 처음 만난 인물은 세 딸의 아버지이다. 뱀의 영역을 침범하는 잘못을 저지른 아버지는 자신을 죽이겠다는 뱀의 협박이 두려워서 딸을 뱀의 신부로 내준다. 뱀은 거대한 성에 사는 왕족 계급에 속한다.

셋째, 아내가 남편을 찾는 방법이 각기 다르다. 「구렁덩덩 신선비」에서 남편은 두 아내에게 세 가지 과제를 내주고, 아내는 모든 과제를 완수하고 남편을 찾는다. 「마법사 피오란테 경」에서 아내는 할머니들이 준 마법의 견과를 다른 아내에게 주고 사흘 동안 잠든 남편에게 자신의 사연을 말해서 남편을 되찾는다. 「뱀과 포도 재배자의 딸」에서 아내는 여행 중에 홀로 낳아서 키운 아이 덕분에 남편과 재결합한다.

넷째, 남편 탐색 여행 중에 아내가 한 일이 다르다. 김천병엽 본에서는 아내가 길 안내를 받기 위해서 농부의 농사일을 돕고, 까치에게 삭정이를 모아 주고, 검은 빨래를 희게 빨고 흰 빨래를 검게 빠는 일을 한다. 두 유럽 각편에서 아내는 무쇠 신이 닳도록 걷고 또 걸으면서 일곱 개의 병을 눈물로 채웠을 뿐, 어떠한 일을 해서 어떻게 길 안내를 받았는지 구체적으로 알 수 없다.

다섯째, 아내가 남편 탐색 여행에서 만난 여성 조력자들이 다르다. 신 선비의 색시는 검은 빨래가 희게 되고, 흰 빨래가 검게 될 정도로 중노 동을 한 끝에 빨래하는 여자로부터 은복주깨와 은젓가락을 받는다. 또 한 이야기 끝부분에서 산속에서 만난 할머니로부터 호랑이 눈썹을 세 대 얻는다. 피오란테 경의 아내는 무쇠 신을 신고 여행을 하는 중에 세 할머니를 만난다. 색시는 세 할머니로부터 남편을 찾는 데 결정적으로 도움을 주는 마법의 호두, 개암, 아몬드를 차례로 받는다. 한편, 포도 재 배자의 딸은 여행 중에 임신과 출산, 육아까지 감당해 가며 세 아내 가 운데 가장 큰 시련을 겪지만 초자연적인 조력자의 도움을 받지 못한다.

이렇게 세 각편만 놓고 비교해 볼 때 여러 차이점이 눈에 띈다. 하지 만 그 차이점을 일반화해서 각 국가 설화의 특수성이라고 잘라 말하기 는 쉽지 않다. 한국 설화나 외국 설화나 입말로 전승되는 이야기는 각편 마다 제각기 다른 특성을 조금씩 지니고 있다. 그 다름은 지리적인 특성 에서 비롯된 것일 수도 있고, 구연자의 성격이나 삶에 기인한 것일 수도 있다. 유럽은 국가 간의 경계가 느슨하고 문화 공동체의 성격이 강하기 때문에 서로 공유하는 모티프가 많다. 「뱀과 포도 재배자의 딸」에서는 할머니 조력자가 등장하지 않지만, 프랑스의 다른 각편에서는, 이탈리 아의 「마법사 피오란테 경」과 마찬가지로, 할머니 조력자 또는 우주적 태모(太母)들이 보편적으로 등장한다. 유럽 각편에 등장하는 여성 조력자는 주로 해와 달과 별의 어머니, 동풍과 서풍과 북풍의 어머니, 바람과 번개와 천둥의 어머니들이다. 그들은 아내가 남편을 되찾는 데 요긴하게 쓸 수 있는 마법의 물건을 준다. 그 물건은 호두, 개암, 아몬드, 밤과 같은 견과류이거나 물렛가락, 실패, 얼레, 실타래와 같은 길쌈 용품들이다.

한국 설화의 특수성을 가늠하는 어려움

한국 설화와 외국 설화를 비교할 때 보편성이나 공통점을 파악하는 것은 어렵지 않지만, 한국 설화의 특수성을 밝혀내기는 쉽지 않다. 「구렁덩덩 신선비」 각편을 아무리 많이 수집해서 분석하더라도, 외국 설화와 비교하지 않은 상태에서는 한국 설화에 보편적으로 나타나는 서사 내용이나 모티프들이 한국적인 것이라고 단정 짓기 어렵기 때문이다. 그런데 전 세계에서 채록된 구전 각편의 수는 헤아릴 수 없이 많기 때문에 국내외의 설화를 비교하고 분석하는 일이 만만치 않다. 현재로서는 아르네-톰프슨의 『설화의 유형』과 우터의 『국제 설화의 유형』, 톰프슨의 『민속 문학의 모티프-인덱스』를 참조해서 한국 설화와 유사한 내용을 지닌 외국 설화를 찾은 다음, 비교 작업을 통해 세계적인 보편성과 한국적인 특수성을 조심스럽게 가늠해 볼 수 있을 따름이다.

「구렁덩덩 신선비」는 인접 국가인 일본이나 중국에서는 발견되지 않지만 유럽에서 폭넓게 발견된 설화 유형이어서 한국 설화가 지닌 세계적인 보편성을 잘 드러낸다. 「구렁덩덩 신선비」에 있는 '검은 빨래는 희게, 흰 빨래는 검게 빨기' 모티프[H1023,6]와 「뱀과 포도 재배자의 딸」

에 들어 있는 '묵은 열쇠와 새 열쇠 중 하나 고르기' 모티프[Z62.1]는 한국과 유럽의 설화에서 종종 찾아볼 수 있는 것들이다. 포도 재배자 이야기에서 뱀신랑은 두 아내 중 한 명을 고르기 위해서 다른 사람들에게 묵은 열쇠가 좋은지 새 열쇠가 좋은지를 묻는다. 국내에서도 경남과 전북에서 유사한 모티프가 전승된다(제1부 3장의 〈표 2〉 참조). 경남 거제에서 옥만석 모친이라는 화자가 구연한 「구렁덩덩 신선비」 각편을 보면, 신선비가 부모에게 새 간장이 좋은지 묵은 간장이 좋은지, 새 옷이 좋은지 묵은 옷이 좋은지를 물어본 후에 묵은 색시를 택한다. 전북 익산에서 채록된 나순이 본에서도 신선비가 어머니에게 새 그릇이 좋은지 묵은 그릇이 좋은지, 새 임이 좋은지 묵은 임이 좋은지를 묻는다. 「구렁덩덩 신선비」의 많은 각편에 등장하는 빨래 모티프는 노르웨이나 스웨덴과 같은 스칸디나비아 지역에서 보편적으로 발견된다. 또한 '호랑이 눈썹' 모티프는 유럽의 '악마의 수염 세 가닥' 모티프[H1273.2]와 유사하다.

이어지는 두 장에서는 「구렁덩덩 신선비」를 구성하는 핵심 모티프 몇 가지를 중점적으로 살펴봄으로써 「구렁덩덩 신선비」의 세계적인 보편성과 한국적인 특수성을 가늠해 보려고 한다.

2장. 「구렁덩덩 신선비」의 세계적인 보편성과 한국적인 특수성 1

옛이야기의 의미를 해석하는 어려움

옛이야기를 공부할 때 설화집에서 각편을 찾아 유형과 주요 모티프를 파악하는 일은 노력이 들기는 하지만 그다지 어렵지는 않다. 옛이야기 공부를 할 때 가장 어렵게 느껴지는 것은 이야기를 해석하는 일이다. 옛이야기의 서사는 단순해도 그 의미를 해석하는 일은 단순하지 않기 때문이다. 옛이야기에 대해서는 민속학자, 국문학자, 비교문학자, 역사학자, 사회학자, 심리학자 등 여러 분야의 학자들이 많은 관심을 기울인다. 나는 2007년에 『옛이야기의 발견』이라는 책을 내면서 「빨간 모자」라는 단순해 보이는 옛이야기가 전공 분야가 다른 학자들에 의해 어떻게 달리 해석되는지 쓴 적이 있다. 인간의 심층 심리를 다루는 학자일지라도 칼 융(Carl G. Jung)을 따르는 분석심리학자와 지그문트 프로이트

(Sigmund Freud)를 따르는 정신분석학자는 상징과 모티프를 달리 해석한다. 심지어는 같은 분석심리학자들도 똑같은 이야기를 전혀 다르게 해석하기도 한다. 성장 배경, 개인적인 삶의 체험, 성별, 공부의 폭과 깊이 따위의 여러 변수가 옛이야기를 해석하는 데 영향을 미치기 때문이다.

옛이야기를 연구하는 학자들은 전공이나 관심 분야에 따라 공부하는 방법이 따로 있게 마련이다. 내가 비교문학자로서 옛이야기를 공부하는 방식을 간단히 적어 보면 다음과 같다. ①마음속에 울림을 주는 이야기를 공부 대상으로 선택한다. ②그 이야기가 속한 유형의 국내 각편을 수집하고 관련 논문을 참조해서 보편적인 서사 구조와 모티프를 파악한다. ③그 이야기가 속한 유형의 외국 각편을 수집하고 관련 논문을 참조해서 보편적인 서사 구조와 모티프를 파악한다. ④수집한 각편들 가운데서 보편성이 큰 한국 각편과 외국 각편을 몇 편 골라서 텍스트 중심으로 비교해 본다. ⑤한국 설화의 세계적인 보편성과 한국적인 특수성에 대해서 생각해 본다. ⑥핵심적인 서사 내용, 모티프, 상징에 초점을 맞추어서 이야기가 지닌 의미, 매력, 가치를 탐구한다. 이야기의 의미를 탐구할 때 다양한 분야의 학자들이 쓴 글을 읽어 보고, 상징과 모티프에 관한 사전을 참조한다.

이 여섯 단계 중 세 번째 단계부터는 일종의 노하우가 필요하다. 그래서인지 옛이야기를 연구하는 대부분의 학자는 ③, ④, ⑤ 단계를 훌쩍 건너뛰고 곧바로 ⑥단계에 들어간다. 국문학자들의 경우, 국내 각편을 수십 편 분석해서 종합 정리하다 보면 진이 빠져서 그런지 외국 유사 설화와 비교하는 연구를 즐기지 않는다. 최근에는 중국과 일본에서 유학 온 학생들이 자국 설화와 한국 설화를 비교한 논문을 발표하곤 해서 반갑기는 하지만, 국내에서 설화의 비교 연구가 한·중·일의 경계를 크게 벗어나지 않는 점은 아쉽다. 심리학자 가운데는 한국 설화를 외국 설화와 비교하기는커녕 국내에서 수집된 각편들조차 관심을 기울이지 않는 사람들이 적지 않다. 많은 심리학자들은 구전설화가 아니라 동화작가들이 표준말로 다시쓴 전래동화를 분석 대상으로 삼곤 하는데, 이러한 연구 방식으로는 심리학자들이 내세운 옛이야기의 가치를 제대로 파악하기 어렵다. 이부영은 민담의 가치에 대해서 "몇 세대를 두고 입에서 입으로 '저절로' 전해 내려온 옛이야기면서 인위적인 — 의식적인 — 작용을 덜 입은 것이라는 점에서 인간의 무의식적인 정신적 자산을 많이 표현하고 있다."[1]라고 말한다. 그런데, 전래동화 가운데 상당수는 입말로 전승되어 온 민담의 가치를 온전하게 담아내지 못하고 있다. 작가들이 구전설화를 어린이책으로 다시쓰면서 교육성, 상업성, 문학성, 편의성, 시대정신 따위를 고려해서 대폭 손질하기 때문이다.

심리 분석을 위한 연구 대상을 선정하는 데 있어서 심리학자들이 보이는 한계가 있기는 하지만, 그들 가운데는 놀라운 통찰력으로 옛이야기를 해석하는 데 많은 도움을 주는 사람들이 있다. 특히 내가 신뢰하는 쪽은 칼 융의 이론을 따르는 분석심리학자들이다. 나는 옛이야기의 의미를 해석할 때 이부영과 그의 스승인 마리루이제 폰 프란츠의 글을 많이 참조한다. 베레나 카스트(Verena kast), 이유경, 앨런 치넨(Allan B. Chinen), 클라리사 에스테스(Clarissa P. Estes) 등이 쓴 책도 옛이야기를 이해하는 데 적지 않은 도움이 된다.[2] 옛이야기 독자들이 많이 참조하는 브루노 베텔하임(Bruno Bettelheim)의 『옛이야기의 매력』(전 2권, 시공주니어 1998)은 정신분석학적인 관점에서 옛이야기를 분석한 글이어서 흥미롭기는 하지만, 상징과 모티프를 지나치게 성

(sexuality)과 연결 지어 해석해서 번역본의 제목과는 달리 옛이야기의 매력을 제대로 보여 주지 못한다.

옛이야기의 의미를 해석하는 데에는 상징사전 활용이 필수다. 내가 즐겨 참조하는 상징사전으로는 한국문화상징사전편찬위원회의 『한국문화 상징사전』(동아출판사 1992), 천진기의 『한국 동물 민속론』(민속원 2003), 진 쿠퍼(Jean C. Cooper)의 『그림으로 보는 세계문화 상징사전』(까치 1994), 에릭 애크로이드(Eric Ackroyd)의 『심층심리학적 꿈 상징 사전』(한국심리치료연구소 1997)을 꼽을 수 있다. 영어로 된 상징사전은 무수히 많지만, 그 가운데 가장 내용이 상세하면서 가격도 저렴한 것은 영국의 펭귄 북스에서 출간한 상징사전이다.[3]

이번 장과 다음 장에서는 「구렁덩덩 신선비」를 해석하는 여러 학자의 글과 다양한 상징사전을 참조해서, 이야기를 구성하는 핵심 모티프들의 의미를 살펴볼 생각이다. 「구렁덩덩 신선비」를 외국 유사 설화와 비교하다 보면, 기억에 남는 몇 가지 흥미로운 상징이나 모티프를 발견할 수 있다. '왜 한국 설화에는 괴물 남편이 일관되게 뱀 또는 구렁이로만 나타날까?' '뱀이 불과 칼을 들고 어머니의 몸속(자궁)으로 다시 들어가겠다고 협박한다는 내용이 왜 한국 설화에서만 보편적으로 발견될까?' '검은 빨래는 희게, 흰 빨래는 검게 빨아서 은복주깨를 얻는다는 발상은 어떻게 나왔을까?' '왜 신선비는 색시에게 호랑이 눈썹을 세 대 뽑아 오라고 요구했을까?' 등 「구렁덩덩 신선비」를 연구하다가 맞닥뜨리기 쉬운 의문에 대한 답을 찾아 나서 보자.

불과 칼을 든 뱀

외국의 남편 탐색담에 등장하는 괴물 남편은 곰, 개, 늑대, 사자, 말, 독수리, 황소, 무쇠 오븐, 냄비 등으로 무척 다양하다. 그런데 한국의 괴물 남편은 거의 일관되게 뱀이다. 「두꺼비 신랑」 설화에도 동물 남편이 등장하기는 하지만 남편 탐색담은 아니다. 왜 우리나라 여성들은 징그러운 뱀과 결혼하는 이야기를 그렇게 즐겨 한 것일까?

심리학자들은 뱀신랑을 매우 다양하게 해석한다. 베텔하임과 같은 정신분석학자는 동물 신랑 설화에서 마법에 걸린 왕자가 뱀으로 변하는 이유를 "뱀이 남근 이미지의 동물이기 때문이며, 인간다운 사랑의 개입이 없이 쾌락을 추구하는 성욕의 상징이기 때문"이라고 보았다.[4] 분석심리학자 이부영은 뱀신랑을 여성의 무의식에 내재한 남성상, 여성의 내적 인격인 '아니무스'를 나타낸다고 보았다. 이부영은 셋째 딸이 구렁이와 결혼한 것을 "여성 주인공이 현재는 추하게 느껴지는 동물적인 본능을 받아들임으로써 이 내면의 심혼은 발현된다."[5]라고 해석한다. 또한 여러 국문학자들은 주로 한국 민간신앙의 틀 속에서 뱀신랑을 인간보다 우월한 수신(水神)으로 해석한다.

『한국문화 상징사전』을 살펴보면, 뱀이 지니는 상징적 의미가 매우 다양하다. 불사, 재생, 영생, 풍요, 다산, 길흉, 혐오, 불분명한 태도, 유혹, 애욕, 성인의 덕, 총명, 간사, 음흉, 남근, 여근, 보약, 신체, 수호신, 짝사랑, 탐욕, 슬픔, 인류의 원형, 생명의 윤회, 지혜, 예언력, 태양, 간계, 교활, 치유의 힘, 생명, 불신, 공포, 혼란, 지신(地神), 탄생 따위의 의미가 담겨 있다고 한다.[6] 진 쿠퍼는 『그림으로 보는 세계문화 상징사전』에서 뱀 또는 구렁이의 상징성을 해석하는 데 10면 가까운 분량을 할애한다.

뱀의 상징성을 종합적으로 정리한 대목을 소개하면 다음과 같다.

뱀은 아주 복잡한 의미를 가진 보편적 상징이다. 뱀과 용은 호환성을 가지며, 특히 극동에서는 둘 사이의 구별이 없다. 뱀의 상징은 다의적이며, 남성도 여성도 될 수 있으며, 자기 창조(단성생식)도 하는 것으로 생각된다. 뱀은 살인자로서는 죽음과 파괴의 상징이다. 주기적으로 허물을 벗는 것으로서는 생명과 부활의 상징이며, 그 밖에 똬리를 튼 뱀은 현현의 순환을 나타낸다. 뱀은 동시에 태양과 달에 속하며, 생과 사, 빛과 어둠, 선과 악, 예지와 맹목적 정념, 치유와 독, 보존자와 파괴자, 영적 재생과 육체적 재생을 나타낸다. 뱀은 남근 상징이며, 남성적 창조력, '모든 여성들의 남편'이며, 뱀의 모습은 보편적으로 수정, 수태와 연관성을 띤다. 뱀은 모든 여신과 〈태모〉의 상징물이며, 도상에서는 여신의 몸에 감겨 있기도 하며, 손에 쥐어져 있기도 하다. 이 경우에 뱀은 비밀, 모순, 직관이라는 여성적 특질을 지닌다. 뱀은 돌연히 나타나거나 갑자기 사라지기 때문에 예견할 수 없음을 상징한다.[7]

뱀의 상징성은 이처럼 다양해서 서로 반대되는 속성을 모두 포괄할 정도이다. 따라서 뱀의 상징성을 해석할 때는 이야기의 맥락을 고려할 필요가 있다. 「구렁덩덩 신선비」 김천병엽 본에 등장하는 구렁이는 할머니가 고추밭을 매다가 발견한 알을 먹고 낳은 아들이다. 고추는 남성의 생식기를 상징한다고 볼 수 있고, 알은 '생명의 근원', 천제자(天帝子), 소우주, 생명소, 태양 따위를 상징한다.[8] 따라서 고추밭을 매다 발견한 알을 먹고 구렁이를 낳은 할머니는 지모신의 속성을 지녔다. 단, 신성한 지모신이 아니라 세속화된 지모신으로, 자신이 낳은 신이한 아

신선비가 불과 칼로 어머니를 위협하는 모습,
『구렁덩덩 새선비』(엄혜숙 글, 이상권 그림, 시공주니어 2007)의 한 장면.

들에 대해서 부끄러움을 느낀다. 할머니의 아들로 태어난 구렁이는 양
면적인 속성을 지닌다. 구렁이는 부잣집의 첫째 딸과 둘째 딸에게는 혐
오의 대상이고, 어머니에게는 수치와 공포의 대상이다. 반면에, 셋째 딸
에게는 선비의 품격을 지닌 생명체이다. 색시는 구렁이 신랑의 밝은 모
습만 보았을 뿐, 그 안에 내재된 어두운 속성을 제대로 인지하지 못했
다. 신선비의 색시가 혹독한 시련을 겪은 것은 신선비의 양면성에 대한
이해가 부족했기 때문이 아닐까 싶다.

　구렁이 신랑이 지닌 폭력성과 파괴성은 부잣집에 혼담을 넣을 수 없
다고 말하는 어머니를 위협하는 모습에서 찾아볼 수 있다. 신선비는
"으미니가 내 말을 안 듣구 말도 않겠다문 나는 한 손에 칼을 들구 또 한
손에는 불을 들구 내가 나오든 구멍으루 도루 들으갈 테야."[9]라고 어머
니를 위협한다. '불과 칼을 든 뱀'의 이미지는, 우연의 일치인지는 몰라
도, 큐피드의 이미지와 유사하다. 『황금 당나귀』에는 프시케와 결혼할

괴물 신랑에 관한 아폴로의 신탁 내용 중에 "그대는 인간인 사위를 맞이할 수 없으며 단지 무섭고 독사 같고 맹수 같은 장난꾸러기를 맞이할 뿐. 그는 창공을 날아다니며 불과 칼로 모든 사람을 불행하게 만들고, 모든 사람을 슬프게 만든다."[10]라는 구절이 나온다. 프시케의 언니들은 밤에만 찾아오는 동생의 신랑을 "사람의 목숨을 앗아 갈 수 있는 독을 흘리면서 침을 흘리는 큰 입을 가진 뱀"[11]일 거라고 묘사한다. 큐피드나 「뱀과 포도 재배자의 딸」의 뱀왕자처럼, 신선비는 처형들의 꾐에 속은 아내 탓에 치명적인 화상을 입는다. 큐피드는 아내인 프시케가 들고 있던 램프의 끓는 기름이 떨어져서 피부에 화상을 입고, 신선비와 뱀왕자는 처형(들)이 허물을 불태우는 바람에 고통을 겪는다.

그렇지만 신선비에게 불은 부정적인 영향만을 미친 것은 아니다. 신선비가 탄생해서 머물렀던 공간은 불이 있는 곳이다. 신선비의 어머니는 신선비를 낳았을 때 구렁이 아들이 부끄러워서 뒷마당 굴뚝 모퉁이나 부엌 모퉁이에 삿갓을 덮어 둔 채 놓아둔다. 굴뚝이나 부엌은 모두 불과 관련이 있는, 여성적인 상징물이다. 부엌은 여성들이 일하는 공간이고, 아궁이의 불이 빠져나가는 굴뚝은 여근을 상징한다. 옛사람들은 산모가 난산할 때에는 아이가 빨리 나오라고 굴뚝을 열어 놓거나 굴뚝에 가서 키로 부치는 풍습이 있었다고 한다.[12] 또한 굴뚝을 조왕신이 옥황상제에게 집안일을 보고하러 갈 때 사용하던 "하늘의 연결 통로"[13]로 여겼다. 굴뚝이나 부엌 모퉁이가 주거 공간이었던 신선비는 '불과 칼'을 다룰 줄 알고, 가마솥에 끓인 물로 목욕을 해서 옥골선풍의 선비로 변신할 정도로 불에 익숙한 존재다. 신선비가 불로 인해서 해를 입었을 때는 자신의 몸과 허물이 분리되고 나서다.

검은 빨래 희게, 흰 빨래 검게 빨기

신선비의 색시가 남편이 있는 이계로 가기 위해서 물을 통과할 때 사용한 물건은 '은 또는 금으로 만들어진 복주깨'이다. 김천병엽 본이나 문계완 본과 같은 태안 지역 각편에서 색시는 은복주깨를 타고 수평 이동해서 이계로 간다. 하지만 어떤 각편에서 색시는 복주깨를 타고 수직으로 이동하기도 한다. 신선비의 색시가 배처럼 활용한 복주깨는 주로 은복주깨이다. 마법의 복주깨는 색시가 검은 빨래는 희게, 흰 빨래는 검게 빨아 준 대가로 얻은 것이다. 주인공이 길 안내를 받기 위해서 빨래를 해 주거나 동물을 씻어 준다는 모티프는 세계 곳곳의 옛이야기에서 흔하게 발견된다. 하지만 '검은 빨래 희게 빨기' 모티프[H1023,6]는 흔하게 발견되는 것은 아니다. 우리나라에서 빨래 모티프는 「구렁덩덩 신선비」와 「바리데기」 설화에서 보편적으로 발견되지만, 이나다 고지(稲田沽二)나 이케다 히로코(池田弘子)가 쓴 일본의 모티프 색인집에는 나타나지 않는다.[14] 국내에서 구전되는 「동방삭」 설화에서 동방삭은 검은 숯을 씻어서 하얀 숯을 만들겠다고 하는 저승사자의 계교에 속아서 저승으로 잡혀간다. 중국의 「동방삭」 설화에는 이러한 내용이 나오지 않는 것을 볼 때, 검은 숯을 하얗게 씻는다는 모티프는 한·중·일 중에 우리나라에서만 전승된 듯싶다. 서양에서 '검은 빨래 희게 빨기' 모티프는 'AT 425 잃어버린 남편 탐색'과 'AT 480 우물가의 실 잣는 여인' 유형의 설화에 주로 나온다. 이 모티프는 유럽 전역에서 폭넓게 전승되어 온 것은 아니고, 주로 스칸디나비아 지역에서 발견된다. 특히 '검은 빨래 희게, 흰 빨래 검게 빨기'라는 모티프가 유라시아 대륙의 극과 극에 위치한 스칸디나비아 지역과 한국에서만 전승된다는 사실은 흥미롭다.

바리데기가 마고할미에게 길 안내를 받기 위해 검은 빨래는 희게 빨고, 흰 빨래는 검게 빠는 모습,
『바리데기』(송언 글, 변해정 그림, 한림출판사 2008)의 한 장면.

　　빨래 모티프에 특별한 관심을 기울인 국내 학자로는 국문학자 신연
우와 분석심리학자 이나미가 있다. 두 학자는 공통으로 빨래 모티프가
선과 악의 이분법적 사고방식을 극복하라는 메시지를 담고 있다고 풀
이한다. 신연우는 바리데기나 신선비의 색시가 행복한 결말을 보여 주
는 것을 빨래 모티프에 나타난 세계 인식 때문으로 보았다. "검은 빨래
를 희게 빨고 흰 빨래를 검게 빠는 것은 현실에서는 인정되지 않는 모순
과 부조화를 보여 주지만 그것을 수용했기에 이들은 좋은 결과를 얻었
다. 현실은 안정되어 있지 않은 것이다. 흰 것은 희게만 둘 수 없고 검은
것도 그렇다. 세계는 늘 바뀌기에 오늘 흰 것은 내일 검을 수 있다. 검은
것은 검지만 않고 희기도 하다. 사람은 선하거나 악하기만 하지 않고 악
하기도 하고 선하기도 하다. 이런 세계의 모순과 부조화를 경험하고 끌
어안는 자세를 배운 바리와 색시는 삶의 과제를 해결할 수 있었다고 보
인다."[15] 이나미의 해석도 이와 유사하다. 이나미는 "검은 것을 희게 하

고 흰 것을 검게 하는 것은 여성들의 미성숙한 이분법적인 사고방식을 극복하라는 주문이다. 아니무스, 즉 무의식의 남성적인 콤플렉스에 사로잡히면 여성들은 남성들보다 더 가혹한 잣대로 무엇이든 판단하고 재판하려 한다. (…) 흰 것과 검은 것을 바꿈으로써, 즉 자신의 경직된 이분법적 태도를 극복함으로써 여성은 옹달샘 즉, 창조적 원천을 만나게 된다."[16]

얼핏 보기에는, 빨래 모티프에 선과 악, 흑과 백의 이분법적인 사고방식을 극복하고 세계의 모순과 부조화를 끌어안고 살라는 메시지가 담겨 있다고 보는 해석이 그럴듯해 보인다. 하지만 그러한 해석은 옛이야기의 보편적인 문법에 맞지 않는다. 옛이야기가 지닌 세계적인 보편성 가운데 하나는 선과 악이 뚜렷하고, 결말이 권선징악적으로 처리된다는 점이다. 「콩쥐 팥쥐」「신데렐라」「나쁜 형과 착한 아우」「백설공주」「손 없는 색시」「꼬마 엄지」 따위의 수많은 옛이야기에서 악은 가혹하리만큼 철저하게 응징된다. '검은 빨래 희게 빨기' 모티프가 들어 있는 'AT 480 우물가의 실 잣는 여인' 유형에서도 선과 악의 차별은 뚜렷하다.[17] 이 유형의 대표 설화인 스칸디나비아의 「두 상자」[18]에서, 전처 소생의 착한 딸은 새들이나 신이한 여성의 도움을 받아서 "검은 타래는 하얗게, 흰 타래는 까맣게" 빠는 과제를 성공리에 완수하고 금은보화가 든 상자를 받는다. 하지만 계모의 사악한 딸은 도움을 요청하는 동물과 노파를 거칠게 대해서 빨래 과제를 완수하지 못한다. 계모와 그 딸은 대단원에서 상자에서 쏟아져 나온 화염으로 불타 죽는다. 다른 각편에서 계모 모녀는 상자에서 두꺼비, 개구리, 뱀이 튀어나와서 고통을 받는다.

빨래 모티프가 들어 있는 동서양의 구전설화에 담긴 권선징악의 메시지가 뚜렷하기 때문에, 빨래 모티프에 선악의 이분법을 초월해서 세상의 모순과 부조화를 수용하라는 메시지가 담겼다고 보는 신연우와 이나미의 해석은 그리 타당해 보이지 않는다. 그렇게 모호하게 해석하기보다는 실현 불가능할 것 같은 빨래 과제를 수행한 인물이 착한 인간이라는 사실에 주목할 필요가 있다. 빨래 모티프는 다음 세 가지 측면에서 그 의미를 생각해 볼 수 있을 듯싶다.

첫째, 옛사람들은 빨래 모티프를 통해서 선과 악이라는 윤리적인 기준의 모호성을 말하려 한 것이 아니라 외면과 내면, 표면 현실과 심층 현실의 간극을 말하려고 한 것이 아닐까 싶다. 우리는 겉모습만 보고 사람과 사물을 판단하곤 한다. 겉모습이 늙고 추하면 속마음도 그럴 거라고 생각하고, 겉모습이 작고 나약하면 내면도 그럴 거라고 생각하기 쉽다. 하지만 옛이야기는 그러한 생각이 잘못된 것이라고 말한다. 늙고 추한 노파가 나중에 아름다운 여신으로 변신하고, 작고 약한 엄지동자나 반쪽이가 식인귀나 호랑이를 퇴치하고 형들을 구원한다. 개구리, 곰, 뱀의 형상을 한 야수가 결혼 후 잘생긴 왕자로 변신하고, 덫에 걸린 약한 짐승이 나중에 행운을 가져다주는 초자연적 조력자가 된다. 옛이야기는 사물의 외피에 현혹되지 말고 그 본질을 꿰뚫어 볼 수 있는 통찰력과 직관을 지녀야 한다고 말한다. 검은 빨래는 희게, 흰 빨래는 검게 하는 빨래 모티프는 인간과 사물의 본질과 변화를 꿰뚫어 보는 지혜를 얻기 위해서는 혹독한 시련을 거쳐야 한다는 사실을 상징적으로 나타내는 것이 아닐까 생각한다.

둘째, 빨래는 목욕과 마찬가지로 물로 먼지나 때를 씻는 행위여서, 죄, 병, 오염을 씻어 내는 정화와 치유를 상징한다고 볼 수 있다.[19] 언니들로부터 배신당하고 남편에게 버림받은 채 홀로 여행을 떠난 색시의 마음속에 원한과 미움의 감정이 없을 리 없다. 무수한 씻기를 반복함으로써 색시는 분노, 원한, 미움의 감정을 씻어 내고 깊이 맺힌 마음속의 응어리를 풀 수 있지 않았을까 싶다. 국내 설화를 통틀어, 신이한 빨래 모티프가 발견되는 이야기는 버림받은 아내가 등장하는 「구렁덩덩 신선비」와 버림받은 딸이 등장하는 동해안 무가 「바리데기」뿐이다.

셋째, 신선비의 색시는 빨래하는 여자의 요구를 받아들임으로써 물의 세계를 통과할 수 있는 마법의 도구를 획득한다. 그리고 마법의 도구는 주로 은복주깨로 설정되어 있다. 은으로 만들어진 물건들은 깨끗할 때는 흰색으로 빛나지만, 오염된 물질이 닿거나 시간이 흘러 산화되면 쉽사리 검게 변색한다. 이 모티프는 어쩌면 연금술과 관련이 있을지도 모른다. 연금술에 따르면, 원질료를 불에 태우면 검은색으로 변하고, 그것을 수없이 씻고 또 씻으면 하얗게 변해서 은이 생성된다. 분석심리학자들은 원질료가 용해되고 가소되어 검어지는 니그레도(nigredo, 흑화)의 단계를 개성화 과정[20]에서 자아가 그림자와 대면하는 단계로 본다. 마리루이제 폰 프란츠는 니그레도 단계에서 자아는 "그가 지금껏 착각했던 전권을 박탈당했다고 느끼며 무의식의 혼란스런 어두운 세력과 대면하고 있음을 느낀다."[21]고 말한다. 색시가 언니들의 질투, 허물의 소각, 남편(아니무스)의 사라짐 등으로 극심한 혼돈 상태에 이른 것은 연금술의 니그레도 단계에 비유될 수 있을 것 같다. 그다음 단계인 알베도(albedo, 백화) 단계에서 검은 물질은 무수한 씻기를 통해서 하얗게 변하여 은이 된다. 알베도의 단계는 "개성화 과정에서 이성의 내적 요소들의 통합" "남성에서는 아니마, 여성에서는 아니무스의 통합"이 이루어지는 단계로 해석된다.[22] 알베도 단계에 있는 연금술사처럼, 신선비의 색시는 검은 빨래가 하얗게 되도록 무수한 씻기를 반복해서 물의 세계를 통과할 수 있는 은복주깨를 얻는다.

샘물과 은복주깨

　'은 또는 금으로 만들어진 복주깨'는「구렁덩덩 신선비」이외의 설화에서는 좀처럼 발견할 수 없는 독특한 모티프이다. 충남과 전북 설화에서 색시는 은복주깨를 타고 물의 세계를 수평 또는 수직 방향으로 이동한다. 은복주깨를 타고 옹달샘에 들어간 색시가 여행한 공간은 큰 기와집이 있는 곳, 나락이 누렇게 익어 가는 곳, 용궁 따위이다. 평북 설화에서는 새보는 아이가 가르쳐 준 대로 굴암에 들어간 색시가 금복주깨로 물을 떠먹고 우물로 들어가서 신선비가 사는 큰 기와집에 이른다. 은 또는 금으로 만들어진 복주깨 모티프는 평북, 충남, 전북 등 한반도의 서부 지역에서 채록된 각편에서만 나타날 뿐 동부 지역의 각편에서는 좀처럼 발견되지 않는다. 특히 이 모티프가 가장 활발하게 전승되는 곳은 충남 내포 지역(옛 홍주를 중심으로 한 충청도 서북부 지역)이다.

　왜 우리 조상들은 주발도 바가지도 아닌 복주깨를 타고 이계를 여행한다고 상상했을까? 주발의 뚜껑을 지칭하는 복주깨는 지역에 따라서 복지게, 복지께, 복지깨로 불린다. 주발이 밥을 담는 그릇이라면, 복주깨는 밥을 먹을 때 보통 물그릇의 역할을 한다. 복주깨는 단순한 주발 뚜껑이 아니라 물과 관련이 깊은 그릇이다.「해야 해야 나오너라」또는「몸 말리는 소리」로 불리는 강원도의 전승 민요를 보면 그 사실을 잘 알 수 있다. 전승자들의 목소리를 들어 보면「해야 해야 나오너라」는 노래라기보다는 해를 부르는 주문에 가깝다. 이 민요는 각편에 따라 조금씩 차이는 있지만, '복주깨로 물을 먹는 해'의 이미지를 담고 있다. 각편들은 "해야 해야 나오너라/복지께다 물 떠 넣고 쨍쨍 나오너라" "해야 해야 나와라/복지깨로 물 떠먹고 쨍쨍 나와라" "해야 해야 다 복주깨 다

신선비의 색시가 **빨래**를 하고 얻은 복주깨를 타고 물을 건너는 모습,
『구렁덩덩 새선비』(이경혜 글, 한유민 그림, 보림 2007)의 한 장면.

물 떠먹고 장구 치미 나오너라" 따위의 구절을 반복한다. 장서각 디지
털 아카이브에 따르면, 이 민요는 "여름에 개울가에서 아이들이 미역을
감고 물에서 나와 몸을 말리면서 부르던 소리"이다.[23]

민속 문학에서 복주깨는 해가 물 떠 먹는 데 쓰는 그릇으로 나타날 뿐
아니라 대홍수 설화에도 등장한다. 강원도 철원과 화천의 경계에 있는
복주산(또는 복두산)이란 지명의 유래를 보면 대홍수 신화와 관련이 있
다. 강원도 철원에서 전승되는 전설에 따르면,[24] 천지가 개벽할 적에 세
상이 모두 물에 잠겼지만 산꼭대기에 있는 복주깨 만큼의 지역이 물에
잠기지 않아서 그 산을 복주산이라고 불렀다고 한다. 설화 속의 복주깨
는 밥그릇을 덮는 데만 쓰이는 그릇이 아니다. 해, 물, 대홍수, 천지개벽,
산 따위를 떠올리게 하는 중요한 상징물이다.

「구렁덩덩 신선비」에서 복주깨는 물의 세계를 통과해서 이계에 이르
게 하는 공간 이동의 도구이다. 평북 각편에서 색시는 새보는 아이가 가

르쳐 준 대로 굴암에 들어가서 샘물(또는 우물물)을 떠 먹고 물의 세계를 통과해서 신선비의 거처로 이동한다. 신선비가 있는 곳이 물을 통과해야 갈 수 있는 곳이어서 일부 국문학자들은 신선비를 수신으로 보고 있지만, 그렇게 단정 짓기는 어렵다. 신선비의 거처를 용궁으로 지칭하는 각편이 몇 편 있기는 하지만, 신선비가 하늘로 올라갔다는 각편도 여러 편 채록되었다. 또한 샘이나 우물 저편에 있는 신선비가 사는 공간에는 들판에 나락이 누렇게 익어 가고 기와집이 있으며 산에는 호랑이가 살고 있어서, 수중계라고 말하기도 어렵다. 내 생각에는 그 세상을 수중계나 지하계로 단정 짓지 말고, 이계로 간주하는 것이 좋을 듯싶다. 우물이나 샘물은 이계에 이르는 통로 또는 관문이고, 그 관문을 무사히 통과하기 위해서 은 또는 금 복주깨가 필요한 것으로 해석할 수 있다.

샘물 곁에 놓인 은복주깨는「구렁덩덩 신선비」설화에만 나타나는 것은 아니다. 전남 장성에서 채록된 나쁜 형과 착한 아우 설화「지성이면 감천」에는 샘물에 떠 있는 은복주깨가 등장한다.[25] 이 설화에는 선과 악을 나타내는 두 거지 형제가 등장한다. 거지 형은 동생이 아버지 제사를 위해서 동냥해 온 음식이 탐이 나서 동생이 잠든 사이에 동생의 두 눈을 쏙 빼 버린다. 두 눈이 뽑혀서 어둠 속에 놓인 동생에게 하얀 노인이 나타나서 아무개 집에 가면 샘이 있으니, 거기에 있는 은복주깨로 물을 떠서 눈을 씻으면 완치된다고 알려 준다. 샘물로 눈을 치유한 동생은 물이 없어서 고생하는 동네 사람들에게 노인이 들려준 말을 전해 준다. 동구나무 밑을 세 치 파내서 샘을 발견한 동네 사람들은 동생에게 쌀섬도 모아 주고 집도 장만해 주고 장가도 들게 한다. 동생의 성공을 시기한 형은 자신의 두 눈을 뽑지만 거지로 살다가 죽고 만다.「지성이면 감천」뿐만 아니라 그와 같은 'AT 613 두 여행자' 유형에 속하는 다른 각편들에도 샘물은 눈을 낫게 해 주는 신비의 약물로 나타난다. 이 유형의 설화에 대해서는 다음 장에서 더 자세히 살펴보겠다.

또한, 샘물의 치유력은 「손 없는 색시」 유형에서도 잘 엿볼 수 있다. 이 유형의 설화는 악한 계모의 모함에 빠져서 아버지에게 손이 잘린 채 집에서 내쫓긴 전실 딸에 관한 이야기이다. 이 이야기에서 손이 잘린 색시는 결혼을 하고 아들을 출산하지만, 계모의 두 번째 계략으로 또다시 시댁에서 내쫓긴다. 아이와 함께 방황을 하던 색시는 갈증이 나서 샘물에 갔다가 샘물에 빠진 아이를 구하려다 죽은 어머니의 도움으로 손을 되찾게 된다. 「지성이면 감천」이나 「손 없는 색시」 설화에서 눈과 손의 상실을 복원해 주는 생명수는 샘물이다. 이러한 설화들을 종합해 볼 때 어둠과 극한의 고통 속에서 만난 샘물은 생명력과 치유력을 지닌 마법의 생명수이고, 그 샘물 곁에 놓인 금 또는 은 복주깨는 생명수를 담는 마법의 그릇이다.

그렇다면 신선비의 색시에게 샘물은 어떠한 의미를 지닌 것일까? 색시는 형제에게 눈이 뽑히지도, 아버지에게 손이 잘리지도 않았다. 하지만 남편이 소중하게 여기는 허물을 언니들에게 빼앗겨서 사랑을 잃게 되었으니, 그 마음의 고통은 눈이 뽑히고 손이 잘리는 것과 같다고 볼 수 있다. 그러한 색시가 마음의 병을 치유하고 온전한 자기를 이루기 위해서 마법의 샘물을 먹거나 샘물 속으로 들어가는 것은 반드시 거쳐야 할 치유의 과정이 아닐까 하는 생각이 든다. 그런데 신연우는 「구렁덩덩 신선비」를 「바리공주」와 비교하면서, "강이 옹달샘으로 작아지고 배로 건너던 것이 밥주발 뚜껑을 탄다고 하는 것도 여성의 왜소화 맥락에 따라 그 의미를 축소하고 희화화했기 때문일 것이다."[26]라고 주장한다. 이러한 해석은 샘물과 복주깨가 지닌 상징성을 간과한 것이다. 강과 샘물, 배와 복주깨는 크기로 비교해서 상징성의 경중을 따질 수 있는 것이 아니다. 샘물은 비록 크기는 작지만 세계 여러 신화에서 강과 바다로 이르는 물줄기의 근원으로 간주되기 때문에 그 상징성이 강보다 열등하지 않다. 세계 설화를 살펴보면, 죽을병을 치유할 수 있는 생명수는 강이나 바다에 있는 것이 아니라 주로 샘이나 우물에 있다. 영어의 'vessel'과 프랑스어의 'vaisseau'는 배나 선박뿐 아니라 '용기와 그릇'을 지칭한다. 상징사전에서도 성배는 재생의 씨앗을 담고 있는 노아의 방주 또는 배와 같은 속성의 것으로 해석한다.[27] 신선비의 색시가 물을 무사히 통과해 이계에서 새롭게 태어날 수 있도록 도와준 은복주깨는 생명수를 담는 마법의 그릇이면서 생명과 부활의 배를 나타내는 것은 아닐까.

3장. 「구렁덩덩 신선비」의
세계적인 보편성과 한국적인 특수성 2

한국과 유럽 설화 속의 신이한 털

「구렁덩덩 신선비」에서 가장 두드러지는 모티프는 '호랑이 눈썹 뽑아 오기'이다. 깊은 산속에서 베를 짜거나 물레를 돌리는 머리가 하얀 할머니, 산속 어둠을 뚫고 그 할머니를 찾아온 색시, 엄마의 치마폭에 색시가 숨어 있는 줄도 모르고 어리숙하게 눈썹이 뽑히는 호랑이 아들이 등장하는 장면은 매우 인상적이다. 산속 호랑이 할머니와 색시의 만남이 옛이야기를 다시쓴 많은 어린이책에서 사라져 버린 것이 안타까워서, 『옛이야기와 어린이책』(창비 2009)에 그 문제점에 대해서 자세하게 언급한 바 있다. 하지만 그 책을 쓸 당시만 해도 나는 호랑이 눈썹이 지닌 상징성에 대해서 깊이 생각하지 않았다. 호랑이 눈썹도 털의 일종이라 보고, 털이 보편적으로 상징하는 생명력, 활력, 남성적인 힘을 나타

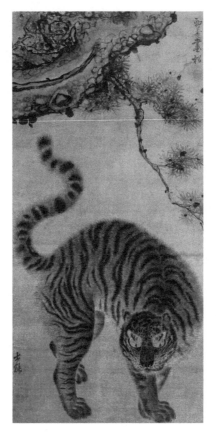

김홍도 「송하맹호도」(18세기),
삼성미술관 리움 소장.

낸다는 것 정도로 이해했다.

　그런데 신선비 색시의 이계 여행을 떠올릴 때마다 '왜 신선비는 색시에게 호랑이 눈썹을 뽑아 오라는 과제를 낸 것일까?' 하는 의문이 뇌리에서 떠나지 않았다. 그것도 그냥 호랑이 털이 아니라 눈썹으로 지칭해서 뽑아 오라고 한 까닭이 궁금했다. 25편이 넘는 「구렁덩덩 신선비」 각 편에 호랑이 눈썹 모티프가 등장하지만, 그것에 관심을 기울인 학자는 지금까지 없었다. 호랑이 눈썹의 의미를 탐구하기 위해서 상징과 모티 프를 다룬 다양한 논문과 각종 사전을 두루 살펴보았지만 관련 자료를 찾을 수 없었다. 또한 외국 설화에서는 호랑이 눈썹 모티프를 발견할 수 없었다.

한국 설화에서 호랑이 눈썹 모티프는 「구렁덩덩 신선비」 유형뿐만 아니라 「호랑이 눈썹」 유형과 「효성에 감동된 호랑이」 유형에서도 발견 된다.[1] 「호랑이 눈썹」 유형에서 호랑이 눈썹은 사람들의 본성 또는 전생 을 볼 수 있는 신통력을 지닌 물건으로 나타난다. 이 유형에 속하는 설 화 「호랑이 눈썹의 효험」의 줄거리를 소개하면 다음과 같다.

옛날에 남의집살이를 하면서 살던 남자가 먹을 것이 없어서 죽으려고 호랑이 굴에 들어갔다. 그런데 호랑이들이 자기를 죽일 생각을 하지 않 아서 마지막에 들어오는 호랑이를 붙들고 물어보니 호랑이는 전생에 사 람이었던 사람은 잡아먹지 않는다고 말한다. 호랑이가 뽑아 준 눈썹을 눈에 대고 사람들을 살펴보니 전생에 짐승이었던 사람, 사람이었던 사람 을 구분할 수 있었다. 그후 그는 다시 세상에 나가 호랑이 눈썹을 이용해 서 벌어먹고 살았다.[2]

이 유형의 각편들 가운데는 호랑이 눈썹을 안경, 거울, 매의 털, 용의 털로 대체하는 이야기들도 있다. 호랑이 털로 궁합의 이치를 알게 되어 서, 자신과는 본성이 맞지 않는 아내를 다른 사람의 아내와 맞바꿔서 행 운과 부를 얻는 주인공이 등장하는 이야기도 있다.[3] 「효성에 감동된 호랑이」에는 산 호랑이 눈썹이 병든 어머니에게 약이 된다는 말을 듣고 깊은 산으로 들어간 아들이 등장한다.[4] 이 이야기에서 아들은 호랑이에게 자신의 절박한 사정을 이야기하고 호랑이 눈썹을 구한 다음에 호랑이 등에 업혀서 집으로 온다. 이러한 설화들로 미루어 짐작할 때, 우리 옛사람들은 호랑이 눈썹을 인간의 본성을 알 수 있는 통찰력과 죽을병에 걸린 자를 살릴 수 있는 생명력을 지닌 신이한 물건으로 간주했던 것 같다.

외국 설화의 경우, 호랑이 눈썹 모티프는 발견되지 않지만, 주인공이 괴물의 털 세 가닥을 뽑기 위해 모험을 떠나는 이야기가 적지 않다. 유럽 설화에서 '괴물의 털' 모티프가 주로 많이 나타나는 유형은 'AT 461 악마의 수염 세 가닥'이라고 불리는 구복(求福) 여행담이다. 이 유형의 설화에서 주인공이 이계에서 구해 와야 하는 털은 악마의 황금빛 수염 또는 머리카락, 태양의 황금빛 머리카락, 용의 황금빛 비늘, 새의 황금빛 깃털 따위와 같이 다양하다. 이러한 설화에 등장하는 괴물들(악마, 태양, 용, 새 등)은 세상의 이치를 아는 지혜를 지녔지만 그와 동시에 살생을 하는 야수성을 지닌 양면적인 존재들이다.

서양의 구복 여행담 속의 괴물과 유사한 양면성을 지닌 존재가 등장하는 한국 설화는 구복 여행담이 아니라 '나쁜 형과 착한 아우', 즉 악형선제 설화이다. 우리는 악형선제 설화 하면 「도깨비 방망이」와 「흥부 놀부」를 떠올리지만, 세계적인 보편성이 큰 악형선제 설화는 'AT 613 두 여행자' 유형에 속하는 이야기이다.[5] 이 유형에서 주인공은 욕심 많은 형에게 재물을 빼앗기고 눈이 뽑히지만 호랑이들 또는 도깨비들이 나누는 대화를 엿듣고 눈을 치유하고 행운을 얻는다.

이번 장에서는 「구렁덩덩 신선비」에 들어 있는 호랑이 눈썹 모티프를 서양의 구복 여행담 속의 괴물의 털 모티프와 비교해 보고자 한다.
또한 「구렁덩덩 신선비」에서는 뚜렷하게 드러나지 않는 호랑이의 상징
성을 선악담 속 호랑이와 비교함으로써 유추해 보려고 한다.

「구렁덩덩 신선비」와
그림 형제의 「세 개의 황금 머리카락을 가진 악마」

「구렁덩덩 신선비」의 호랑이 눈썹 모티프와 서양 구복 여행담의 괴
물의 털 모티프가 보여 주는 유사성은 주인공이 이계에서 괴물 어머니
의 도움을 받는 장면에서 엿볼 수 있다. 우선 「구렁덩덩 신선비」 김천병
엽 본에서 호랑이 할머니가 등장하는 대목을 옮겨 보겠다.

　다음에 구룽둥둥 시슨비는 두 각시보고 산 호랑이 눈습 시 대를 뽑으
오라구 했다. 서울스 은은 각시는 되야지 털 퇴갱이 털 강아지 털을 뽑아
왔는데 고향으 각시는 산 호랭이 눈습을 뽑을라고 짚은 산중으로 들으
갔다. 산중을 한참 들으가니게 할므니가 베를 짜구 있으스 그 할므니보
구 나는 이르이르한 일이 있으 산 호랭이 눈습 시 개를 뽑으로 왔다구 말
했다. 그르니게 할므니는 각시보구 내 치매 밑으로 들으가스 숨으 있이
라구 했다. 조금 있이니게 큰아들이 왔는디―이 할므니 아들이고 모두
다 호랭이여―아아이구 인내 난다, 아이구 인내 난다 함서 코를 쿵쿵그
렸다. 할므니는 벨소리 다 한다 함스 이리 오느라 니 눈 좀 보자, 니 눈에
진디가 붙으 있다 함서 눈으 진디를 띠는 치하구 눈습 하나를 뽑았다. 다
음에 둘재아들이 와스 아이구 인내 난다, 아이구 인내 난다, 했다. 벨놈으

소리 다 하는구나, 니 눈에 진디가 붙으 있구나, 이리 오느라 내 띠 주마 하구스 진디 띠 주는 치하구 눈습 한 대 뽑았다. 그 담에 싯재아들이 와서 인내 난다고 뜨드는 것을 삘소리 다 한다 하구스 니 눈에 진디 붙으 있으 니 띠 주마 하구 또 눈습 한 개를 뽑았다.

조금 있다가 아들 삼 형제는 사냥 나간다고 다 나갔다. 할므니는 이 각 시를 치매 밑이서 나오라 해각고 산 호랭이 눈습 시 대를 주구 이거 각고 가라고 함스 등승이 늠이갈 때마다 내 아들이 나타나스 부를 티니 아무 리 불르도 뒤돌아보지 말구 기냥 가라구 일르 주었다.

이 각시는 이렇게 해스 산 호랭이 눈습 시 개를 가지구 와서 구릉등등 시슨비하구 잘 살았다구 한다.[6]

이 대목에 등장하는 호랑이 할머니는 해넘이가 지나서 베틀 앞에 앉 아 있는 '직녀-산신'의 모습을 하고 있다. 호랑이 할머니가 베틀 앞에 앉아서 천을 짜거나 물레를 돌리면서 실을 잣는 모습은 다른 각편들에 서도 발견된다. 할머니는 호랑이 아들이 들어오자 색시를 치마 밑에 감 추어 준다. 아들이 "인내 난다."고 코를 킁킁거려도 들은 척하지 않고, 아들의 눈에 진드기가 붙었다고 떼어 주는 시늉을 하고 눈썹을 뽑는다. 다른 두 아들의 눈썹도 똑같은 방법으로 차례차례 뽑는다. 삼 형제가 나 가자 색시에게 눈썹을 세 대 주면서 등성이를 넘어갈 때 세 아들이 불러 도 뒤돌아보지 말고 그냥 가라고 일러 준다.

이와 유사한 대목은 '악마의 수염 세 가닥' 유형에 속하는 외국 설화 에도 나타난다. 이 유형의 설화에서 가난한 청년은 왕의 딸과 결혼하려 고 하는데, 왕은 사윗감이 마음에 들지 않아서 악마의 황금빛 털 세 가 닥을 뽑아 오라고 무리한 요구를 한다. 이 모티프가 들어 있는 대표 설

「세 개의 황금 머리카락을 가진 악마」에서 할머니와 악마의 모습,
조니 그루엘(Johnny Gruelle)이 『그림 형제 민담집』(1914)에 그린 삽화.

화로 잘 알려진, 그림 형제의 메르헨 「세 개의 황금 머리카락을 가진 악
마」의 줄거리는 다음과 같다.

주인공은 가난한 집에서 태어났지만 점쟁이가 그 아이는 공주와 결혼
하게 될 거라고 예언을 한다. 예언을 전해 들은 왕은 아이를 죽이려고 상
자에 넣어서 강에 버린다. 하지만 방앗간 주인에게 구출된 아이는 업둥
이로 성장한다. 예언 속의 아이가 살아서 청년이 된 사실을 알게 된 왕은

청년을 죽이라는 편지를 쓰지만, 편지의 내용이 도중에 도둑에 의해 바뀌는 바람에 점쟁이의 예언이 이루어진다.

왕은 미천한 계급의 사위가 싫어서 공주와 함께 살려면 지옥에 가서 악마의 황금 머리카락을 세 개 구해 와야 한다고 말한다. 여행 중에 주인공은 포도주가 흐르는 샘물이 말라붙어 고통을 겪는 도시와 황금 사과나무가 열매를 맺지 못하고 시들어 가는 도시를 지나서 한평생 노를 젓고 있는 뱃사공을 만난다. 주인공은 돌아올 때 그들의 문제를 해결해 주겠다고 약속한다.

주인공은 지옥의 입구에 이르러 악마의 할머니를 만난다. 할머니에게 아내와 살기 위해서 악마의 머리카락 세 개가 필요하다고 말하자, 할머니는 주인공을 개미로 변신시켜서 치마 밑에 숨겨 준다. 악마가 집에 돌아와서 사람 냄새가 난다고 말하자 할머니는 그럴 리가 없다고 둘러댄다. 악마가 할머니의 무릎을 베고 잠이 들자, 할머니는 악마의 머리카락을 한 올씩 뽑으면서 그가 깰 때마다 나쁜 꿈을 꾸었기 때문이라고 둘러대면서, 주인공이 풀어야 하는 세 가지 문제의 해결책을 알아낸다. 악마는 샘물은 밑에 두꺼비가 앉아 있어서 물줄기가 마른 것이고, 황금 사과나무는 쥐가 뿌리를 갉아 먹어서 열매를 맺지 못하는 것이고, 뱃사공은 다른 사람에게 노를 쥐여 주면 자유로워질 거라고 말한다.

다른 사람들의 고민거리를 해결해 준 주인공은 금은보화를 얻어서 왕국으로 돌아간다. 왕은 주인공처럼 많은 금은보화를 얻고 싶은 욕심에 길을 떠났다가 뱃사공의 노를 건네받아 평생 노를 젓는 신세가 된다.[7]

이 이야기의 전체적인 서사는 「구렁덩덩 신선비」와 많이 다르지만, 털을 세 개 뽑아 오는 대목은 유사하다. 여성 신으로 보이는 할머니가 주인공을 치마폭에 숨겨 주는 점, 악마가 사람 냄새가 난다고 말하는 점, 할머니가 시치미를 뚝 떼고 악마의 눈썹을 뽑아 주는 것 등이 「구렁덩덩 신선비」에서 호랑이 할머니가 아들의 눈썹을 뽑는 대목을 연상시킨다.

19세기 말 유럽의 보헤미아와 트란실바니아 지역에서 채록된 구복 여행담[8]과 최근에 티베트에서 채록된 구복 여행담[9]에서 공통으로 발견되는 '머리카락 세 개'는 악마의 것이 아니라 태양의 것으로 되어 있다. 태양의 머리카락 세 개는 햇살 세 줄기에 해당한다. 슬라브족과 티베트의 설화는 도입부가 다를 뿐, 나머지 서사는 그림 형제의 메르헨과 크게 다르지 않다. 주인공이 태양의 머리카락을 구하러 가는 도중에 죽어 가는 생명수와 생명나무가 있는 나라를 지나고, 뱃사공이 있는 강물을 지나서 태모를 만나 도움을 받는다. 구복 여행담에 등장하는 태양은 시간의 흐름에 따라서 모습이 변한다는 점이 다른 괴물과 다르다. 태양은 아침에는 아이, 점심에는 어른, 저녁에는 노인으로 변한다. 태양은 밤에 집으로 돌아와서 어머니의 무릎을 베고 잠을 자고 나면 그다음 날 아침에 다시 아이가 된다. 시간의 흐름에 따라 변하면서도 영원히 순환하는 삶을 사는 존재인 것이다. 주인공이 태양의 머리카락을 가져올 수 있었던 것은 어두운 밤에 할아버지가 된 태양이 잠을 잘 때이다. 깜깜한 밤에 노인이 되어 지쳐 잠든 태양의 황금빛 머리카락은 어둠 속에서 빛을 발한다. 마치 지옥에서 빛을 발하는 악마의 황금 머리카락과 같다.

「구렁덩덩 신선비」에 나오는 호랑이의 눈도 태양이나 악마의 머리카락처럼 어둠 속에서 빛을 발한다. 「구렁덩덩 신선비」에서 색시가 산중에서 호랑이 할머니를 만난 시각을 오두막의 불빛을 볼 수 있는 저녁이나 밤으로 설정한 각편이 여럿 있다. 『성호사설』에 따르면, 중국 사람들

「송하맹호도」속 호랑이는 눈썹이 직선으로 뻗어 나가서 매섭고 강렬하다.

은 호랑이가 죽을 때 눈에서 나오는 광채 또는 호랑이 눈의 정백이 땅에 떨어져서 호박(琥珀)이라는 보석이 된다고 믿었으며, 의학서『필용방』에는 호랑이 눈동자가 넋을 안정시킨다고 쓰여 있다고 한다.『조선동물기』(서해문집 2014)를 해설한 정종우는 "호랑이를 비롯해 많은 야생동물의 눈은 밤에 빛이 난다. 특히 호랑이처럼 크고 사람에게 공포감을 주는 동물의 눈에서 나는 광채는 더욱 밝게 느껴질 것이다."[10]라고 말한다. 어둠 속에서 빛나는 호랑이의 눈에서 뻗어 나오는 듯한 눈썹은 악마나 태양의 황금 머리카락에서 나오는 빛줄기에 비교할 수 있지 않을까 싶다. 김홍도가 그린「송하맹호도」를 보면, 호랑이 눈썹은 직선으로 곧게 뻗어서 햇살처럼 강렬한 기운이 넘친다.

세상의 비밀을 아는, 한국과 유럽의 선악담 속 괴물들

서양 설화에서 세상의 비밀을 아는 존재는 구복 여행담뿐만 아니라 선악담에도 등장한다. 선악담에서 주인공은 믿었던 인간에게 배반당하고, 시력을 상실한 채 숲속에 버려진다. 지옥이나 다름없는 삶의 극한 상황에 놓인 주인공은 막막한 어둠 속에서 동물 또는 정령의 대화를 엿듣는다. 주인공이 엿들은 비밀 세 가지는 대부분 실명한 눈 치유하기, 병든 공주(또는 병든 왕) 치유하기, 말라붙은 샘 살리기(또는 물줄기 찾기)이다. 이외에도 '시든 나무 열매 맺게 하기'와 '매장된 보물 파내기' 따위의 모티프가 들어 있는 각편도 있다. 이러한 선악담에 등장하는 악마, 용, 늑대, 새 따위는 구복 여행담에 등장하는 악마나 태양처럼 인간에게 복과 재앙을 동시에 가져다줄 수 있는 양면적인 존재들이다.

하지만 한국의 구복 여행담과 선악담에서 세상의 비밀을 아는 존재는 그 속성이 서로 다르다. 「복 타러 간 총각」 유형의 구복 여행담에서는 옥황상제, 부처, 산신령과 같은 신성한 존재들이 주인공에게 세상의 비밀과 인간의 운명에 대해서 말해 준다. 반면에 선악담에서는 도깨비, 호랑이, 늑대와 같이 야수성을 지닌 존재들이 세상의 비밀을 누설한다. 국내에서 구전되어 온 선악담을 종합해서 보편적인 서사 내용을 간추리면 다음과 같다.

거지 형제가 살았는데 형은 성격이 고약하고 동생은 착했다. 성질이 고약한 형이 동냥을 잘하는 동생의 돈 또는 밥이 탐이 나서 동생의 눈을 찌르고 달아난다. 형에게 눈이 찔린 동생은 산속(또는 나무 근처)에 버려진다.

도깨비 셋(또는 호랑이 셋)이 다가오자 동생은 나무 주변에 몸을 숨긴다. 동생은 그들이 주고받는 비밀 대화를 엿듣는다. 괴물들은 인간들이 어리석어서 알지 못하는 이 세상의 세 가지 비밀을 말한다. 첫 번째 비밀은 그 나무 근처에 있는 샘물로 눈을 씻거나 복숭아잎을 눈에 비비면 실명한 사람의 눈을 치유할 수 있다는 것이다. 두 번째 비밀은 물 부족으로 고생하는 동네의 느티나무 밑동을 자르면 샘물이 솟아 나온다는 것이다. (또는 어떤 장소에 금항아리 혹은 금독 은독이 묻혀 있다.) 세 번째 비밀은 어느 부잣집 지붕 밑 큰 지네를 죽이면 그 집 딸의 오랜 병을 고칠 수 있다는 것이다.

동생은 괴물들이 사라진 후에 근처 샘물로 눈을 씻거나 또는 동쪽으로 뻗은 복숭아잎으로 눈을 비벼서 시력을 되찾는다. 그다음에 물 부족으로 고통받는 동네로 찾아가서 나무를 자르게 해서 물줄기를 찾아준다.(또는 돌담이나 큰 바위 밑에 숨겨진 금은 항아리를 찾아 준다.) 마지막으로 부잣집에 가서 지붕 밑에 살던 큰 지네를 잡아서 기름이 끓는 가마솥에 넣어서 죽인다.

동생은 자신이 병을 낫게 한 부잣집 딸과 결혼한다. 욕심 많은 형이 부자가 된 동생을 만나서 부잣집 사위가 된 과정을 듣고는 동생을 흉내 내다가 비참한 죽음을 맞이한다.

이 설화에서 착한 아우는 욕심 많은 형에게 배신당하고 눈이 뽑히는 시련을 겪지만, 어둠 속에서 도깨비 셋 또는 호랑이 셋이 나누는 대화를 엿듣고 세상의 비밀을 알게 된다. 한국 설화에서 선인과 악인은 주로 부모를 잃은 거지 형제로 등장하지만, 외국 설화에서는 동행자, 동료, 형제 등 둘의 관계가 다양하다. 또 비밀을 누설하는 괴물들이 한국 설화에서는 도깨비와 호랑이인 반면에, 외국에서는 주로 악마와 늑대이다. 내가 실명과 거지 모티프가 들어 있는 프랑스 설화를 9편 분석한 적이 있는데 괴물의 존재로 늑대가 압도적으로 많이 등장했다.[11] 한국의 도깨비에 상응하는 서구의 정령이 악마이고 한국의 호랑이에 상응하는 서구의 동물이 늑대라고 볼 수 있다. 이부영은 "호랑이라는 상은 지역적인 특수성을 지니고 있는 상이지만 거기에 투영된 무의식의 원초적 경향은 서구의 설화의 '늑대'에 투영된 것과 비슷한 보편적인 경향일 것이라고 생각된다."[12]라고 말한다. 서구뿐만 아니라 일본에서도 늑대는 호랑이와 유사한 상징성을 지닌다.

선악담이 흥미로운 것은 도깨비, 호랑이, 악마, 늑대와 같이 경멸과 공포의 대상인 동물이나 정령이 샘물을 살리거나 물줄기를 찾을 수 있는 능력을 지닌, 지혜로운 존재로 나타난다는 점이다. 그들은 인간에게 때로는 행운을, 때로는 재앙을 가져다주며, 선과 악의 경계를 초월한다. 그 신이한 괴물은 세상의 비밀을 직접적으로 가르쳐 주지 않아서, 주인공은 나무에 몸을 숨긴 채 비밀을 몰래 엿듣는다.

한국과 외국의 옛이야기에서 선인이 악인에 의해 눈이 뽑히는 시련을 겪은 후에야 세상의 비밀을 엿들을 수 있었던 것은 무슨 까닭일까? 샘물의 근원을 아는 존재들이 도깨비나 호랑이와 같이 양면성을 지닌 존재라는 점이 의미하는 것은 무엇일까? 선악담을 읽다 보면 여러 의문점이 마음속에 남는다. 선악담이 내게 흥미롭게 느껴지는 것은 주인공이 죽음이나 다름없는 시련과 어둠 속에 던져지고 나서야 비로소 세상의 비밀을 알려 주는 자연의 목소리를 들었다는 점 때문이다. 우리 옛사람들은 그 목소리를 도깨비 또는 호랑이의 것이라고 여겼고, 서구인들은 악마 또는 늑대의 것으로 생각했다. 숲속에서 실명, 유기, 치유라는 통과의례를 혹독하게 치른 주인공은 광명을 되찾고 나서 과거와는 전혀 다른 새로운 삶을 산다. 공동체의 도움으로 목숨을 이어 가던 존재가 공동체에게 이로움을 가져다주는 존재가 되고, 실명으로 고통받던 존재가 타인의 병을 치유하는 존재로 변화하는 것이다.

한국의 선악담에서 호랑이는 어둠의 세계에서 벗어나서 광명을 찾을 수 있는 길, 말라붙은 샘물을 살릴 수 있는 길, 악을 퇴치하고 병든 여성을 구원해서 결혼할 수 있는 길을 넌지시 알려 주는 존재이다. 통찰력과 폭력성이라는 양면적인 속성을 지닌 호랑이는 선인과 악인을 뚜렷하게 구별해서, 고통받는 선인을 광명, 생명력, 음양의 조화가 있는 삶의 길로 인도하고 악인을 비참한 죽음의 길로 내몬다.

'호랑이 눈썹'과 '악마의 머리카락'의 상징성과 심리적 가치

「구렁덩덩 신선비」와 선악담은 둘 다 가족에게 배신당하고 버림받은 주인공이 초자연적인 조력자의 도움을 받아서 자신과 타인의 상처를 치유하고 자기실현을 이루는 이야기이다. 신선비 색시는 남을 돕는 여행을 통해서 형제로부터 배신당하고 남편으로부터 버림받은 자신의 상처를 치유하고 호랑이 할머니의 도움을 받아 남편과 재결합한다. 선악담 속의 아우는 형제로부터 배신당하고 버림받은 상처를 호랑이 또는 도깨비의 대화를 엿듣고 치유해서 공동체를 이롭게 하고 타인의 병을 고쳐 주는 새로운 삶을 산다.

가족으로부터 버림받고 상처 입은 인물들의 이야기에 호랑이가 등장하는 까닭은 무엇일까? 호랑이가 유럽이나 일본에는 살지 않는 동물인

탓인지, 외국의 심리학자와 상징학자 들은 호랑이의 상징성에 큰 관심을 기울이지 않았다. 하지만 이부영이 언급한 것처럼, 한국 호랑이의 상징성은 서구의 동물인 늑대의 상징성과 유사하다.[13] 「해와 달이 된 오누이」와 「빨간 모자」, 'AT 613 두 여행자' 유형에 속하는 한국과 유럽의 선악담, 「무당 호랑이」 설화와 'AT 121 목말을 타고 나무 위에 오르는 늑대' 유형에 속하는 유럽 설화를 비교해 보면, 한국 호랑이에 상응하는 서구의 동물이 늑대라는 사실을 알 수 있다. 서양의 상징체계에서 늑대는 탐욕, 악, 죽음, 잔인성을 나타내지만 또한 어둠 속의 빛과 지혜를 상징하는 양면적인 속성을 지닌다. 마리루이제 폰 프란츠는 "확실히 늑대는 긍정적인 의미를 지녔다. 그 빛나는 눈은 어둠 속에서 반짝이고, 늑대는 달을 향해서 어둠 속에서 짖는다. 늑대는 밤과 겨울과 북풍의 속성을 지닌, 태양신 아폴로의 동물 중의 하나인데, 칠흑의 어둠 속에서 무의식으로부터 출현하는 겨울 태양의 광휘를 지녔다."[14]라고 말한다. 늑대와 마찬가지로, 양면적인 속성을 지닌 호랑이 역시 깜깜한 어둠 속에서 빛나는 두 눈을 지닌 동물이다.

이부영은 호랑이를 "산신의 사자 혹은 산신 그 자체로서 어떤 신성력(누미노제)을 지닌 인도자(psychopompos)의 역할을 하는 존재"[15]라고 말한다. 호랑이는 유럽 설화에서 좀처럼 찾기 어려운 동물이지만, 「기지자르 나이팅게일」이라는 알바니아 설화에 등장한다. 이 이야기에서 호랑이는 「구렁덩덩 신선비」나 「호랑이 눈썹」에 등장하는 호랑이와 유사한 안내자의 역할을 한다.[16] 주인공인 왕자는 부왕을 위해서 신이한 나이팅게일을 구하러 '돌아올 수 없는 길'을 갔다가 깊은 산속에 있는 오두막에서 호랑이와 그 아내를 만난다. 주인공은 호랑이 아내가 빵을 구울 때 화상을 입지 않도록 나뭇잎으로 잉걸불을 살리는 방법을 가르쳐 준다. 그리고 그 보상으로 호랑이로부터 길 안내를 받는다. 이 설화에서 호랑이는 주인공이 지옥이나 다름없는 이계에서 신성한 나이팅게일이 있는 별천지로 갈 수 있도록 도와준다.

　한국 설화에서 호랑이 눈썹은 생명력, 통찰력, 인도자의 불빛을 상징한다. 이러한 호랑이 눈썹의 상징성은 앞에서 살펴본 그림 형제의 메르헨 속 '악마의 황금 머리카락'과 유사하다. 마리루이제 폰 프란츠는 어둠 속에서 반짝이는 황금 머리카락을 지닌 악마를 우리의 삶에 없어서는 안 될 소중한 통찰력을 지닌 존재를 나타낸다고 보았다. 즉 악마의 황금 머리카락이 '통찰력, 지식, 생각'을 상징한다고 본 것이다. 폰 프란츠는 그러한 통찰력과 지식은 속임수를 써야만 악마로부터 얻을 수 있다고 말한다.[17] 베레나 카스트는 악마는 "어느 정도 자연의 지혜를 의인화한 것처럼" 보이며, "악마적인 것으로 낙인찍혀 할머니와 함께 동굴로 유배된 자연의 일부"를 나타낸다고 보았다.[18] 또한 카스트는 악마의 머리카락이 황금색인 것에 주목한다. "금의 상징적인 의미에 불멸성의 측면을 첨가한다면, 이 악마가 불멸의 존재이고 보편타당하며 언제나 빛을 발하는 지혜를 대변한다고 볼 수 있다. 그것은 자연으로부터 유래되는 본능적인 지식이고, 바로 그 때문에 종종 악마적인 존재로 낙인찍힌 것이다."[19]라고 말한다. 카스트와 폰 프란츠가 말하는 '악마의 황금 머리카락'의 상징성은 '빛을 발하는 지혜' '자연으로부터 유래되는 본능적인 지식' '통찰력' 따위로 간추릴 수 있다.

　신선비 색시의 여행이 '내 안에 존재하는, 나도 몰랐던 또 다른 나'를 향한 자기실현의 과정이라면, 그 여행의 맨 마지막 단계인 '산 호랑이 눈썹 세 대 뽑아 오기'가 지니는 심리적인 의미는 매우 크다. 이 단계는 한국 여성의 심층 심리에 내재된 통찰력과 생명력을 일깨우고, 무의식에 존재하는 아니무스를 의식의 세계로 끌어내서 온전한 자기를 실현하는 과정으로 풀이할 수 있다. 낯선 세계에 가서 무서운 괴물의 털을 가져온 인물이 「구렁덩덩 신선비」에서는 남성이 아니라 여성이라는 점은 외국의 유사 설화에서는 찾아볼 수 없는 한국적인 특성이다. 지금까지 수백 편의 외국 설화를 읽어 보았지만, 낯선 세계에 사는 괴물의 집으로 들어가서 머리털, 깃털, 비늘 따위를 가져온 인물들은 모두 남자였다. 신선비의 색시가 가져온 산 호랑이 눈썹은 자기실현의 정점을 나타내는 상징물이다. 그것은 남편의 허물조차 제대로 지킬 수 없을 정도로 나약했던 한 여성이 온갖 두려움과 나약함을 극복하고 지난한 여행을 통해서 온전하고 강인한 인간으로 성숙했음을 의미한다.

내포 지역의 「구렁덩덩 신선비」와 신앙의 관련성

지금까지 살펴본 바와 같이 「구렁덩덩 신선비」를 구성하는 주요 모티프는 '불과 칼을 든 뱀' '검은 빨래 희게, 흰 빨래 검게 빨기' '샘물과 은복주깨' '산속 할머니가 준 호랑이 눈썹'이다. 그 가운데서 세계적인 보편성이 가장 큰 모티프는 빨래 모티프와 '식인귀 어머니 또는 할머니의 도움' 모티프[G530.3, G530.4]에 해당하는 '호랑이 할머니의 도움' 모티프이다. 빨래 모티프는 스칸디나비아 지역에서 주로 전승되어 왔고, 할머니의 도움 모티프는 인도, 티베트, 유럽 등 세계 곳곳에서 발견된다. 두 모티프는 국내에서도 폭넓게 전승되고 있다. 뱀신랑이나 마법의 샘에 관한 모티프도 세계적인 보편성 큰 모티프이기는 하지만 '불과 칼을 든 뱀'이라든가 '샘물과 은복주깨' 등으로 세분화해 보면 다른

로마 성 클레멘스 바실리카(성클레망 성당)에 있는 미트라 신의 부조.
고대 인도와 페르시아 신화 속 미트라 신은 세상을 밝게 비추는 '불'과
황소를 죽이는 '칼'을 든 채 바위에서 태어났다고 전해진다.

나라의 구전설화에서는 좀처럼 발견하기 어렵다. '불과 칼을 든 뱀' 모
티프는 아풀레이우스의 「큐피드와 프시케」에 들어 있을 뿐, 유럽 설화
에서는 좀처럼 발견되지 않는다. 유럽 옛이야기에서 불과 칼을 든 존재
는 보통 괴물 신랑이 아니라 그를 몰래 훔쳐보는 여주인공이다. 지금까
지 내가 찾아본 바로는 세계 설화에서 '불과 칼을 든 뱀' 모티프가 나타
나는 동물 신랑 설화는 「구렁덩덩 신선비」와 「큐피드와 프시케」뿐이다.
하지만 '불과 칼을 든 뱀' 모티프가 「큐피드와 프시케」와 「구렁덩덩 신
선비」에 공통으로 나타나는 것이 우연의 일치인지 설화의 교류 탓인지
는 알 길이 없다.

「구렁덩덩 신선비」는 전반적으로 세계적인 보편성이 큰 서사 구조를 보이지만, '불과 칼을 든 뱀' '은복주깨' '호랑이 눈썹' 등 주요 모티프는 외국 설화에서는 좀처럼 발견할 수 없다. 이러한 모티프들은 한국인의 상상 세계 및 상징체계가 빚어낸 것이 아닐까 싶다. 「구렁덩덩 신선비」유형에 속하는 각편들은 제주도를 제외한 남한 전 지역에서 발견되는데, 특히 충청남도에서 가장 많이 채록되었다. 내가 다룬 모티프들—불과 칼, 빨래, 은복주깨, 호랑이 눈썹—이 포함된 각편이 가장 활발하게 전승된 지역도 충청남도이다. 특히 충남 태안 지방에서 채록된 김천병엽 본과 문계완 본은 채록 시기가 30년 넘게 차이가 나는데도 서사가 거의 달라지지 않았고, 이야기를 구성하는 모티프도 가장 풍부하다. 이러한 사실로 미루어 짐작하건대, 「구렁덩덩 신선비」의 발생지는 충남 내포 도서 지역, 특히 태안 지역으로 추측된다. 뱀을 수신으로 여겨서 당제를 지내는 곳이 제주도에 국한된 것은 아니다. 태안 황도의 붕기 풍어제와 보령 장고도의 진대서낭제에서도 뱀을 바다 신으로 섬겨서 제의를 올린다. 「구렁덩덩 신선비」의 발생과 내포 지역 뱀 신앙의 관련성에 대해서 연구해 볼 필요가 엿보이는 대목이다.

4장. 유럽의 뱀신랑 색시와
한국의 바리공주가
무쇠 신을 신고 떠난 이계 여행

무쇠 신을 신은 강인한 소녀들

수천 종의 설화 모티프 가운데 내가 오랫동안 관심을 쏟은 것은 '무쇠 신'이다. 우리나라 서사무가 「바리공주」와 외국의 '잃어버린 남편 탐색' 유형에 등장하는 소녀들은 자신에게 닥친 시련에 굴하지 않고 무쇠 신과 무쇠 지팡이를 마련해서 홀로 깊은 숲, 산과 사막, 강과 바다, 해와 달의 나라, 천둥과 바람의 나라, 저승과 이승을 여행한다. 무쇠 신을 신고 세상 끝까지 여행한 소녀들은 내 마음속에 깊은 인상을 남겼다. 그 전까지 내가 알고 있던 옛이야기 속 주인공은 주로 신데렐라, 백설공주, 콩쥐, 잠자는 숲속의 미녀 등과 같이 집 안에 머물러 있는 여성이었다. 그런데 옛이야기를 제대로 공부하고 나서야 우리나라뿐만 아니라 터키, 알바니아, 아르메니아, 이라크, 러시아, 아프가니스탄, 시베리아 등 세

옛이야기책에 등장하는 '무쇠 신을 신은 소녀'.
왼쪽은 존 바튼(John D. Batten)의 『더 많은 영국 요정담』(1894) 삽화,
오른쪽은 헨리 포드(Henry J. Ford)의 『빨간 요정 책』(1890) 삽화.

계 곳곳에서 무쇠 신을 신고 바깥세상으로 뚜벅뚜벅 걸어 나간 소녀들
에 관한 옛이야기가 널리 전승되어 왔다는 사실을 비로소 알게 되었다.

　무쇠 신 모티프는 톰프슨의 『민속 문학의 모티프-인덱스』에서 '과
제: 무쇠 신이 닳도록 걷기'[H1125] 또는 '징벌: 무쇠 신이 닳도록 헤매
기'[Q502.2]로 분류된다. 「구렁덩덩 신선비」와 유럽의 뱀신랑 설화가
속한 'AT 425 잃어버린 남편 탐색' 유형과 한국의 「선녀와 나무꾼」, 일
본의 「날개옷」 설화, 유럽과 몽골의 「백조 처녀」 설화가 속한 'AT 400

잃어버린 아내를 찾아 나선 남자' 유형에서 무쇠 신 모티프가 나타난다. 두 유형 중에서는 「마법사 피오란테 경」과 「뱀과 포도 재배자의 딸」 등 인간계의 여자 또는 남자가 이계에 속한 배우자를 잃고 탐색 여행을 떠나는 '잃어버린 남편 탐색' 유형에서 무쇠 신 모티프가 훨씬 많이 발견된다. 그런데 우리나라에서는 특이하게도 무쇠 신 모티프가 'AT 551 아버지를 위한 영약을 찾아 나선 아들들'과 유사한 생명수 탐색담인 「바리공주」에서 발견된다. 하지만 지금껏 「바리공주」를 오랫동안 연구한 국문학자나 민속학자도 무쇠 신 모티프에는 큰 관심을 기울이지 않았다. 아마도 그들은 무쇠 신이 중국, 일본, 인도의 설화에는 나타나지 않아서 세계적인 보편성을 지닌 모티프라고 생각하지 않았던 듯싶다. 사정이 이러하니, 나로서도 무쇠 신 모티프가 왜 잃어버린 남편 탐색담인 「구렁덩덩 신선비」가 아니라 생명수 탐색담인 「바리공주」에 나타나는지 그 이유를 알기 어렵다. 다만, 「바리공주」는 「구렁덩덩 신선비」가 가장 활발하게 전승되는 우리나라 중서부 지역(서울, 경기도, 충청도) 무가권에서 강신무들이 구송한 서사무가라는 사실로 미루어 볼 때, '잃어버린 남편 탐색' 유형과 「바리공주」의 '무쇠 신' 모티프가 연관이 있지 않을까 짐작할 뿐이다.

이번 장에서는 무쇠 신을 신은 용감한 소녀들의 이계 여행담 세 편—이탈리아의 「크랭 왕」(King Crin), 시베리아의 「마랴 공주와 모캐」(Princess Marya and the Burbot), 한국의 서사무가 「바리공주」—을 소개하고자 한다. 「크랭 왕」은 소설가 이탈로 칼비노(Italo Calvino)가 소개한 이탈리아 옛이야기이고,[1] 「마랴 공주와 모캐」는 미국의 정신과 의사 앨런 치넨이 소개한 시베리아 네네츠족의 설화다.[2] 앞의 두 편은 주인공이 잃어버린 남편을 찾아서 여행하는 내용으로, '잃어버린 남편 탐색' 유형에 속한다. 우리나라 옛이야기에서 무쇠 신을 신고 이계 여행을 한 소녀는 '바리공주'가 유일하다.

무쇠 신을 신고 하늘 여행을 한 '크랭 왕'의 색시

「크랭 왕」은 소설가 칼비노가 이탈리아의 구전설화를 다시쓴 것이어서 전해 내려오는 이야기와는 약간 다를 수 있다. 「크랭 왕」에 등장하는 동물 신랑은 돼지로, 유럽의 남편 탐색담에 뱀 다음으로 많이 등장하는 동물이다. 뱀과 돼지 외에도 새, 말, 게, 곰, 고슴도치도 남편으로 종종 등장하는데, 남편이 어떠한 동물이든 서사는 크게 달라지지 않는다. 「크랭 왕」이란 제목에는 '털이 빳빳한 털북숭이'와 '성질이 거칠고 사납다'라는 의미가 복합적으로 들어가 있다. 「크랭 왕」의 줄거리는 다음과 같다.

옛날에 돼지 아들을 둔 왕이 있었다. '크랭 왕'이라고 불리는 돼지 왕자는 평소에는 왕족답게 행동하다가 가끔씩 성질을 부리곤 했다.

어느 날, 돼지 왕자는 국왕에게 제빵사의 딸과 결혼시켜 달라고 몹시 졸랐다. 국왕의 청혼을 받은 제빵사는 어쩔 수 없이 돼지 왕자에게 첫째 딸을 주었다. 결혼식 날 돼지 왕자는 진흙탕에 한바탕 구르고 나서 색시에게 다가갔다. 색시는 "이 더러운 돼지, 꺼져 버려."라고 말했다. 그리고 그다음 날, 색시는 시체로 발견되었다. 제빵사의 첫째 딸에 이어 돼지 왕자와 결혼한 둘째 딸에게도 똑같은 일이 일어났다. 세월이 흐르자 돼지 왕자는 제빵사의 셋째 딸과 결혼하고 싶다고 또다시 졸랐다. 그런데 제빵사의 셋째 딸은 진흙투성이가 되어 신방에 들어온 돼지 왕자를 두 언니와는 다르게 대했다. 신랑을 손으로 쓰다듬고 손수건으로 닦아 주면서 "잘생긴 크랭 님, 내 신랑 크랭 님, 사랑해요."라고 말했다.

　그다음 날, 모든 사람이 죽었을 거라고 생각했던 셋째 딸이 생기발랄한 모습으로 나타났다. 그래서 궁궐에서는 큰 잔치가 벌어졌다. 그리고 그다음 날 밤 크랭 왕이 잠들었을 때, 색시는 양초를 켜고 남편의 모습을 몰래 살펴보았다. 눈부실 정도로 잘생긴 남자가 누워 있어서 넋을 잃고 보다가 색시는 그만 남편 팔에 촛농을 떨어뜨리고 말았다. 잠이 깬 남편은 말했다. "당신은 마법을 깨 버렸으니 다시는 나를 볼 수 없을 거요. 혹시 일곱 개의 병에 눈물을 채우고 일곱 죽의 무쇠 신과 일곱 죽의 무쇠 외투, 일곱 죽의 무쇠 모자가 닳아 버릴 때까지 나를 찾아 헤맨다면 모를까."

　색시는 가슴이 에이는 듯이 아파서 무슨 일이 있더라도 남편을 찾아야겠다고 결심했다. 대장장이를 찾아가서 무쇠 신 일곱 죽, 무쇠 외투 일곱 죽, 무쇠 모자 일곱 죽을 마련한 뒤 하루 종일 걸었다. 밤이 되자 산꼭대기에 있는 어떤 오두막에 이르렀다. 그곳은 바람의 집이었다. 바람의 어머니는 집에 돌아온 아들이 "인내 난다, 인내 난다."라고 말했지만 아침까지 색시를 숨겨 주고는 밤을 한 톨 주었다. 그러면서 위기의 순간에 밤을 깨 보라고 말했다. 그다음 날도 색시는 하루 종일 걸어서 밤이 되자 산꼭대기에 있는 어떤 오두막에 이르렀다. 그곳은 번개의 집이었다. 번개의 어머니는 아들 몰래 색시를 재워 주고 그다음 날 아침 호두를 한 알 주었다. 그다음 날도 색시는 또다시 하루 종일 걸어서 산꼭대기에 있는 어떤 오두막에 이르렀다. 그곳은 천둥의 집이었다. 천둥의 어머니는 아들 몰래 색시를 재워 주고 그다음 날 아침 개암 한 톨을 주었다.

　색시는 머나먼 길을 걷고 또 걸어서 다른 나라의 어떤 도시에 이르게 되었다. 색시는 그곳의 공주와 결혼할 남자가 자신의 남편이라는 사실을 알게 되었다. 색시는 결혼을 막기 위해서 성에 들어갈 방법을 궁리하다가 바람의 어머니가 준 밤톨을 깨 보았다. 다이아몬드와 각종 보석이 나오자 색시는 공주의 방 창문이 있는 곳으로 팔러 갔다. 공주가 궁궐 안으로 초대하자 색시는 하룻밤만 예비 신랑의 침실에 머물게 해 주면 그 보석을 다 주겠다고 말했다. 공주는 신랑이 낯선 여자와 달아날까 두려워서 예비 신랑에게 수면제를 먹였다.

색시는 잠든 남편에게 아침이 될 때까지 하소연하였다. "일어나요. 일어나요. 나는 당신을 만나려고 일곱 죽의 무쇠 신, 일곱 죽의 무쇠 외투, 일곱 죽의 무쇠 모자가 닳도록 걸었어요. 일곱 개의 병을 눈물로 채웠어요. 이제야 겨우 당신을 찾게 되었는데 잠이 들어서 내 말을 듣지 못하시네요."

그다음 날도 색시는 결혼을 막기 위해 호두 알을 깨 보니, 눈부시게 아름다운 옷과 비단이 나왔다. 그리고 전날과 똑같은 일이 반복되었다. 세 번째 날이 되어 색시가 개암을 깨 보자 말과 마차가 나왔다. 한편, 셋째 날 밤 남편은 수면제를 먹는 것이 지겨워서 먹는 척만 하고는 어깨 너머로 버렸다. 잠든 척하고 누워 있던 크랭 왕은 그제야 하소연을 하는 색시를 알아보고 벌떡 일어나서 껴안았다. 마침 말과 마차가 있었기 때문에 부부가 그들의 나라로 돌아오는 데 그 어떤 어려움도 없었다.

이 이야기는 한국의 「구렁덩덩 신선비」의 서사와 부분적으로 비슷하다. 우선 셋째 딸이 돼지 신랑의 마음을 사로잡을 수 있었던 것은 두 언니와 달리 말을 예쁘게 했기 때문이다. 더럽고 혐오스러운 모습의 돼지에게 "잘생긴 크랭 님, 내 신랑 크랭 님."이라고 말한 이탈리아 옛이야기 속의 셋째 딸과 「구렁덩덩 신선비」의 셋째 딸은 성품이 닮았다. 「구

왼쪽은 헨리 포드가 그린 『분홍 요정 책』(1897)의 한 장면,
오른쪽은 『구렁덩덩 뱀신랑』(원유순 글, 이광익 그림, 한겨레아이들 2003)의 한 장면.
『분홍 요정 책』에서는 '달'이, 『구렁덩덩 뱀신랑』에서는 '호랑이 할머니'가 조력자로 등장한다.

렁덩덩 신선비」에서 첫째와 둘째는 옆집 할머니의 구렁이 아들을 보고
는 "아이 애기를 났다드니 구렝이를 나났구만. 아이 드르워 퉤퉤!" 하면
서 침을 뱉었지만, 셋째만은 "아 구룽등등 시슨비를 나났구만." 하면서
구렁이를 토닥거렸다.[3]

또 다른 공통점은 「구렁덩덩 신선비」와 「크랭 왕」에서 셋째 딸을 돕
는 초자연적인 존재가 모두 산꼭대기에 사는 태모(太母)형 할머니라는
점이다. 「크랭 왕」에는 바람, 번개, 천둥의 어머니가 등장하지만, 외국의

구전설화에서는 해, 달, 별의 어머니가 등장한다. 주로 천체와 관련이 있는 조력자들이다. 반면에 「구렁덩덩 신선비」에서 호랑이 아들을 둔 할머니는 여성 산신이라고 볼 수 있다. 「구렁덩덩 신선비」 속 호랑이 할머니와 「크랭 왕」 속의 바람과 번개와 천둥의 어머니는 모두 아들 몰래 인간 색시를 숨겨 주고 잃어버린 남편을 되찾을 수 있는 물건을 준다. 또 두 이야기 속 할머니들은 모두 산에 살고 있다. 호랑이 할머니는 산신이어서 산에 사는 것이고, 바람과 번개와 천둥의 어머니는 하늘과 가장 가까운 곳이 산꼭대기여서 그곳에서 사는 것이 아닐까 싶다.

마지막 공통점은 한국과 이탈리아의 색시들이 모두 다른 세계에서 다른 여자와 경쟁을 벌인다는 점이다. 자신을 버린 남편을 찾아 이계로 가서 '다른 여자와 힘겨루기'를 한다는 내용이 여성주의 시각에서 탐탁지 않았는지, 아니면 구전 각편을 직접 살펴보지 않았는지, 많은 동화작가들이 「구렁덩덩 신선비」를 전래동화로 다시쓰면서 이 대목을 생략해 버렸다. 하지만 '다른 여자와 힘겨루기' 모티프가 살아 있어야 독자들이 호랑이 아들을 둔 산신 할머니도, 해와 달, 번개와 바람의 어머니도 만날 수 있다.

한편, 신선비의 색시와 크랭 왕의 색시가 이계를 여행하는 방법은 서로 많이 다르다. 크랭 왕의 색시는 무쇠 복장을 하고 걸어서 바람과 번개와 천둥의 나라로 간다. 하지만 신선비의 색시는 빨래하는 여자로부터 신비한 복주깨를 얻어서 물의 세계를 지나 신선비의 나라로 간다. 신선비의 색시가 배처럼 올라탄 주발 뚜껑인 복주깨는 금 또는 은으로 만들어진 것이다. 외국의 유사 설화에서 해와 달과 바람(또는 별)의 어머니가 색시에게 준 견과류 속에 들어 있는 신물도 황금 알, 황금 물렛가락, 황금 빗과 같이 금으로 만들어진 물건이다. 나라와 지역마다 약간씩 다르기는 하지만, 옛사람들은 공통으로 금, 은, 무쇠와 같은 금속이 이계 여행을 돕고 소망을 이루어 주는 물질이라고 생각했던 것 같다.

무쇠 신을 신고 지하 여행을 한 마랴 공주

북극해 연안의 시베리아 툰드라 지역에 사는 네네츠족이 전승한 「마랴 공주와 모캐」는 모캐라는 물고기와 결혼한 공주 이야기이다. 이 이야기가 수록된 앨런 치넨의 책이 『젊은 여성을 위한 심리동화』(황금가지 1998)라는 제목으로 번역 출간되었기 때문에, 이 글에서는 이야기를 짧게 소개하겠다.

오랜 옛날 어느 나라에 황제가 있었는데 딸이 너무 예뻐서 마음에 드는 사윗감을 찾지 못했다. 그런데 어느 날 강에서 잡은 물고기(모캐)를 아들 삼아 키우던 어떤 노인이 황제에게 와서 자신의 아들이 공주와 결혼하고 싶어 한다고 말했습니다. 황제는 기가 막혔지만, 휘장 뒤에 숨어 있던 마랴 공주가 일단 물고기에게 과제를 내고 결혼을 결정하자고 말해서, 세 가지 과제를 내 준다. 첫 번째 과제는 새 궁전을 짓는 것이고, 두 번째 과제는 새 교회와 세 개의 다리를 짓는 것이고, 세 번째 과제는 세 마리의 말이 끄는 썰매를 바치는 것이었다. 물고기는 쇠지팡이로 땅바닥을 쳐서 서른 명의 병사를 나오게 한 다음에 명령을 내려서 모든 과제를 완수한다.

황제는 어쩔 수 없이 물고기와 마랴 공주를 새 교회에서 결혼시킨다. 결혼 후 남편은 밤이면 물고기 껍질을 벗고 멋진 젊은이로 변신하고 아침이 되면 도로 물고기 껍질을 썼다. 사람들이 물고기와 결혼했다고 놀리자 공주는 물고기 껍질을 불에 태워 버린다. 남편은 사라지고, 작은 새가 공주 앞에 나타나 사흘만 더 기다렸으면 남편에게 내린 저주의 마법이 풀렸을 텐데 이제 남편을 빼앗기게 되었다고 알려 준다.

마랴 공주는 잃어버린 남편을 찾아서 정처 없이 헤매다가 작은 오두막에서 노파를 만난다. 노파는 공주에게 궁전으로 돌아가서 무쇠 장화 세 켤레, 무쇠 모자 세 개, 무쇠 빵 세 덩어리를 장만해 오라고 일러 준다. 이들 물건을 장만해서 노파에게 다시 간 공주는 오두막에서 저녁 식사를 하고 하룻밤을 잔 다음에 노파가 가르쳐 준 대로 무쇠 장화를 신고, 무쇠 모자를 쓰고, 무쇠 빵을 먹고 땅속 구멍을 통해서 지하 세계로 들어간다. 지하 세계에서는 무수히 많은 사람들이 소리 지르고 노래 부르고 울면서 공주를 붙잡았다. 동굴 바닥과 천장에 박혀 있는 쇠 칼날과 쇠 가시가 공주의 머리와 발을 찔러서 피가 흘렀다. 하지만 공주는 사람들의 애원 소리와 손발의 고통에도 발걸음을 멈추지 않았다.

무쇠 장화와 무쇠 모자가 다 닳아 버리고 무쇠 빵 세 덩어리를 다 먹게 되었을 때 공주는 비로소 동굴을 벗어나서 풀밭과 햇빛이 있는 바깥세상으로 나올 수 있었다. 그곳에서 노파의 동생인 바바야가를 만난 마랴 공주는 남편이 불의 왕 궁전의 공주와 살고 있다는 사실을 알게 된다. 마랴 공주는 바바야가가 준 황금 빗, 황금 반지, 아름다운 스카프로 새 아내를 꾀어서 남편과 사흘 밤을 보내게 된다. 하지만 매일 밤, 새 아내가 남편에게 수면제를 먹이는 바람에 마랴 공주는 남편에게 자신의 존재를 알릴 수 없었다. 마랴 공주가 절망에 빠져 눈물을 흘리는데 눈물 한 방울이 남편 얼굴에 떨어지는 바람에 남편은 깨어나서 마랴 공주를 보게 된다. 남편은 원로를 불러 모아서 잔치를 베풀면서 두 여자 중 누가 진정한 아내인지를 물어본다. 원로의 조언대로 첫 번째 아내를 택한 남편은 마법의 상자를 이용해서 마랴 공주의 나라로 돌아온다. 그곳에서 양가 부모와 다시 만난 부부는 성대한 잔치를 베풀고 행복하게 살았다.

모캐라는 물고기와 결혼한 마랴 공주는 사람들에게 놀림받는 것이 싫어서 남편의 허물을 태운다. 주변 사람들의 시선에 흔들리지 않고 사흘만 더 참았더라면 남편의 마법이 풀렸을 텐데 안타까운 일이다. 잃어버린 남편을 찾을 수 있도록 도와준 존재는 오두막에 사는 노파이다. 마랴 공주는 노파가 가르쳐 준 대로 무쇠 장화, 무쇠 모자, 무쇠 빵을 장만해서 지하 세계를 여행한다. 사람들이 갇혀서 울부짖고 노래하고, 바닥과 천장에는 쇠 칼날과 쇠 가시가 잔뜩 박혀 있는 동굴은 지옥을 표현한 것 같다. 이탈리아 옛이야기에서 크랭 왕의 아내가 무쇠 신을 신고 바람과 번개, 천둥의 나라로 하늘 여행을 했다면, 시베리아의 마랴 공주는 땅속 구멍을 통해서 지하 여행을 한다. 그런데 무쇠 신을 신은 소녀가 등장하는 많은 설화를 수집해서 읽어 보니, 소녀들은 대부분 지하계가 아니라 천상계를 여행한다. 그 천상계는 수직으로 올라가서 도달할 수 있는 세상이 아니라 수평으로 걸어서 갈 수 있는 세상이다.

스페인, 그리스, 루마니아, 알바니아, 아르메니아의 설화에서 무쇠 신과 무쇠 지팡이를 지닌 소녀가 만난 할머니는 주로 해, 달, 바람, 천둥, 번개, 별의 어머니이다. 태모가 준 견과류 속에는 황금으로 된 물건이 들어 있다. 아마도 옛사람들은 무쇠 신과 무쇠 지팡이가 닳도록 걸으면 천상계에 이를 수 있고, 그곳에서 반짝이는 금을 얻을 수 있다고 생각했던 것 같다. 그들은 우리가 삶의 어둠 속에서 배짱과 끈기를 지니고 묵묵히 자신의 길을 걸으면 언젠가 그 어둠을 벗어나게 해 줄 희망의 빛을

러시아 옛이야기의 무쇠 신을 신은 주인공,
이반 빌리빈(Ivan Bilibin)이 「빛나는 매의 깃털」(1900)에 그린 삽화.

발견할 수 있다고 말하고 싶었던 것이 아닐까 싶다.

「마랴 공주와 모캐」가 보여 주는 또 다른 특징은 무쇠가 양면성을 지닌다는 점이다. 무쇠 장화와 무쇠 모자는 동굴 천장과 바닥에 박힌 쇠 칼날과 쇠 가시로부터 주인공의 신체를 보호하는 방패막이 되어 준다. 또한 동굴 속의 사람들에게 붙잡히지 않고 자기 길을 걸을 수 있게 도와준다. 하지만 주인공의 발과 머리를 피가 나도록 찌르는 칼날과 가시도 무쇠로 이루어진 것이다. 무쇠가 양면성을 지닌 물질로 나타나는

러시아 옛이야기의 바바야가 모습,
이반 빌리빈이 「아름다운 바실리사」(1899)에 그린 삽화.

것을 볼 때, 「마랴 공주와 모캐」는 철기시대 이후에 전승되어 온 이야기
가 아닐까 추측해 본다.

　마랴 공주가 불의 나라에 이르렀을 때 남편을 찾을 수 있도록 세 가지
신물을 준 조력자가 '바바야가'라는 사실도 여러 생각거리를 준다. 러
시아 옛이야기에서 바바야가는 선과 악의 양면적인 속성을 지닌다. 닭
다리 위에 지어진 오두막에 살면서 절구를 타고 날아다니는 바바야가
는 마녀처럼 주인공들을 괴롭히기도 하지만 요정처럼 주인공들에게 마

법의 물건을 주기도 한다. 그래서 복합적인 속성을 지닌 태모의 원형으로 간주된다. 선과 악의 양면성을 지닌 바바야가는 주로 무서운 형상을 한 자신의 모습을 보고도 그 위세에 움츠러들지 않는 용감한 소녀와 소년을 돕는다.

무쇠 신을 신고 저승 여행을 한 바리공주

크랭 왕의 색시와 마랴 공주가 여성 신의 도움을 받아서 남편을 찾는 것과는 달리, 우리나라 중서부 무가의 바리공주는 주로 부처의 도움으로 생명수를 찾는다. 탐색 대상과 조력자가 다르기는 하지만, 옛이야기 속 무쇠 신을 신은 소녀는 모두 여행 중에 초자연적인 조력자를 만나서 자신의 소망을 이룬다.

서사무가 「바리공주」 채록본은 몇 년 전에만 해도 무가집이나 바리공주 전집을 구입해서 읽어야 했지만, 지금은 '문화콘텐츠닷컴' 홈페이지에 69종의 채록본 전문이 올라가 있어 편하게 읽을 수 있다.[4] 중서부 무가에서는 바리공주가 약물을 구하러 먼 길을 떠나기 전에 입었던 복장과 장신구를 상세하게 묘사한다. 성남의 박수 장성만이 구송한 각편을 살펴보자.

무쇠 두루마기 다섯 죽 무쇠 패랭이 다섯 죽에 무쇠 신 다섯 죽만 하여 주시면/부모 효행 갔다 오겠느니다/시녀 상궁들아 무쇠 두루마기 무쇠 패랭이 무쇠 신 다섯 죽씩만 대령해라/머리 풀어 쌍상투를 짰고/쇠패랭이 숙여 쓰시고 칠승포 고이 육승포 적삼에/무쇠 두루마기 무쇠 신을 신으시고 무쇠 주령을 집으시고/무쇠 장군 짊어지고 종묘에 하직하고 하시는 말씀이 (…)

이 무가에는 무쇠 두루마기 다섯 죽을 한꺼번에 입었다는 구절은 없지만, 천안 무당 배명부 본에는 바리공주가 무쇠 두루마기 다섯 죽을 포개 입고 무쇠 신 닷 죽을 포개 신고, 무쇠 패랭이 닷 죽을 포개 쓰고, 무쇠 주령(지팡이)을 한 번 냅다 디뎌 천 리 밖에 떨어졌다는 대목이 나온다. 바리공주는 무쇠로 온몸을 겹겹이 감싸고 먼 곳을 여행하였으니 신통력을 지닌 인물임이 분명하다. 중서부 무가권에서 채록된 각편에는 무쇠 신과 무쇠 지팡이가 거의 빠짐없이 등장한다. 무쇠 두루마기가 등장한 각편도 20편이나 된다.[5] 무쇠 복장을 하고 무장승 약류수를 찾아 나선 바리공주가 여행 중에 만난 인물은 주로 석가세존, 아미타불, 지장보살이다. 바리공주는 부처로부터 신이한 꽃(낙화, 낭화) 또는 금지팡이를 받아서 지옥을 무사히 통과한다. 장성만 본에서는 바리공주의 저승 여행을 다음과 같이 묘사한다.

낙화를 꺼내어 던졌드니 태산준령 평지되고 가시성 철성이 무너지고/또 한 곳을 내려서니/앞바다 열두 바다 뒷바다 열두 바다 앞뒤로 황천강이 있는데/낙화를 꺼내 던지시니 일엽편주 배가 되어 순풍에 돛을 달고 건너서서/또 무쇠 주령을 두세 번 던지시니/몇천 리를 가는 듯하시드라/또 한 곳을 들어가니 풍도지옥 칼산지옥 무간사천 억만지옥이라/모든 죄인 다스리는 소리가 오뉴월 장마 통에 악마구리 끓듯 하는구나/애기가 하는 말이 이곳에 갇히면은 몇 해나 갇히는가/옥 안의 귀신이 하는 말이/석가여래 탄신일인 사월 초파일이거나 칠월 백중날 나가면 모르려니

와/몇백 년도 갇혀 있고 몇천 년도 갇혀 있답니다/애기가 들으시고 가엾
고도 측은하다/부모 효양 늦어지나 죄인을 제도하리라

바리공주는 낙화를 던져서 가시성과 철성을 무너뜨리고, 억만지옥에
들어간다. 죄인을 다스리는 소리가 오뉴월 장마 통에 악머구리 끓듯 하
는 지옥은 「마랴 공주와 모캐」에 나오는 어두운 지하 동굴을 연상시킨
다. 하지만 「바리공주」의 저승 여행과 「마랴 공주와 모캐」의 지하 여행
은 뚜렷한 차이를 보인다. 마랴 공주가 지하 여행을 할 때 명심해야 할
사항은 지하 동굴에서 애원하는 사람들을 동정해서 발걸음을 멈춰서는
안 된다는 것이다. 애원 소리에 응답해서 남을 도울 것인가? 아니면 발
걸음을 재촉해서 내 가족을 먼저 구원할 것인가? 이 갈림길에서 바리공
주는 다른 주인공들과 다른 길을 선택한다.
　「큐피드와 프시케」의 프시케는 「마랴 공주와 모캐」의 마랴 공주와 마
찬가지로 저승 여행을 할 때 자신에게 애원하는 영혼들을 돕기 위해서
발걸음을 멈추지 않는다. 마랴 공주와 프시케뿐만 아니라 동해안 무가
권의 '바리데기'도 저승에서 고통받는 혼령을 스쳐 지나간다. 강릉 무
당 송명희 본에서 약수를 구하러 서천서역국에 가던 바리데기는 여행
중에 열 개의 열린 지옥문을 통해 신음하는 중생들을 보게 된다. 바리데
기는 "그 지옥문들을 바라보았더니 악어중생들이 염불공덕을 못 받아
야/저가 가는 베리데기님요 우리도 같이 데리고 가 주이소/왕생극락을
같이 가 주소서 하고 애걸복걸 슬피 우는 소리가/귀에 쟁쟁 눈에 삼삼
들리어오네/그렇지만은 어찌 참 그 영혼들을 다 구출해 주리오/갔다
올 길이 바쁘는데"라고 생각하면서 중생의 외침을 외면한다. 앨런 치
넨은 지하 세계에서 자신을 붙잡는 사람들의 애원을 뿌리치고 마랴 공

주와 프시케가 발걸음을 재촉한 것을 긍정적으로 평가한다. 그는 "여성은 남을 위해 자신을 희생하는 전통적인 여성상에서 벗어나 자신의 목표를 향해 충실히 나아가야 한다. 만약 그렇게 하지 못하면 영원히 지하세계에 발이 묶여 절망 속에 살아가게 될 것이다."[6]라고 말한다.

바리공주가 무조신이 아니라 평범한 여성이었다면 타인의 고통보다는 자신의 가족을 더 먼저 생각하는 것이 나은 선택일지 모른다. 하지만 지옥에서 신음하는 수많은 죄인의 하소연을 들은 바리공주는 "가엾고도 측은하다/부모 효양 늦어지나 죄인을 제도하리라"라고 말한다. 바리공주는 낙화를 흔들어 억만지옥의 문을 열어서 죄지은 영혼들을 극락왕생의 길로 인도한다. 부모 효양 못지않게 지옥의 수많은 중생을 구원하는 일을 중요하게 생각한 것이다. 바리공주는 무쇠 신을 신은 다른 여성들과 달리, 자신의 행복을 추구하는 세속의 길이 아니라 영혼의 고통을 덜어 주는 탈속의 길을 걷는다.

천상의 금속, 별의 금속, 무쇠

중서부 강신무들이 구송한 「바리공주」의 약수삼천리(弱水三千里) 여행은 동해안과 경상도의 세습무(世襲巫)가 들려주는 「바리데기」의 서천서역국 여행과 많이 다르다. 바리데기는 서천서역국이 어디 있는지를 알기 위해서 농사짓는 노인, 빨래하는 할머니, 염주밭 일구는 스님, 무쇠 다리 놓는 사람 등 여러 사람의 일을 도와준다. 반면에 바리공주는 이계 여행을 할 때 무쇠 지팡이를 한 번 짚거나 던져서 천 리를 간다. 무쇠 지팡이를 세 번 짚으면 육로 삼천 리를 갈 수 있는 신통력을 지녔다. 상징학에서 지팡이가 지닌 중요한 의미 중의 하나는 '세계의 축'을 나타낸다는 것이다. 특히 샤먼, 순례자, 선사, 마법사의 지팡이는 "보이지 않는 말 또는 여러 영역과 세계를 넘나들게 해 주는 탈것"을 상징하는데,[7] 바리공주의 무쇠 지팡이는 그러한 공간 이동의 도구라고 볼 수 있다.

바리공주는 무쇠 지팡이만 든 것이 아니라, 앞에서도 살펴보았듯이, 무쇠 두루마기, 무쇠 패랭이, 무쇠 신 다섯 죽씩 장만해서 생명수 탐색 여행을 시작한다. 칼비노가 쓴 「크랭 왕」에서 색시는 일곱 죽의 무쇠 신과 일곱 죽의 무쇠 외투, 일곱 죽의 무쇠 모자가 닳아 버릴 때까지 여행을 한다. 시베리아 툰드라 지역의 「마랴 공주와 모캐」에서 색시는 무쇠 장화 세 켤레, 무쇠 모자 세 개, 무쇠 빵 세 덩어리를 장만해서 길을 떠난다. 이처럼 생명수를 구하러 떠난 바리공주와 잃어버린 남편을 찾아 나선 '프시케' 유형의 여성들이 무쇠 신과 무쇠 모자와 무쇠 겉옷을 입고 여행을 떠난 까닭은 무엇일까?

세계 샤머니즘을 연구한 미르체아 엘리아데(Mircea Eliade)는 무복(巫卜)이 "거룩한 것의 임재를 드러낼 뿐만 아니라 우주적 상징과 형이상학적인 도정을 계시하기도 한다."[8]라고 말한다. 샤먼의 무복이 지닌 이러한 기능은 바리공주의 무쇠 복장에도 담겨 있다. 바리공주가 무쇠 복장을 한 것은 생명수를 구하러 약수삼천리를 가려면 천궁과 지옥을 통과해야 한다는 사실을 이미 알고 있었기 때문인 듯싶다. 중서부 무가권의 여러 각편에서는 바리공주가 유년기에 이미 하늘과 땅이 움직이는 이치를 꿰뚫어 보고 있다고 서술한다. 바리공주는 무쇠 지팡이를 세 번 짚어 육로 삼천 리를 가서 석가세존, 아미타불, 지장보살이 머무는 천궁에 이른다. 그곳에서 부처가 준 신물을 사용해서 큰 바다를 육지로 만들며 억만지옥을 통과해서 무장승이 사는 생명수와 생명초가 가득한 별천지로 간 것이다. 이렇게 어마어마한 규모로 이계 여행을 하기 위해서는 무쇠 복장이 필요했겠다는 생각이 든다.

우리는 흔히 무쇠 하면 전쟁 도구와 철기시대를 떠올린다. 하지만 그보다 먼 옛날, 사람들은 무쇠가 운석에서 발견되었기 때문에 천상계에서 온 물질로 믿었다. 엘리아데에 따르면 "원시인들은 표면에 철이 함유된 광석을 이용하는 방법을 배우기에 앞서서 오랫동안 운석의 철을 가공했"으며, 에스파냐 출신의 코르테스가 아즈텍의 추장들에게 그들의 칼을 어디서 얻어 왔느냐고 묻자, "그들은 그저 하늘을 가리켰을 따름이었다."고 한다. 수메르어로 철을 뜻하는 어휘는 '하늘'과 '불'의 상형문자로 이루어졌으며, 이는 '천상의 금속'이나 '별의 금속'으로 번역된다. 또한 그리스인들도 철을 '천상적' 기원을 지닌 물질로 간주해서 '반짝이다'라는 의미를 지닌 어휘로 표현한다.[9] 또한 아르메니아인들의 민속신앙에 따르면, 태양은 청년의 모습을 한 채 이 세상의 동쪽 끝에 있는 궁전에 살고 있는데, 그곳은 인간도 새도 들어갈 수 없는 곳이어서 무쇠 신을 신고 무쇠 지팡이를 지닌 사람만이 갈 수 있다.

고대인들처럼 무쇠를 천상의 금속으로 여겼던 탓인지, 시베리아, 부르야트, 알타이 샤먼들은 무복에 무쇠 장식물을 많이 붙인다. 특히 시베리아 지역의 야쿠트 샤먼은 무복에 "자그마치 14 내지 23킬로그램의 쇠붙이 장식"을 부착했다고 한다. 야쿠트 샤먼의 무복에 달린 초승달 모양의 쇠 원반은 "악령들의 공격을 막아 주는 방패막이 구실"을 하고, "태양의 구멍"이라 불리는 구멍 뚫린 쇠 원반은 태양과 지하계로 들어가는 구멍을 나타낸다.[10] 야쿠트 샤먼의 영향을 받은 퉁구스 샤먼의 무복에 부착된 쇠붙이 장식물도 달, 해, 별을 상징한다. 시베리아 샤먼은 무쇠를 귀신을 물리치는 물질, 천상계와 지하계를 연결해 주는 신성한 물질로 생각한 것이다.

이탈리아의 「크랭 왕」에서 무쇠 복장을 한 색시는 바람, 번개, 천둥의 나라로 가고, 다른 유럽 유사 설화에서 무쇠 신을 신은 색시는 해와 달과 별의 나라로 여행한다. 이러한 이계 여행은 우리 옛사람들의 상상력과 동떨어진 것은 아니다. 「쥐의 사위 삼기」「두더지 사위」「구복 여행」따위의 우리나라 옛이야기에서 주인공들은 해를 만나기 위해 하늘 여행을 떠나기 전에 쇠 지팡이를 장만한다. 우리 민족도 쇠 지팡이가 닳도록 걸으면 하늘에 다다를 수 있다고 상상했던 듯싶다. 시베리아의 「마랴 공주와 모캐」의 경우, 공주가 무쇠 신과 무쇠 모자를 쓰고 여행한 곳은 천상계가 아니라 지하계이다. 옛사람들은 무쇠는 신이한 물질이어서 무쇠 신을 신거나 무쇠 복장을 하면 천상계로도, 지하계로도 갈 수 있다고 생각한 것이 아닐까.

바리공주의 복장과 무쇠가 많이 사용된 시베리아 샤먼의 무복 사이에 어떤 영향 관계가 있는지 알 수는 없다. 하지만 중서부 무가권의 「바리공주」를 살펴볼 때, 오래전에 살았던 우리 옛사람들도 다른 나라의 고대인과 마찬가지로 무쇠를 신성한 힘을 지닌 천상의 금속으로 여겼던 것만은 분명해 보인다. 또한 이승과 저승, 지옥과 천궁을 모두 무쇠 신을 신고 무쇠 지팡이를 짚고 걸어서 갈 수 있는 수평적인 세상이라고 생각한 듯싶다. 바리공주는 생명수와 생명초가 가득한 별천지에서 9년을 보낸 다음 무장승과 결혼해서 일곱 아들을 낳고는 다시 이승으로 돌아온다. 많은 무당들은 그 일곱 아들이 나중에 북두칠성 또는 칠성으로 좌정했다고 구송한다. 거의 모든 외국 설화에서 무쇠 신을 신은 소녀는 다른 세계에 있는 남편과 다시 결합한 뒤 자신의 나라로 돌아와 부귀영화를 누리면서 산다. 하지만 바리공주의 이계 여행은 단순한 남녀의 결합과 세속적인 행복으로 마무리되지 않는다. 많은 무당들은 그 결합으로 인간의 탄생과 죽음을 관장하는 일곱 별이 태어났다고 이야기한다.

바리공주와 신선비 색시의 같음과 다름

유럽이나 시베리아 등 외국에서는 잃어버린 남편 탐색담에 나오는 무쇠 신 모티프가 우리나라에서는 왜 생명수 탐색담 「바리공주」에 나타나는지 나로서는 정확히 설명하기 어렵다. 「바리공주」와 「구렁덩덩 신선비」에 대해서 오랫동안 공부하면서 마음속에 싹튼 생각은 서양에서 남편 탐색담이라는 하나의 유형으로 전승되어 온 이야기가 우리나라에서는 남편 탐색담과 생명수 탐색담이라는 두 유형으로 나뉘어 전승된 것이 아닐까 하는 것이다. 두 설화에는 공통점이 적지 않다. 신선비의 색시와 바리공주는 둘 다 가족에게 버림받거나 배신당하는 상처를 지닌 여성이다. 그들은 잃어버린 남편 또는 생명수를 찾기 위해서 낯선 세상을 떠돌다가 초자연적인 조력자를 만나고, 그들이 준 신물(神物)을 이용해 물의 세계를 통과해서 이계로 간다. 이계에서 남편을 다시 만난 신선비의 색시는 여성 산신이 준 신물(호랑이 눈썹)을 얻고, 바리공주는 미래의 남편을 만나서 생명수와 생명꽃을 얻는다. 서구의 남편 탐색담에 나타나는 '검은 빨래 희게 빨고 흰 빨래 검게 빨기' 모티프가 있는 한국 설화는 「바리데기」와 「구렁덩덩 신선비」뿐이고, '과제: 무쇠 신이 닳도록 걷기' 모티프가 들어 있는 이야기는 중서부 무가권의 「바리공주」뿐이다. 두 모티프는 「바리공주」 무가와 「구렁덩덩 신선비」 설화의 깊은 관련성을 말해 주는 단서라는 생각이 든다.

「구렁덩덩 신선비」와 「바리공주」 사이에 두드러진 차이점이 있다면, 앞엣것은 개인 차원의 이야기이고, 뒤엣것은 공동체 차원의 이야기라는 점이다. 신선비 색시의 여행이 여성 산신이 준 호랑이 눈썹을 얻어서 부부 간의 화합과 자기실현을 이루는 개인적인 차원의 여행이라면, 바리공주의 여행은 생명수와 생명꽃을 구해서 모든 망자의 떠도는 혼을 제도(濟度)하고 부모와 국가를 소생시킨 대동적인 차원의 여행이다. 신선비 색시가 이계 여행을 할 때 무쇠 신을 신지 않은 것은 우리 옛사람들이 신성한 물질인 무쇠로 된 복장과 지물(무쇠 신, 무쇠 창옷, 무쇠 지팡이, 무쇠 패랭이)이 바리공주에게나 어울린다고 생각했기 때문일지 모른다. 죽은 사람의 넋을 극락왕생의 길로 인도하는 인로왕보살(引路王菩薩)이자 무쇠 지팡이를 한 번 짚어서 천 리를 갈 수 있는 신통력을 지닌 무조신 바리공주만이 무쇠 신을 신고 무쇠 옷을 입을 자격이 있다고 상상했던 것은 아닐까.

5장. 「구렁덩덩 신선비」가 던진
수수께끼 세 가지

수수께끼의 숲, 「구렁덩덩 신선비」

옛이야기를 공부하기 위해서는 다수의 각편을 찾아서 도표도 만들어야 하고, 유형과 모티프, 상징 따위에 대해서 알아야 하고, 도서관에 자주 발품도 팔아야 한다. 하지만 옛이야기 공부는 그런 노고를 보상하는 배움과 발견의 기쁨을 준다. 옛이야기는 우리 마음속의 상처를 치유해 주고, 세상 사람들과 어우러져서 이야기를 나누고 자기 자신을 알아 가는 즐거움을 준다. 또한, 우리 옛사람들이 지녔던 스토리텔링의 힘과 상상력과 지혜를 새롭게 발견하는 기쁨을 느끼게 한다. 하지만 무엇보다 내가 옛이야기 공부에서 벗어나지 못하는 가장 큰 이유는 옛이야기가 수수께끼 가득 찬 비밀의 숲 같기 때문이다. 옛이야기는 쉽사리 풀기 어려운 수수께끼를 한가득 품고 있어서 한번 그 숲에 발을 디디면 빠져나오기 힘들다.

　나는 대학에서 현대 소설과 서술 이론을 전공했다. 그러다 불혹을 넘겨서야 우리 옛이야기를 독학으로 공부하기 시작했다. 뒤늦게 옛이야기 공부를 시작한 나를 두고 '신선놀음에 도낏자루 썩는 줄 모른다.'라고 가족들이 놀릴 정도로 깊이 빠져들었던 까닭은 우리 옛이야기가 서양의 소설과 기법을 공부할 때는 느낄 수 없었던 보람과 즐거움을 안겨 주었기 때문이다. 옛이야기에는 합리성이나 논리성으로 풀어낼 수 없는 수수께끼 같은 서사의 빈 공간, 즉 '불확정성의 틈새'가 많이 존재한다. 그러한 틈새는 옛이야기의 결함이 아니라 독자를 그 세계로 끌어들이는 매력이자 힘이다. 만약에 옛이야기 서사가 완벽해서 독자가 비집고 들어갈 틈새가 전혀 없다면 우리는 수동적인 수용자에 머물고 만다. 그런데 옛이야기에는 틈새가 많기 때문에 우리는 상상의 날개를 펼치면서 적극적으로 옛이야기 세계에 참여할 수 있다.

　경우에 따라서는 공부하면 할수록 수수께끼가 해결되는 것이 아니라 더 늘어 간다는 느낌을 주는 옛이야기도 있다. 하나의 수수께끼가 해결되었다 싶으면 어느새 또 다른 수수께끼가 나타나서, 옛이야기가 숲이나 늪의 경지를 지나서 바닥을 알 수 없는 바다로 다가올 때가 있다. 앞에서 살펴본 「구렁덩덩 신선비」와 「바리공주」가 대표적인 예이다. 그러한 이야기들을 공부하는 일은 쉽지 않지만, 그 바다에서 길을 찾아 헤매는 동안 다른 이야기들을 무수히 많이 만날 수 있고, 옛사람들의 인생관과 상상력에 대해서 새롭게 아는 기회를 가질 수 있다.

　이번 장에서는 「구렁덩덩 신선비」라는 비밀의 숲이 던지는 여러 수수께끼 가운데서 내 마음을 사로잡은 세 가지를 소개하겠다.

왜 부잣집 딸이 구렁이와 결혼했을까?

외국 설화와 비교할 때 「구렁덩덩 신선비」 설화가 보여 주는 가장 독특한 양상은 신선비의 결혼에서 찾아볼 수 있다. 지체 높은 집안에서 곱게 자란 여성이 흉측한 형상을 한 낮은 신분의 남성과 망설임 없이 결혼한다는 것은 세속적인 잣대로 볼 때 납득하기 힘든 설정이다. 색시 아버지의 태도도 마찬가지로 이해하기 쉽지 않다. 신분의 벽이 뚜렷한 가부장제 사회에서 부와 권력을 지닌 양반이 흉물스러운 아들의 협박에 시달리는 가난한 이웃집 아낙네를 동정해서 자신의 딸을 낮추어 시집보낸다는 것은 외국의 동물 신랑 설화에서는 그 비슷한 예를 발견하기 힘들 만큼 있을 법한 일이 아니다. 외국의 유사 설화에서 동물 신랑은 주로 왕자나 국왕으로 등장하고, 막내딸이 괴물과 결혼한 것은 아버지가 괴물의 영역을 침범해서 목숨을 잃을 위기에 처했기 때문이다. 농부나 어부가 괴물의 양부모로 설정된 일부 유럽 각편의 경우, 괴물 신랑은 신분은 미천해 보여도 색시의 아버지인 국왕보다 훨씬 강력한 힘과 신이한 능력을 지닌 존재이다. 그래서 국왕이 요구하는 대로 하루 만에 궁전을 각종 보석으로 치장하거나 단기간에 산을 없애고 정원을 만드는 것 따위의 과제를 손쉽게 해치운다. 반면에, 「구렁덩덩 신선비」의 구렁이는 서사 전체를 통틀어서 허물을 벗어 인간으로 변신했다는 것과 물의 세계 저편에 산다는 것 말고는 그 어떤 신이한 능력도 보여 주지 않는다.

신선비 설화에서 색시의 아버지는 목숨이 위태로운 상황에 처한 것도 아니고 권력자의 집요한 결혼 요구에 시달리지도 않는다. 그런데도 셋째 딸은 뚜렷한 이유 없이 집안과 외모가 보잘것없는 구렁이를 남편으로 맞이한다. 신선비의 결혼 과정은 언뜻 개연성과 현실성이 부족한

혼례 날이 밝았습니다.
구렁이가 장가가는 것을 보려고
온 동네 사람들이 정승 댁으로 모여들었어요.
구렁이는 긴 장대를 타고 담을 넘어와서
혼례식을 올렸습니다.

구렁이가 정승댁 셋째 딸과 혼례식을 하는 모습,
『구렁덩덩 새선비』(이경혜 글, 한유민 그림, 보림 2007)의 한 장면.

서사적 결함으로 보인다. 하지만 그 불확정성의 틈새 또는 모순은 많은
학자와 작가를 이야기의 세계로 끌어들였다. 그들은 이야기에 개연성
을 부여하기 위해서 다양한 해석을 시도하였다. 지금껏 학자나 작가가
신선비의 결혼에 얽힌 수수께끼에 대해 내놓은 답변을 몇 가지 소개해
볼까 한다.

우선 동화작가 이원수·손동인과 서정오가 쓴 판본을 살펴보면 이웃
집 아낙네의 사정이 하도 딱해서 색시의 어머니가 보다 못해 딸들에게

결혼 의사를 묻는 것으로 되어 있다. 어머니는 세 딸이 모두 다 펄쩍 뛰면서 구렁이의 청혼을 거절할 것이 분명하다고 믿고 결혼 의사를 타진하는데, 이원수·손동인 본에서는 셋째 딸이 동정심 때문에 결혼을 결심한 것으로 되어 있다. 셋째 딸이 "어머니, 제가 시집갈게요. 구렁이가 너무 불쌍하잖아요?"라고 자신 있게 말해서 가족들이 말릴 수가 없었던 것이다.[1] 서정오 본에서는 셋째 딸이 구렁이의 청혼을 듣고 "어머니만 허락해 주시면 그렇게 하지요."라고 대답한다. 대답을 들은 어머니는 셋째 딸이 마음에 있어 하니 어쩔 도리가 없다고 결혼시킨다. 서정오 본에서 셋째 딸이 결혼을 결심한 이유는 구렁이에게 동정심을 느꼈을 뿐만 아니라 구렁이의 품성을 알아보았기 때문이다. 셋째 딸은 구렁이를 처음 보았을 때 "불쌍하다 구렁덩덩, 가엾어라 신선비. 사람들이 몰라주니 이리 천대받는구나." 하면서 옷고름으로 구렁이 눈물을 닦아 준다.[2] 이원수·손동인 본에서나 서정오 본에서나 셋째 딸은 동정심이 많은 착한 성품의 여성으로 그려진다.

이와 달리, 김지원의 소설에서 셋째 딸은 착하기만 한 존재는 아니다. 김지원은 「구렁덩덩 신선비」를 고쳐 쓴 단편소설 「구렁이 신랑과 그의 신부」에서, 셋째 딸의 결혼 동기로 불쌍한 존재에 대한 동정심 대신에 인간의 본질을 파악하는 통찰력을 내세운다. 구렁이의 청혼을 받아들이겠다는 셋째 딸에게 아버지는 "아서라, 얘야. 이 세상에 여자가 너하나 남았다던? 시집은 그렇게 희생정신을 발휘해서 가는 게 아니다."라고 만류한다. 하지만 셋째 딸은 아버지에게 자신이 결혼하려는 의도를 분명하게 밝힌다. "아버님, 멀쩡하게 생긴 사람들도 혼인을 한 후에는 호랑이나 여우로 둔갑하여 서로를 괴롭히려 드는데 그분은 처음부터 구렁이의 모습을 하고 계십니다. 우리들은 사람 탈을 쓴 짐승이고 그

외국 설화 「마법에 걸린 뱀」에서 공주가
왕이 정해 준 뱀신랑과 마주하는 모습.
헨리 포드가 『초록 요정 책』(1892)에 그린 삽화.

분은 짐승의 모습을 하고 있는 사람이어요."라고.[3] 즉 셋째 딸은 외모와
조건이라는 허울을 걷어 내고 한 존재의 내면을 들여다보겠다는 것이
다. 『한국구전설화』에 수록된 각편들을 살펴보면, 김지원 소설과 마찬
가지로, 셋째 딸이 구렁이에게 동정심을 느꼈다는 표현은 나오지 않는
다. 단지 갓 태어난 구렁이를 보고 언니들처럼 혐오감을 드러내거나 침
을 뱉지 않고 "구렁덩덩 신선비 나셨네."라고 말할 따름이다. 셋째 딸이

구렁이를 보자마자 첫눈에 '선비'라고 부르고 인간으로 변신한 구렁이가 옥골선풍의 선비로 묘사되는 것을 보면, 셋째 딸이 청혼을 받아들인 것은 구렁이에게서 선비의 품격을 느꼈기 때문일 가능성이 크다.

국문학자들은 주로 한국 민간신앙의 틀 속에서 수수께끼의 답을 구한다. 서대석은 구렁이 집안이 딸 셋을 둔 집안에 비해서 재물로 보나 신분으로 보나 훨씬 부족하다는 점에 주목한다. 색시 부모가 그러한 혼사를 물리치지 않고 딸들에게 의사를 물어서 순순하게 허락한 것에는 그럴 만한 이유가 있을 것이라고 추정한다. 서대석은 구렁이가 신이 아니라면 그러한 결혼을 납득하기 어렵다고 말하면서, 다음과 같이 해석한다. "구렁이가 신이라면 우선 생각나는 것이 신에게 처녀를 제물로 바치는 인신 공희(供犧) 습속이다. 이렇게 볼 경우, 셋째 딸은 제물로 선정된 처녀이고 구렁이 어머니는 사제자인 무녀가 된다. 그러나 이야기 후반부에 신선비를 찾아 고행하는 셋째 딸의 행위가 희생된 제물과는 부합하지 않는다. 다음으로 구렁이를 긍정적 신으로 보고 셋째 딸을 신을 모시는 사제로 보아 무녀가 몸주신을 맞이하듯 구렁이와 셋째 딸의 혼례를 내림굿이나 입무식과 같은 성격으로 해석하는 길이다. 이 같은 해석은 구렁이가 수신의 성격을 지니기에 구렁이와의 혼례는 수신맞이 의식이 되면 후반부 이야기를 풀이하는 데 큰 무리가 없다."[4] 서대석은 구렁이를 수신으로 보는 근거를 몇 가지 제시한다. "구렁이는 용과 형태 면에서 유사하며 구렁이가 나타나면 비가 온다는 속신이 있다. 뿐만 아니라 구렁이는 신선비의 전신인데 신선비가 허물이 불에 탄 것을 알고 잠적을 했다든지, 잠적한 곳이 수중 세계라든지 하는 점에서 구렁이의 수신적 성격은 분명히 드러난다."[5]라고 말한다.

신선비 설화를 신화적·제의적으로 해석하면 이 이야기가 보여 주는 수수께끼, 즉 왜 지배 집단의 여성이 피지배 집단의 괴물을 배우자로 맞아들였는지에 대한 의문을 합리적으로 해석할 수 있다. 하지만 서대석이 제시한 근거들 ── 구렁이, 허물의 소각, 수중 세계 ── 은 외국의 뱀신랑 설화에서도 흔하게 발견되는 모티프여서 그것만 갖고 구렁이를 수신이라고 단정 짓기는 어렵다. 더군다나, 서대석은 남편 탐색과 부부의 재결합이라는 세계적인 보편성이 큰 모티프를 수신 신앙의 틀로만 파악하려고 한다. 그는 이야기의 대단원을 "잃어버린 수신을 다시 맞이해서 대지의 생산력을 회복시키고 지상에 만연한 재해로부터 인간사회를 구원하는"[6] 제의적인 행위로 해석한다. 그런데 제의적인 해석을 하려면, 이야기 속에서 공동체가 위기에 처해 있고, 셋째 딸이 공동체를 구한다는 내용이 들어 있어야 한다. 하지만 셋째 딸이 치른 일련의 시련은 개인의 사랑과 행복을 위한 것일 뿐, 공동체의 선을 위한 것은 아니다. 서대석은 신선비를 농경신의 성격을 지닌 수신으로 보았는데, 실제로 국내에서 뱀을 수신으로 섬기는 지역은 농촌이 아니라 해안 도서 지역이다. 또한 신선비 설화가 지닌 민담적 속성과 세계적 보편성을 고려할 때, 독자들이 자기 나름대로 해석할 수 있는 상상의 여지는 남겨 놓아야 한다.

이러한 점 외에도, 지체 높은 집안의 여성이 낮은 집안의 남성과 결혼하는 옛이야기가 「구렁덩덩 신선비」만이 아니라는 사실도 고려할 필요가 있다. 우리나라 설화 중에는 「구렁덩덩 신선비」와 비슷한 이야기, 즉 가문 좋은 집안의 여자들이 외모나 사회적인 신분에 개의치 않고 자신보다 못한 남자와 결혼하는 이야기들이 무척 많다. 온달설화, 서동설화, 삼공본풀이, 세조공주(광묘유일공주) 설화, 「내 복에 산다」 유형의 설화에 등장하는 여주인공은 자신보다 신분이 낮거나 재물이 적은 집안의 남자와 결혼하는 '반(反) 신데렐라적' 여성들이다. 아버지의 뜻을 거슬러 '쫓겨난 딸'이 숯구이 총각이나 마퉁이와 결혼해서 부자가 되는 「내 복에 산다」 설화는 전국에서 「콩쥐 팥쥐」보다 더 많이 채록되었다. 이 유형의 설화는 우리나라에서 유독 두드러지게 많기는 하지만, 다른 나라에도 없는 것은 아니다. 유럽, 인도, 중국 등 지구촌 곳곳에 유사 설화가 널리 퍼져 있다.

아르네-톰프슨의 유형 분류 체계에서는 「내 복에 산다」 유형의 설화를 'AT 923B 자신의 운명에 책임 있는 공주'로 명명하고 있다. 셰익스피어의 「리어 왕」은 이러한 설화에서 영향을 받은 것으로 볼 수 있다. 이 유형의 설화에서 공주 또는 왕비는 자신이 잘사는 것은 자신의 운명 덕분이라고 말했다가 아버지 또는 남편에게 쫓겨난다. 공주 또는 왕비는 비천한 신분의 남자와 결혼(또는 재혼)해서, 그 남자의 집안을 일으켜 세워 자신의 생각이 옳음을 증명한다. 우리나라에서 이 설화는 민담, 신화, 전설로 폭넓게 전승되고 있다. 『삼국사기』에 등장하는 고구려 평강왕(평원왕)의 딸 평강공주나 『금계필담』에 서술된 조선 세조의 딸 광묘유일공주는 부왕의 그릇된 판단을 정면으로 비판하다가 쫓겨나서 자신보다 낮은 신분의 남자와 결혼한다. 아버지의 권위에 도전하거나 자신의 운명의 힘을 믿는 여성이 유독 우리나라 설화에 많이 등장하는 것을 보면, 한국 옛 여성의 집단 무의식에는 가부장적인 가치관에 편승해서 성공하려는 '신데렐라 콤플렉스'보다는 자신보다 못한 남자와 결혼해서 자신의 운명을 시험해 보려는 '평강공주 콤플렉스'가 어쩌면 더욱 깊이 자리 잡고 있는지 모른다.

「구렁덩덩 신선비」에서 셋째 딸이 구렁이와 결혼한 이유가 측은지심 때문인지, 인간의 내면을 읽는 통찰력 때문인지, 한국 여성의 집단 무의식에 내재된 수신 신앙의 잔재 때문인지, '평강공주 콤플렉스' 때문인지, 아니면 자기 복과 운명에 대한 확신 때문인지 확실하게 알 길은 없다. 어쩌면 이 모든 감정이 복합적으로 작용해서 결혼을 했을지 모른다. 셋째 딸의 심리를 읽을 수 있도록 설화가 전해 주는 구체적인 단서는 거의 없다. 독자들이 알 수 있는 것은 셋째 딸이 부모조차 부끄러워 피하는 구렁이를 '신선비'라고 부르고, 세속적인 잣대로는 상당히 밑지는 결혼을 자의든 타의든 혼쾌히 받아들였다는 것뿐이다. 옛사람들은 구렁이를 신랑으로 택한 셋째 딸의 마음속을 들여다보는 일을 독자의 몫으로 남겨 둔 대신, 그러한 결혼이 가져올 수 있는 혹독한 시련과 극복 과정을 오밀조밀하게 그리는 일에 더욱 노력을 기울인 듯싶다.

왜 착한 사람들이 시련을 겪을까?

「구렁덩덩 신선비」의 색시는 착한 마음씨를 지녔다. 옆집 할머니가 낳은 후 창피해서 굴뚝 모퉁이에 삿갓을 덮어 놓아둔 구렁이 아기를 보고도, 구렁이가 청혼한 사실을 알고도, 언니들과 달리 혐오의 말을 내뱉지 않는다. 「구렁덩덩 신선비」처럼, 옛이야기의 도입부에서 주인공들은 대부분 착하다. 그리고 옛이야기의 결말에서 주인공들은 복을 받고 악인은 죽임을 당하거나 벌을 받는다. 교육대학 대학원에서 나에게 옛이야기 수업을 들은 교사들은 종종 초등학생들이 고학년이 되면 옛이야기에 흥미를 잃는다고 말하곤 했다. 초등학교 고학년쯤 되면 아이들은 이미 우리 사회에서 착한 사람이 복을 받지도 악한 사람이 벌을 받지도 않는다는 사실을 알기 때문에 권선징악으로 끝나는 옛이야기를 좋아하지 않는다는 것이다. 심지어 어떤 교사들은 옛이야기가 아이들에게 착한 아이 콤플렉스를 심어 주는 것도 문제라고 말하기도 했다.

얼핏 생각하기에는 그러한 지적이 타당해 보인다. 우리가 일상적으로 접하는 뉴스만 봐도 거짓말 잘하는 영악한 사람들이 정직하고 착한 사람들보다 더 잘사는 것이 아닌가 하는 의문을 품게 된다. 또한 우리네 삶에서 착한 사람들이 약삭빠르지 못해서 번번이 손해를 보는 모습을 적지 않게 본다. 착한 사람들이 일찍 저세상으로 가고, 악한 사람들이 이 세상에서 훨씬 오래 산다는 생각이 들 때도 많다. 어떤 심리학자들은 악행을 저지른 사람들이 겉으로는 잘살고 있는 것처럼 보여도 내면에서 그 대가를 혹독하게 치른다고 말하지만, 옛이야기의 권선징악적인 결말이 비현실적이라는 주장에 반론을 제기할 자신은 없다.

하지만 아이들이 권선징악의 결말이 싫어서 옛이야기에 흥미를 잃는다거나 옛이야기가 착한 아이 콤플렉스를 심어 준다는 주장에는 선뜻 동의하기 어렵다. 아이들이 권선징악의 결말을 싫어한다면,「콩쥐 팥쥐」「신데렐라」「흥부 놀부」「손 없는 색시」따위의 옛이야기들이 수백 년씩 사람들의 마음을 사로잡을 수 있었을까? 우리는 성인이 되어서도 연속극이나 영화를 볼 때 선악 구조가 뚜렷한 이야기에 쉽게 이끌리고, 그러한 이야기가 권선징악으로 끝나길 바란다. 사회적인 정의가 현실에서 일어나기 쉽지 않다는 사실을 알지만, 가상의 세계에서나마 선이 악을 이기고 정의가 반드시 실현되는 것을 보고 싶어 한다.

또한 옛이야기가 권선징악적이어서 아이들의 마음속에 '착한 아이 콤플렉스'를 심어 줄 수 있다는 주장에 동의하기 어려운 것은 옛이야기의 주인공들이 모두 착하기만 한 것도 아니거니와, 그 주인공들이 무조건 착해서 복을 받은 것이 아니기 때문이다. 두산백과(www.doopedia.

co.kr)는 '착한 아이 증후군'(Good boy syndrome)을 "부정적이라고 생각되는 생각이나 정서들을 감추고 부모나 타인의 기대에 순응하는 착한 아이가 되고자 하는 아동의 심리 상태를 지칭하며, 성인기까지 지속될 경우 착한 사람 콤플렉스라고 불린다."라고 정의한다. 옛이야기의 도입부에 주인공이 착한 인물로 설정되었을 경우, 화자는 이야기의 전개 과정에서 착한 주인공이 얼마나 쉽게 남의 말에 잘 속는지를, 그래서 착한 품성 때문에 얼마나 혹독한 시련을 겪는지를 보여 준다. 심리학자 이동귀는 '착한 아이 증후군'을 정신분석학에서는 "어린 시절 주 양육자로부터 버림받을까 봐 두려워하는 유기 공포(fear of abandonment)가 심한 환경에서 살아남으려는 방어기제의 일환으로 본다."[7]고 말한다. 이 말이 사실이라면, 옛이야기는 오히려 유기 공포로 인해서 '착한 아이 콤플렉스'를 지니게 된 아이들에게 그러한 감정들을 극복하는 방법을 가르쳐 줄 수 있다. 많은 옛이야기는 도입부에서 가족으로부터 배반당하고 버림받은 주인공의 아픔을 보여 주고, 주요부에서 주인공이 자신에게 주어진 시련을 어떻게 굳건하게 헤쳐 나가는지를 보여 주기 때문이다.

옛이야기의 주인공들은 사악한 계모, 욕심 많은 형, 시샘 많은 언니로 인한 통과의례를 거치면서 악을 이길 수 있는 지혜를 얻는다. 주인공이 처음에 악의 공격에 무기력했던 것은 너무도 착하고 순진해서 인간의 내면에 존재하는 탐욕, 시기, 질투, 간계 따위의 감정에 무지했기 때문이다. 하지만 이야기가 전개되면서 그들은 상처와 시련을 통해서 악을 이길 수 있는, 악으로부터 자신을 보호할 수 있는 지혜를 얻게 된다. 혹독한 시련을 겪는 사이 주인공의 내면에 변화가 일어난 것이다.

주인공의 내면에 일어난 변화를 설명하기에 가장 적절한 표현은 마리루이제 폰 프란츠가 언급한 '인테그리티(integrity)'[8]라는 용어가 아닐까 싶다. 폰 프란츠에 따르면, 융은 마태복음 18장의 "너희가 다시 어린이와 같이 되지 않으면 결코 하늘나라에 들어가지 못할 것이다."라는 구절을 즐겨 언급했다고 한다. 이 성서 구절에 대한 융의 해석을 소개하면서 폰 프란츠는 "'다시 어린이가 된다는 것'은 유치원 상태에 머물러 있는 것이 아니라 그 단계에서 벗어나서 어른이 되어, 세상의 악을 인지하고, 내적인 인테그리티를 다시 획득하는 것 또는 깊은 내면의 중심 내지 온전성에 이르는 길을 찾는 것"[9]을 의미한다고 말한다. 우리가 어른이 되어서도 소중하게 간직해야 할 어린이성은 '유치원 상태에 머무는 아이의 순진무구함'이 아니라 '악에 훼손되지 않는 내적인 온전성'인 것이다. 폰 프란츠는 선을 베풀려는 사람들은 그 선을 올바른 사람과 대상에게 베풀 수 있을 정도의 분별력을 지녀야 한다는 점을 강조한다. 그는 만약에 우리가 악인과 부딪힌다면, 내면의 인테그리티나 마음속의 순진성을 바보처럼 드러내지 말고 숨길 줄 아는 지혜가 필요하다고 말한다.

「구렁덩덩 신선비」나 악형선제 설화에서 주인공이 시련을 겪은 것은 순진한 어린이의 심성을 지니고 있었지만 악에 대처할 수 있는 내적인 인테그리티를 지니지는 못했기 때문이다. 이러한 설화의 도입부에서 주인공은 악에는 무방비 상태에 있는 어린이와 같았다. 그가 치른 온갖 불행과 시련은 악으로부터 자신을 보호할 수 있는 인테그리티를 얻기 위한 일종의 성인식에 해당한다.

옛이야기를 잘 살펴보면, 온갖 시련을 겪고 난 후 주인공의 모습은 도입부에 나타난 순진무구한 모습과는 거리가 있다. 많은 옛이야기의 대단원을 살펴보면, 과연 주인공을 착하다고 보아도 될지 망설여진다. 콩쥐는 팥쥐 모녀를 죽게 하거나 귀양 보내고, 착한 아우는 나쁜 형을 죽음에 이르게 하고, 그레텔은 마녀를 죽이고, 백설공주는 계모에게 불에 달군 무쇠 신을 신게 한다. 프시케는 두 언니를 죽음의 낭떠러지로 이끌고, 손 없는 색시는 나중에 친정집으로 돌아가서 계모를 단죄한다. 구전설화와 그림 형제의 메르헨은 착하고 어리숙했던 주인공이 악이 준 시련을 통해서 선악을 구별하는 분별력, 악에 대처하는 지혜와 담력, 자신을 지킬 수 있는 인테그리티를 얻는 과정을 보여 준다.

교사나 부모 입장에서 옛이야기가 아이들에게 착한 아이 콤플렉스를 심어 준다고 우려하는 것은, 구전설화와 그림 형제의 메르헨을 어린이용으로 다시 쓴 어린이책들이 대개 '착함'을 지나치게 강조하기 때문이다. 몇몇 작가들은 아이들의 인성 교육을 걱정해서인지 주인공이 자신을 죽이려 한 악인까지도 용서하는 것으로 결말을 새롭게 고쳐 썼다. 아이들의 마음속에 '착한 아이 콤플렉스'를 심어 주는 이야기는 구전설화가 아니라 어정쩡한 결말로 끝나는 전래동화가 아닐까 싶다.

왜 사악한 언니들은 벌을 받지 않을까?

「구렁덩덩 신선비」 그리고 유럽 구전설화 「마법사 피오란테 경」과 「뱀과 포도 재배자의 딸」이 보이는 독특한 특성은, 선악 구조가 뚜렷한 여느 옛이야기들과 달리, 동생을 불행에 빠뜨린 언니들이 큰 벌을 받지 않는다는 데 있다. 이러한 설정은 옛이야기의 보편적 문법인 권선징악의 결말과도 거리가 있다. 아풀레이우스의 『황금 당나귀』에 삽입된 「큐피드와 프시케」와 비교해 보면 그 차이가 확연히 드러난다.

「큐피드와 프시케」에서 언니들은 참혹한 죽음을 맞이한다. 그들은 밤에만 찾아오는 동생의 신랑을 "사람의 목숨을 앗아 갈 수 있는 독을 흘리면서 침을 흘리는 큰 입을 가진 뱀"[10]일 거라고 말한 대가를 톡톡히 치른다. 프시케가 언니들을 죽음으로 내몬 방식을 보면 간교하다는 느낌마저 든다. 남편에게 버림받은 프시케는 언니가 왕비로 있는 도시로 가서 언니에게 자신의 남편이 뱀이 아니라 비너스 신의 아들 큐피드라는 사실을 알려 준다. 그리고 언니가 충고한 대로 날카로운 칼과 램프를 들고서 남편을 죽이러 다가갔다가 뱀 대신 큐피드가 잠든 것을 보았고 그 관능적인 모습을 넋을 잃고 보다가 램프 기름 한 방울을 그의 어깨에 떨어뜨렸다고 말한다. 프시케가 큰언니를 죽게 만든 대목을 『황금 당나귀』에서 옮겨 보면, 다음과 같다.

"그는 통증으로 즉시 잠이 깼어요. 그는 한 손에는 램프를 들고, 다른 한 손에는 칼을 쥐고 있는 나를 보았어요. 그러더니 이렇게 소리쳤어요. '못된 년 같으니! 내 말을 어기고 죄를 저지르려고 하다니! 지금 당장 내 침대를 떠나라. 네 물건을 모두 챙겨 당장 떠나라. 네 대신 난 너의 큰 언니와 결혼하겠다.' 그러더니 그 자리에서 제피로스를 시켜 나를 집 밖으로 내쫓고, 이곳으로 데려가라고 지시했어요."

프쉬케가 말을 마치자마자 큰언니는 신과 함께 잠자리에 들고, 프쉬케와 똑같이 화려한 궁전에서 살고자 하는 욕망이 들끓었다. 그녀는 자기 부모들이 돌아가셨다는 거짓말로 남편을 속인 후, 즉시 배를 타고 집을 떠나 산 위의 바위로 달려왔다. 비록 다른 방향의 바람이 불고 있었지만, 그녀는 제피로스가 자기를 안아 줄 것이라고 굳게 믿고 공중으로 몸을 날리면서 소리쳤다. "내가 왔어요. 쿠피도. 날 받아 주세요. 당신의 사

루카 조르다노(Luca Giordano)의 「램프와 단검을 주는 프시케의 언니들」(1697).

랑을 받을 내가 왔어요. 그리고 제피로스여, 나는 그대의 여주인이다. 그대의 바람으로 나를 감싸 궁전으로 데려다주오."

하지만 그녀는 죽어서도 그 장소에 있을 수 없었다. 바위에 부딪힌 충격으로 그녀의 사지는 사방에 흩어졌으며, 발기발기 찢겨진 창자는 새들과 나머지 짐승들에게 뜻하지 않은 먹이가 되었던 것이다. 이렇게 그녀는 사악한 자신에게 걸맞게 숨을 거두었다.[11]

프시케는 언니 못지않은 간계로 언니의 애욕과 시기심을 자극해서 언니가 어리석게도 스스로 낭떠러지에 몸을 던져 잔혹하게 죽음을 맞이하도록 만들었다. 프시케의 복수심으로 둘째 언니도 같은 방식으로 죽음을 맞이한다. 악인의 비참한 최후는 프시케의 언니들에게만 일어난 일은 아니다. 「콩쥐 팥쥐」 「신데렐라」 「백설공주」 「악형선제」 「손 없는 색시」 「두 여행자」 「두 자매」 「삼공본풀이」 「문전본풀이」 따위의 설화에서 악인들은 대부분 비참한 최후를 맞이한다.

그런데 이상스럽게도, 「구렁덩덩 신선비」나 유럽의 유사 설화에서 허물을 태우게 한 언니들은 대부분 그 어떤 벌도 받지 않는다. 앞서 살펴본 이탈리아의 「마법사 피오란테 경」에서 언니들은 동생에게 비밀을 발설하게 한 죄밖에 없어서 벌을 받지 않았다고 쳐도, 프랑스의 「뱀과 포도 재배자의 딸」에서 언니들의 죄는 가볍다고 보기 어렵다. 언니들은 질투심과 욕망에 사로잡혀서 횃불을 들고 뱀신랑에게 접근해서 직접 허물을 불태웠기 때문에, 그 죄는 프시케 언니들의 것보다 무겁다. 프시케는 본인이 실수를 해서 램프 기름으로 남편에게 상처를 입혔지만, 「구렁덩덩 신선비」와 「뱀과 포도 재배자의 딸」에서 뱀 허물을 횃불, 화롯불, 아궁이 등에 넣고 불태운 인물은 모두 언니들이다. 그런데 그 언니들은 거의 모두 그 어떤 벌도 받지 않는다.

「구렁덩덩 신선비」와 「마법사 피오란테 경」과 「뱀과 포도 재배자의 딸」에서 언니들이 큰 벌을 받지 않는 이유를 두 가지로 추정해 볼 수 있다.

첫째, 색시가 남편과 이별하게 된 것이 전적으로 언니들의 잘못만은 아니라는 점을 지적할 수 있다. 언니들은 시기와 질투에 사로잡혀서 제부의 허물을 불태우기는 했지만, 다른 옛이야기 속의 악인들처럼 주인공의 눈을 뽑거나 신체를 훼손하지는 않았다. 또한 팥쥐 모녀처럼 전실 딸을 죽음에 이르게 한 것도 아니다. 시기심과 질투심은 모든 인간이 보

노르웨이의 남편 탐색담 「해의 동쪽과 달의 서쪽」에서 남편은 금제를 어긴 아내를 떠나고,
아내는 숲속에 버려진 모습, 카이 닐센이 『해의 동쪽과 달의 서쪽』(1914)에 그린 삽화.

편적으로 지니고 있는 '내면의 악'이다. 그러한 보편적인 악으로부터
남편의 허물이 훼손되는 것을 막을 수 있을 정도의 조심성과 강인함을
지니지 못한 색시의 나약함과 무지가 불행의 또 다른 원인이라고 볼 수
있다. 색시는 인간의 내면에 존재하는 어둡고 부정적인 속성에 대해서
는 무지한, 폰 프란츠가 말하는 '유치원 상태'의 어린이와 같았다고 볼
수 있다. 신선비의 색시는 구렁이의 모습에서 새로운 선비 또는 신선의
모습을 보았지만, 그 구렁이가 양손에 불과 칼을 들고 어머니 몸속으로

다시 들어가겠다고 협박할 정도로 폭력적인 인물이라는 사실은 알지 못했다. 선비의 모습을 한 남편의 내면에는 어둡고 차가운 속성, 예측할 수 없는 뱀의 속성이 도사리고 있었다. 신랑이 인간으로 변신한 후에도 뱀 허물을 잘 간직하라고 부탁한 것은, 그 뱀의 속성이 여전히 남편의 중요한 일부이기 때문이다. 「뱀과 포도 재배자의 딸」에 등장하는 뱀왕자의 아내는 신선비의 색시보다 더 유아적인 심성을 지녔다. 아내는 뱀왕자가 언니들을 집에 데려오지 말라고 신신당부하면서 허물이 타 버리면 재앙이 올 것이라고 말했지만, 그 말을 귀담아듣지 않았다. 아내는 언니들의 걱정을 덜어 주고 잘생긴 남편을 자랑하고 싶어서 두 언니를 신방 깊숙한 곳으로 안내하고, 남편의 비밀을 곧이곧대로 들려준다. 막내딸이 그렇게 경솔하게 행동한 것이 언니들의 내면에서 잠자고 있던 악을 끌어냈다고 볼 수 있다.

둘째, 세 각편에서 주인공의 적대자로 두 유형의 여성이 등장한다는 점을 지적할 수 있다. 시기심 많은 두 언니뿐만 아니라 뱀신랑이 이계에서 만난 두 번째 아내가 또 다른 적대자이다. 이때 언니와 두 번째 아내 모두 주인공의 '그림자'로 해석할 수 있다.[12] 폰 프란츠는 언니들을 프시케의 그림자로 간주하고 "삶의 범속성에서 벗어나지 못한 채, 내적인 또는 외적인 사랑에 자신을 맡기려 하지 않는 영혼의 탐욕스럽고 시기심 많은 힘, 질투, 소유욕, 인색함을 상징한다."[13]고 말한다. 아풀레이우스의 「큐피드와 프시케」에서 프시케의 그림자에 해당하는 인물은 두 언니뿐이다. 큐피드는 천계에서 두 번째 아내를 얻지 않았기 때문에, 프시케와 그림자의 대적은 비교적 단순하다. 하지만 「구렁덩덩 신선비」 「마법사 피오란테 경」 「뱀과 포도 재배자의 딸」에서 그림자는 탐욕과 시기로 가득 찬 두 언니와 뱀신랑의 두 번째 아내로 나뉘기 때문에 주인공과 그림자의 대적이 단순하지 않다. 「마법사 피오란테 경」에서 두 번째 아내는 프시케의 언니들과 마찬가지로 탐욕, 시기심, 허영심에 가득 차서 화려한 재물을 받고 자신의 남편을 내어 줄 정도로 어리석다. 구전 설화 속의 주인공은 언니들을 프시케처럼 단죄하지는 않지만, 두 번째 아내와의 경쟁에서 이김으로써 자신의 그림자를 극복한다. 두 번째 아내로부터 남편을 되찾은 것은 탐욕과 허영의 그림자를 떨쳐 내고 아니무스와 온전한 통합을 이룬 것으로 풀이할 수 있다.

세 각편 가운데서 주인공이 그림자와 가장 적극적으로 경쟁을 벌이는 이야기는 「구렁덩덩 신선비」이다. 신선비의 색시는 두 번째 아내와 세 가지 과제를 놓고 경쟁을 벌이고, 그 모든 과제를 성공적으로 완수한다. 신선비의 두 번째 아내가 색시의 그림자라면, 그 그림자의 속성은 「마법사 피오란테 경」의 두 번째 아내와 많이 다르다. 「구렁덩덩 신선비」에서 두 번째 아내의 결함은 조심성이 없고, 무능력하고, 진실성이 부족하다는 것이다. 김천병엽 본에서 두 번째 아내는 돼지털, 토끼털, 강아지털을 뽑아 와서 산 호랑이 눈썹이라고 남편을 속이려 한다.[14] 주인공이 두 번째 아내와의 경쟁에서 이겼다는 것은, 자신의 그림자를 물리침으로써 온전한 자기를 실현한 것으로 해석할 수 있다.

모범 답안을 알 수 없는 수수께끼

「구렁덩덩 신선비」는 「바리공주」와 마찬가지로, 내게는 모범 답안을 알 수 없는 수수께끼로 가득 찬 비밀의 숲이다. 그 수수께끼들은 애초부터 모범 답안이 없었을지 모른다. 옛이야기를 공부하려는 독자들을 위해서 한국 설화의 정체성을 밝히거나 수수께끼를 속 시원하게 풀어낸 책을 쓰고 싶지만, 내게는 그럴 능력이 없다. 임재해의 『한국 신화의 정체성을 밝힌다』(지식산업사 2008)나 조현설의 『우리 신화의 수수께끼』(한겨레출판 2006)를 읽다 보면 한편으로 글쓴이들의 자신감이 부러우면서도 다른 한편으로는 옛이야기의 수수께끼에 대한 그들의 명료한 태도에 선뜻 신뢰가 가지 않는다. 내가 공부한 설화나 신화의 세계는 그렇게 단순하지 않기 때문이다. 오히려 한 설화 유형의 원형이 알고 싶어서 천여 종의 각편을 찾아서 분석해 보았지만 그 원형을 알 수 없다고 말하는 학자, 제주도 무속신화를 40여 년간 연구했지만 여전히 모르겠으니 의문으로 남기겠다고 말하는 학자들의 글에 더 믿음이 간다.

그렇다면 원형도 알 수 없고 모범 답안도 알 수 없는 옛이야기를 붙잡고 씨름할 필요가 있을까? 모범 답안을 알 수 없어도 그 답안을 찾아가는 과정이 재미있는 사람은 공부를 계속하는 것이고, 그렇지 않은 사람은 공부를 중도에 포기할 수밖에 없지 않나 싶다. 예전에 고등학교 다니던 아들이 "인생이라는 것이 과연 고통을 겪으면서 살 만한 가치가 있을까요?"라는 거창한 질문을 내게 던진 적이 있다. 나는 그때 아들이 입시 공부가 지겨워서 뜬금없이 그러한 질문을 하나 보다 생각했다. 그래도 부모로서 무언가 희망적인 조언을 들려줘야 할 것 같아서 즉흥적으로 궁색한 답변을 늘어놓았다. "비가 온 다음에 뜨는 무지개는 아름답지만 순식간에 사라지지. 사막을 걷는 이들은 신기루를 오아시스라고 믿고 달려가지. 무지개는 곧 사라지고 아마도 신기루 저편에 오아시스는 없을지 몰라. 그래도 신기루나 무지개라도 있는 삶이 없는 것보다는 낫지 않을까? 무지개나 신기루 저편에 뭐가 있는지 구태여 따지지 말고 그냥 그것을 향해 가는 과정에서 즐거움을 느끼면서 살면 안 될까?"

나는 옛이야기 바다를 항해할 때, 옛이야기 숲을 거닐 때, 내게 새롭게 다가오는 수수께끼를 붙잡고 그 해답을 찾아가는 과정이 재미있다. 몇 개월을 고생해서 우리 설화에만 나타나는 실 한 가닥을 겨우 찾았다고 기뻐했는데, 얼마 지나지 않아서 그 실이 지구촌의 머나먼 나라에도 있다는 사실을 알게 될 때가 있다. 그럴 때면 마음속에 허무감과 반가움이 묘하게 교차한다. 배움의 결과가 아니라 과정에 의미를 둘 때 고통보다는 즐거움이 더욱 커지는 것이 옛이야기 공부의 매력이다.

6장. 옛이야기가 가르쳐 준 것들

문학의 큰 법식과 옛이야기 공부

이청준 선생의 「날개의 집」에 등장하는 세민의 스승 유당은 그림을 그리는 '작은 법식'과 '큰 법식'에 대해서 이렇게 말한다.

"그림은 손으로 그리는 것이 아니라, 마음과 몸 전체로 그리는 것이다. 마음속에 그리고 싶은 것이 자라오르면 손은 그것을 따라 그리는 것뿐이다. 손 공부가 급한 것이 아니라 마음공부, 사람 공부, 세상 일 공부가 더 소중한 것이다. 그러니 너는 지금 손 공부보다도 더 큰 그림 공부를 하고 있는 것이다. 작은 손 공부에 조급하게 마음이 매달릴 것 없다."[1]

유당의 말을 문학 공부에 적용한다면, 나는 대학에 입학해서 박사 학위를 받을 때까지 오랜 세월 한국과 미국의 상아탑 안에서 문학의 온갖 '작은 법식'에 대해서 참으로 많이 배웠다. 장편소설 기법, 단편소설 기법, 시점과 시간에 관한 각종 서술 이론 따위를 공부했다. 학교에서 나를 가르쳐 준 스승들은 구조주의, 러시아 형식주의, '문학의 과학화' 따위를 중요하게 생각했다. 나의 스승들은 '왜 문학 비평은 과학처럼 객관적인 체계를 갖추지 못한 채 개인의 주관에 의존하는가?'라는 물음을 지니고, 인상주의 비평에서 벗어날 수 있는 길을 모색하였다. 하나의 문학 텍스트를 수십 차례 반복해서 읽으면서 미세한 부분까지 놓치지 않으려는 스승들의 노력은 내게 많은 영향을 미쳤다. 하지만 그렇게 문학 작품을 낱낱이 해부하는 동안 내가 하는 작업의 목적을 잃어버리는 순간이 종종 있었다. 문학 작품이 한 인간의 꿈, 절망, 욕망, 상처가 담겨 있는, 유기체적인 속성을 지닌 것이라는 사실을 망각하곤 했다. 비평 이론을 연구하는 학자들의 모임에 참석하면 종종 문학 작품에는 관심이 없고 문학 이론에만 관심을 지니는 사람들을 적잖이 만날 수 있다. 문학의 작은 법식을 배우는 데 골몰하다 보면, 내가 왜 문학의 길을 선택했는지 그 초발심을 잊기 쉽다. 「날개의 집」은 내게 출발점으로 돌아가서 문학 공부를 다시 해야 한다는 사실을 깨닫게 해 주었다.

내가 문학의 '큰 법식'을 배우겠다고 마음먹고 옛이야기 공부를 시작한 지 18년이 지난 지금, 과연 나는 문학의 큰 법식을 알게 되었을까? 나는 그동안 마음공부, 사람 공부, 세상일 공부를 제대로 한 것일까? '열 길 물속은 알아도 한 길 사람 속은 모른다.'라는 속담이 진리임을 뼈저리게 깨닫는 순간이 아직도 많은 것을 보면, 나는 앞으로도 사람 공부를 많이 해야 될 듯싶다. 내게 세상은 여전히 이해하기 어렵고 예측할 수 없는 사건으로 가득 차 있으니, 세상 이치를 제대로 알려면 세상일 공부도 한참 더 해야 할 것 같다. 공자가 귀로 들으면 그대로 이해했다는 이순의 나이가 지났는데도, 부끄럽게도 나는 아직 문학의 큰 법식을 알게 된 것 같지 않다. 하지만 옛이야기 공부는 내 삶과 마음공부에는 많은 도움이 되었다. 마지막 장에서는 옛이야기를 통해서 내가 배운 것들을 정리해 보겠다.

이야기 속으로 사라진 이야기꾼의 아름다움

돌이켜 보니 대학 강사 생활을 하면서 우울했던 가장 큰 이유는 많은 것을 공부했는데도 세상이 날 알아주지 않는다고 생각했기 때문인 것 같다. 나는 평생 문학을 사랑해 왔고, 공부하는 것을 좋아했다. 대학에 들어가서는 내가 좋아하는 문학과 예술 위주로 배울 수 있어서 입시생 때보다 훨씬 더 열심히 공부했다. 국내와 해외의 대학원에 들어가서 박사 학위를 받을 때까지 학교 도서관에서 살다시피 하니 교수들에게 인정도 받고 장학금 혜택도 손쉽게 누릴 수 있었다. 집에서는 남존여비의 가치관을 지닌 아버지의 말씀에 상처도 많이 받고 나 자신이 잉여 인간이라는 생각을 떨칠 수 없었지만, 학교에서는 자존감을 잃지 않을 수 있었다. 그래서인지 나는 늘 마음속에 학교가 내게 행운을 가져다줄 거라는, 나는 선생이 되기 위해 태어났다는 근거 없는 믿음을 지녔다. 더군다나 학생들을 가르치는 일이 내 적성에 잘 맞고 재미있어서, 강사 생활을 시작한 후 몇 년간은 수업 날이 공휴일과 겹치면 학생들을 만날 수 없어서 아쉬울 정도였다. 박사 학위를 받고 나서 몇 년간은 매사에 자신감이 넘쳐서 3년 안에 대학에 자리를 잡지 못하면 인생 항로를 바꾸겠다는 터무니없는 생각을 한 적도 있었다. 그런데 3년이 아니라 10년이 되어도 나는 여전히 상아탑을 떠도는 주변인이었고, 강사 생활이 무척 고달파도 학교에 대한 미련을 떨쳐 버리기 어려웠다.

한국 대학 교육의 절반은 강사들이 담당하고 있지만, 한국 사회에서 교수와 강사는 서로 너무도 다른 삶을 산다. 교수는 7년마다 안식년 또는 연구년의 혜택을 누릴 수 있지만, 강사는 안식년을 얻기는커녕 한 학기에 서너 과목을 가르쳐도 도시 근로자 월평균 소득의 절반에도 미치지 못하는 월급을 받는다. 평소에 교양 과목이나 실용 과목을 가르치다가 전공 과목인 문학을 가르칠 수 있는 기회가 주어지면 가뭄에 단비를 만난 기분이 든다. 아무리 맡은 강좌가 많아도 그러한 기회를 마다하기 어렵다. 만약 문학 강좌를 거절해서 다른 강사로 대체되면 그 학교에서 문학 과목을 가르칠 기회를 좀처럼 다시 얻지 못하기 때문이다. 그런데 때로는 행운이 지나쳐서 두 대학 또는 세 대학에서 동시에 문학 강좌를 맡기기도 한다. 그러한 학기에는 주말도 반납하고 강의 준비와 리포트 채점으로 허덕거리면서 살 수밖에 없다. 그럴 때면 가족들은 내 어리석음을 탓하고는 했다. 왜 힘에 부치도록 많은 과목을 맡았냐고 나무라는 것은 강사의 비애를 모르기 때문에 하는 말이다.

강사 생활을 힘겹게 했지만, 가족들의 이해를 제대로 받기 어려웠다. 남편과 아들이 정서적인 버팀목이 되어 주었지만, 내가 처한 현실을 제대로 이해하는 데는 어쩔 수 없는 한계가 있었다. 한국 사회에서는 결혼한 여자가 자기 일을 하는 것은 일종의 '옵션'을 누리는 것이고, 가정일과 자식 교육은 여성의 본업이라는 인식이 팽배해 있다. 학교와 가정에서 해야 할 일이 많아서 늘 시간에 쫓기다 보니 사는 일이 힘에 부쳤다. 주변 사람들의 시선에서 '힘들면 그만두면 되는데 왜 저렇게 사서 고생

하지?' 하는 표정을 읽을 수 있었다. 실력보다는 연줄에 좌우되는 대학 사회에 대한 분노, 박사 학위를 받고도 경제적으로 무능력하다는 자괴감, 내 깐에는 열심히 살았다고 살았는데 아무것도 제대로 하지 못한다는 절망감을 좀처럼 떨쳐 내기 어려웠다.

그처럼 부정적인 감정들을 극복할 수 있었던 것은 운 좋게도, 시(詩)가 네루다에게로 왔듯이, 옛이야기가 내게로 와 준 덕분이었다. 옛이야기를 공부하면서, 이 땅에서 살다 간 뛰어난 이야기꾼을 수없이 만날 수 있었다. 그들이 들려주는 옛이야기의 숲에서 아름답고, 관대하고, 강인한 인물을 많이 만났다. 아기장수, 바리공주, 신선비의 색시, 콩쥐, 손 없는 색시, 자청비, 가믄장 등등. 그들의 삶에 관한 놀라운 이야기를 전해 준 많은 이야기꾼과 무당은 자신의 삶에 관한 그 어떤 흔적도 남기지 않고 이야기 세계 속으로 사라져 갔다. 아마도 그들은 애당초 이 세상에 개인적인 삶의 흔적을 남겨야겠다는 야심 따위를 지니지 않았을 것이다. 단지 이야기를 주고받는 과정 자체를 소중하게 생각했을 것이다. 옛이야기를 공부하면서, 우리 옛사람들이야말로 문학의 큰 법식을 알았던 사람들이라는 생각이 들었다. 문학 수업을 받기는커녕 글조차 배운 적이 없었을 옛사람들이 남긴 이야기가 지니는 서사의 탄탄함, 상징과 모티프의 풍부함, 그 안에 담긴 진취적인 인생관과 세계관이 놀라웠다. 그리고 그 모든 것이 기법을 배우거나 대가를 바라고 성취한 것이 아니라 인생 체험과 이야기 사랑을 통해서 체득한 것이라는 사실을 생각하니 마음이 뭉클했다. 한국과 서양의 근현대 소설을 비교할 때는 좀처럼 느낄 수 없었던 자긍심과 감동을 한국과 서양의 옛이야기를 비교하면서 느낄 수 있었다. 내가 강사 생활을 하면서 느꼈던 우울감의 밑바닥에는 문학의 작은 법식을 배워서 얻은 자격증을 대단하게 생각하는 오만이 자리하고 있었음을 깨달았다.

'나 자신도 몰랐던 나'의 발견

나는 대학에서 비평 수업을 할 때, 문학 작품을 분석할 수 있는 다양한 방법론 중의 하나로 프로이트나 융의 심리학에 관한 개론적인 지식을 학생들에게 즐겨 소개했다. 심리학적인 이론을 타인의 글에 담긴 타인의 마음을 엿보는 데 활용해 왔지만, 그것을 내 마음을 들여다보는 데 적용할 생각은 하지 않았던 것 같다. 나 자신에 대해서 잘 알고 있다고 생각해서 오랜 세월 나 자신을 객체화해서 들여다볼 생각을 하지 않았던 것이다. 내가 심리학자들의 이론을 나 자신에게 적용할 생각을 한 것은 내 삶이 뜻한 대로 풀리지 않아서 자존감이 바닥에 떨어졌을 때이다. 강사 생활이 길어지면서, 삶에 대한 자신감은 나날이 줄어들고, 자괴감은 그와 반비례로 나날이 커졌다. 폐쇄적인 한국 대학 사회에 대한 분노와 절망감에 사로잡혀 학회에 참석하면 돌출 행동을 할 때가 적지 않았다. 발표자와 토론자가 주거니 받거니 하는 모습을 보면 모두가 핵심은 빗나간 채 변죽을 치고 있다는 생각이 들었다. 그래서 자제력을 잃고 발표자에게나 나 자신에게나 치명타가 될 수 있는 질문을 가감 없이 던지곤 했다. 도깨비인지 괴물인지, 내 의지로는 통제하기 어려운 존재가 잠자고 있다가 불쑥불쑥 깨어나 나를 괴롭히는 것만 같았다. '내 안에 존재하는, 나 자신도 몰랐던 나'의 출현이 나를 당혹스럽게 했다.

18년 전 어느 날, 학회 발표회에 토론자로 참석한 적이 있었다. 참석한 학자들의 발언과 토론을 들으면서 그 어떤 분노가 치밀어 올라서, 좌중을 서늘하게 하는 발언을 했다. 학회에 함께 참석했던 친구가 "그런 메가톤급 발언을 하면 어떡하냐."라는 둥, "잃을 것이 없다고 생각한 그 순간이 잃을 것이 가장 많은 법이다."라는 둥 걱정을 해 주었다. 나 역시 왜 평소의 나답지 않게 돈키호테처럼 좌충우돌하면서 살고 있는지, 나 자신이 조금씩 두려워지기 시작했다. 더 늦기 전에 정신과 상담을 받아야겠다는 절박감이 들었다. 하지만 그 시절에는 정신과 상담을 받는 일이 흔하지 않았고, 상담을 받고 싶어도 신뢰할 수 있는 의사를 찾는 일도 쉽지 않았다. 저명한 심리학자와 한 차례 면담까지 한 적이 있었지만, 피분석자로 정기적인 상담을 받을 수 있는 여건이 허락되지 않았다. 그래서 다양한 심리학자와 정신과 의사의 책을 내 나름대로 찾아서 두루 읽어 보았다.

국내외 심리학자들의 책 가운데서 내 마음에 가장 큰 위안이 되어 준 책은 "융의 수제자이고 민담학의 권위자"[2]로 간주되는 마리루이제 폰 프란츠의 옛이야기 연구서였다. 폰 프란츠는 다양한 옛이야기를 한 편 한 편 섬세하게 분석하면서 우리가 현실에서 부딪히기 쉬운 여러 심리적인 문제를 해결할 수 있는 길을 제시하였다. 인간의 내면세계를 읽는 그의 직관과 통찰이 놀라웠고, 문학적인 감수성이 묻어나는 문체가 매력적이었다. 폰 프란츠의 책을 읽으면서, 나를 괴롭혀 온 분노와 공격성이 내 무의식과 관련이 있다는 생각이 들었다.

폰 프란츠를 비롯한 많은 분석심리학자는 남편 탐색담에 등장하는 동물 신랑을 여성의 내면에 존재하는 남성성인 아니무스로 간주한다. 동물 신랑 설화가 표면 서술에서는 잃어버린 남편을 찾아 나선 아내의 시련을 그린 이야기 같지만, 심층 서술에서는 가부장제 사회를 살아가는 여성의 집단 무의식에 억눌려 있던 아니무스를 의식화해서 온전한 자기를 찾는 개성화 과정을 나타낸다는 것이다. 「구렁덩덩 신선비」와 분석심리학을 붙잡고 옛이야기 공부를 시작한 것은 '내 안의 또 다른 나', 내 안의 남성성인 아니무스에 대해서 생각하게 하는 계기가 되어 주었다.

5장에서도 언급했듯이, 「구렁덩덩 신선비」를 이야기한 구연자들은 대부분 부잣집 막내딸이 왜 괴물과 결혼할 생각을 하게 되었는지에 대해서 구체적으로 언급하지 않는다. 짜임새가 탄탄한 옛이야기에서도 발견되는 서사의 틈새들은 얼핏 보기에는 개연성의 결핍처럼 느껴진다. 하지만 그 틈새는 우리의 상상력을 자극한다. 포르투갈 작가 조제 사라마구(José Saramago), 프랑스 소설가 르 클레지오(Le Clézio), 그리고 이청준이 소설적 상상력의 근원으로 할아버지, 할머니가 들려준 옛이야기를 꼽는 것은 아마도 그러한 틈새가 또 다른 이야기를 상상하게 하는 자양분이 되었기 때문이 아닐까 싶다. 옛이야기의 여백은 똑같은 내용을 들어도 청중 개개인이 자신의 인생 체험과 심리 상태에 따라 달리 색칠할 수 있도록 자유를 준다. 그 틈새 또는 여백은 옛이야기가 지닌 강력한 힘이다. 가끔은 내가 어린 시절 읽었던 책이 '세계 명작 다이 제스트' 시리즈가 아니라 옛이야기였다면 평론가의 길이 아니라 소설가의 길을 걷지 않았을까 하는 아쉬움을 느낄 때가 있다.

앞에서 나는 '왜 부잣집 딸이 구렁이와 결혼했을까?'라는 수수께끼에 대한 내 나름의 생각을 뚜렷하게 밝히지 않았다. 내게는 구렁이와 결혼할 생각을 한 셋째 딸의 모습과 바보 온달에게 시집갈 결심을 한 평강공주의 모습이 자꾸만 겹쳐 보였다. 하지만 그 둘을 같은 성격의 인물이라고 주장하기에는 셋째 딸의 어린 시절에 대해 알 수 있는 단서가 없다. 결국 그 서사의 틈새를 메우려는 내 시도는 내 개인적인 상상력에 의존하는 소설에 지나지 않을 뿐, 텍스트에서 증거를 끌어낸 평론이 될 수 없기에 내 생각을 분명하게 말하지 않았다.

하지만 단서가 있든 없든, 나는 「구렁덩덩 신선비」가 들려주지 않은 셋째 딸의 어린 시절과 결혼 동기가 평강공주의 것과 같으리라고 생각했다. 그렇게 상상한 것은 아마도 내 안의 부성 콤플렉스와 깊은 관련이 있지 않을까 싶다. 『삼국사기』에서 공주가 평강왕에 맞서는 장면은 읽을 때마다 저릿한 울림을 주었다.

평강왕의 어린 딸이 울기를 잘하니 왕이 놀리며 말했다.

"네가 항상 울어서 내 귀를 시끄럽게 하니, 자라면 틀림없이 사대부의 아내가 못 되고 바보 온달에게나 시집을 가야 되겠다."

왕은 매번 이런 말을 하였다.

딸의 나이 16세가 되어 왕이 딸을 상부(上部, 동부) 고씨에게 시집보내고자 하니, 공주가 왕에게 말하였다.

"대왕께서 항상 말씀하시기를 '너는 반드시 온달의 아내가 되리라.'고 하셨는데, 이제 무슨 까닭으로 전날의 말씀을 바꾸십니까? 필부도 거짓말을 하려 하지 않는데 하물며 지존께서야 더 말할 나위가 있겠습니까? 그러므로 '왕노릇 하는 이는 실없는 소리를 하지 않는다.'라고 하는 것입니다. 지금 대왕의 명이 잘못되었으니 소녀는 감히 받들지 못하겠습니다."[3]

어린 공주는 울음으로 자신의 마음과 바람을 표현하고 싶었지만 아버지로부터 충분한 사랑과 이해를 받지 못한 채 무시당한다. 아버지의 몰이해와 무관심 속에서 성장한 공주는 아버지의 권위에 커다란 흠집을 내는 말을 해서 궁궐에서 쫓겨난다. 아버지의 면전에다 대고 필부도 하지 않는 거짓말을 했다고 하거나 왕노릇 하는 이가 실없는 소리를 한다고 비난을 퍼붓는 공주의 모습에서 오늘날의 여성도 갖기 어려운 배짱과 오기를 느낄 수 있다.

이렇게 대담하게 아버지의 권위에 도전한 평강공주는 궁궐에서 쫓겨난 후 과연 그 아버지에게서 벗어나 자유롭고 독립적인 삶을 살았을까? 그 후에 평강공주가 살아간 삶을 살펴보면 그렇지 않았던 것 같다. 평강공주는 무지렁이의 삶을 살아온 순박한 온달을 교육하여 이상적인 장수로 변화시킨다. 평강공주의 내면에는 아버지가 틀렸음을 입증해 보이고야 말겠다는 오기와 아버지로부터 인정과 사랑을 받고 싶은 욕망이 공존한다. 평강공주는 물리적으로 아버지의 그늘로부터 벗어났지만 정신적으로는 부성 콤플렉스에 사로잡힌 채 살아간 것이다. 평강공주는 결혼 생활 내내 온달을 부왕의 당당한 사윗감이 될 수 있도록 개조시키는 데 헌신하였다. 만약에 온달이 평강공주의 내면에 있는 아니무스를 나타낸다면, 그 아니무스는 아버지가 쳐 놓은 울타리에서 평생 벗어나지 못했던 것이 아닐까 싶다.

지금 와 돌이켜 보니 내 마음속의 부성 콤플렉스가 평강공주의 것과 유사하지 않았나 싶다. 아버지의 가부장제 가치관과 권위 의식이 틀렸음을 입증하고 싶은 오기와 반항심, 그리고 그런 아버지로부터 인정받고 싶다는 욕구가 오랜 세월 내 마음속에 복잡하게 뒤엉켜 있었던 듯싶다. 심리학자들은 부정적인 부성 콤플렉스에 사로잡힌 여성들은 자신 안에 존재하는 남성적인 측면과 조화로운 관계를 맺지 못해서 '아니무스-사로잡힘'의 상태에 놓인다고 말한다. 아마도 과거에 나 자신이 그러한 상태에 있었던 것이 아닐까 싶다. 내 안의 아니무스가 오랫동안 선비의 모습으로 얌전히 있다가 인생이 뜻한 대로 풀리지 않자 돌연히 '불과 칼을 지닌 뱀'의 모습으로 나타나 나를 뒤흔들어 놓았던 것 같다.

「구렁덩덩 신선비」의 할머니는 자연의 어머니이면서
모성신인 산신으로 볼 수 있다.
호랑이를 거느린 여성 산신을 그린 산신도(19세기).

　구렁이 신랑이나 온달이 한국 여성의 무의식 속에 있는 아니무스라
면, 그 아니무스를 대하는 방식에 있어서 신선비 색시와 평강공주는 확
연히 다르다. 평강공주는 아버지의 궁궐을 떠나서도 부성 콤플렉스를
극복하지 못한 채 부정적인 아니무스에 사로잡혀 살았다. 반면에, 신선

비의 색시는 자신의 과거와 결별하고 아니무스를 통합할 수 있는 자기
실현의 길을 걷는다. 「구렁덩덩 신선비」에는 평강공주와 온달의 이야기
에서와 달리 호랑이 할머니라는 초자연적인 조력자가 등장한다. 유럽
의 동물 신랑 설화에서도 주인공은 해와 달과 별의 어머니의 도움을 받
는다. 폰 프란츠는 한 개인이 아니무스 또는 아니마와 오랫동안 진지하
게 씨름하여 그것과 자신을 동일시하는 폐해를 극복하면, 무의식이 그
지배적인 성격을 바꾸어 "정신의 가장 심오한 핵심인 자기(self)"를 상
징적 형태로 드러내며, 그 내면의 중심은 "상위(上位)의 여성상, 여사제,
여자 마법사, 대지의 어머니, 또는 자연이나 사랑의 여신으로 인격화된
다."[4]라고 말한다. 이러한 시각에서 볼 때, 동물 신랑 설화에 등장하는
자비와 지혜의 모성신은 외부에서 온 조력자가 아니라 여성의 내면에
본래 존재했던 "정신의 가장 심오한 핵심인 자기"로 해석할 수 있다. 신
선비의 색시가 깜깜한 어둠을 헤치고 홀로 한 줄기 빛을 따라간 오두막
에서 만난 호랑이 할머니는 외부에서 온 조력자가 아니라 자신의 마음
깊은 곳에서 출현한 자비와 지혜의 모성신인 셈이다. 자기실현의 길을
걸었던 신선비 색시와 집단 무의식에 자리한 모성신이 나도 모르는 사
이에 내 마음을 치유해 준 것인지, 옛이야기를 공부하면서 나는 극도의
우울감과 박탈감에서 조금씩 벗어날 수 있었다.

이 땅에 살아 있는 「아기장수」 설화

옛이야기를 공부하다 보면 옛이야기 속 현실이 오늘날의 현실과 맞
닿아 있다는 사실을 종종 깨닫곤 한다. 그러한 체험을 못 했다면 아마도

지금까지 옛이야기 공부를 지속적으로 하지 못했을 것이다. 내가 「아기장수」 설화에 처음 관심을 지니게 된 것은 이 책의 첫 장에서도 잠깐 언급했듯이 이청준의 「날개의 집」과 제임스 조이스의 『젊은 예술가의 초상』에 나타난 새와 소와 미궁의 상징성을 비교하는 논문을 쓰면서이다. 그 당시 이청준 선생은 내게 '아기장수의 비극은 아직도 이 땅에 살아 있다.'라는 취지의 말씀을 여러 번 하시곤 했다. 처음에는 그 말이 큰 울림을 주지 못했는데, 얼마 지나지 않아 현실 속에서 아기장수의 비극이 현재 진행형이라는 사실을 피부로 깨달을 수 있었다.

강사 생활에 지친 내가 삶에 대한 회의와 자기연민에 빠져서 허우적거리는 동안, 어느새 아들이 고등학교 3학년이 되려고 했다. 주변에서 아이의 성적은 엄마 하기 나름이라고, 엄마의 정보력과 정성에 달려 있다고 이구동성으로 말하는데, 내 아들의 성적표는 내가 얼마나 무능력하고 이기적인 엄마인지를 웅변적으로 말해 주었다. '도대체 내 삶은 어디에서 어떻게 잘못된 것일까?' 하는 절망감이 들면서, 늦었지만 입시를 코앞에 남겨 둔 1년만이라도 엄마 노릇을 제대로 하고 싶었다. 내게 주어진 모든 강의를 마다하고, 집에만 머물면서 아들 뒷바라지에 충실하기로 마음먹었다. 마음 한편으로는 대학이 강사에게 베풀지 않는 안식년을 나 자신에게 주고 싶었다.

하지만 공교롭게도 아들이 3학년으로 올라갈 무렵, 단군 이래 최대 사학 비리로 세상에 알려진 이른바 상문고 사태가 심각한 양상으로 펼쳐져서, 나의 자체 안식년은 물거품이 되었다. 나는 그 해를 꼬박 학부모로서 상문고 사태를 직접 체험하면서, 아기장수의 비극이 여전히 이 땅에서 자행되고 있다는 사실을 지켜보았다. 1994년에 성적 조작으로 쫓겨난 비리 교감과 재단이 2000년에 다시 학교로 복귀하려고 했을 때,

아이들은 자신의 학교를 청정한 배움터로 만들기 위해서 재단의 편에 섰던 많은 어른들과 맞서 싸웠다. 상문고 아이들은 재단 측 교사들의 협박과 회유, 비리 재단의 손을 들어 준 교육청과 법원, 그리고 패배 의식에 젖은 부모들의 만류에 굴하지 않고 스스로 학교를 지키기 위해 외로운 싸움을 벌였다.

비리 재단의 복귀가 결정되었을 때, 많은 학부모들은 아이들 편에 서는 것을 망설였다. 하지만 몇 개월이 지나도 아이들이 비리 재단과의 싸움을 포기하지 않자 조금씩 생각을 달리하기 시작했다. 2000년 7월, 비리 재단의 손을 들어 준 법원의 판결에 항의하기 위해서 학생들은 법원 앞까지 가두시위를 벌였다. 그때 경찰의 과잉 진압으로 십여 명의 학생들이 구타당하고 밟히는 사건이 발생했다. 그제야 많은 부모들은 아이들을 보호하기 위해 비리 재단과 맞서 싸웠다. 상문고 학생들과 학부모들은 1년이 넘도록 비리 재단의 복귀를 막으려고 했지만, 사태가 해결되기는커녕 폐교를 걱정할 정도로 위기에 처했다. 서울 교육청이 학교를 정상화하려는 노력을 보이지 않고, 신입생 타학교 재배정, 재학생 전학, 인문계 고교 퇴출이라는 악수를 두어서, 학교는 혼돈에 빠지게 되었다. 대다수의 신입생 학부모는 자퇴를 신청하고 학교 재배정을 원했고, 입시를 앞두고 다른 학교로 전학할 위기에 처한 재학생 학부모들은 학교에 남기 위해서 집단행동에 나섰다. 결국 우여곡절 끝에 학교를 지킨 것은 일그러진 어른들에게 굴복하지 않은 아이들의 단결력과 정의감이었다. 대학 입시를 앞둔 아이들이 어른들이 외면한 사회정의를 실현하기 위해서 애쓰는 모습을 지켜본 것이 내게는 소중한 체험이었다.

상문고 사태를 직접 체험하면서 나는 왜 우리 옛사람들이 부모가 영웅으로 태어난 아기를 죽이는 끔찍한 이야기를 전국적으로 전승해 왔는지 그 이유를 조금은 알 것 같았다. 「아기장수」 설화는 정반대의 해석이 가능한 이야기이다. 어떤 사람들은 「아기장수」에서 사회를 개혁할 수 있는 뛰어난 인물이 출현해도 민중의 패배 의식으로 그 꿈이 좌절될 수밖에 없는 나라가 한국 사회라는 염세적인 메시지를 읽는다. 반대로 어떤 사람들은 「아기장수」에서 이 사회가 바뀌려면 민중이 두려움과 보신주의를 떨쳐 버리고 개혁자를 적극적으로 도와야 한다는 진취적인 메시지를 읽는다.

대조적인 두 시각 가운데서 나는 후자 쪽으로 기울어 있다. 내가 현실에서 만난 아기장수들은 자신의 공동체를 살리기 위해서 어른들의 부당한 억압에 맞서 싸웠고, 부모들은 오랜 두려움과 망설임 끝에 아이들 편에 섰다. 옛이야기에서 아기장수는 비극적으로 삶을 마감했지만, 현실에서 아기장수들은 자신의 의지를 관철하여 이 사회를 바꾸는 데 자기 몫의 역할을 다했다. 상문고 사태를 겪을 때 내가 아이들의 편에 처음부터 망설임 없이 설 수 있었던 것은 아기장수의 어머니가 내게 반면교사가 되어 줬기 때문인 듯싶다. 나는 현실 순응주의와 패배 의식에 젖어서 정의로운 아이들의 날개를 잘라 버린 아기장수의 어머니와 같은 어른이 될까 두려웠다.

옛이야기가 지닌 친화력의 힘

옛이야기를 공부하면서 내 삶의 모습이 많이 변했다. 예전에는 주로 만나는 사람들이 학생, 학교 동료, 그리고 내 가족뿐이었다. 사교성이 부족한 편이라 학교 갈 때를 제외하고는 늘 집에 있어서 방학 때에는 가

끔찍 섬에 갇혀 있다는 느낌마저 받았다. 그런데 옛이야기를 공부하고 글을 쓰면서 수많은 딸, 며느리, 어머니들과 교사들을 만날 수 있었다. 낯선 사람들의 초대를 받고 낯선 곳에 가서 강의를 할 때가 많지만, 그들이 내게 낯설게 느껴지지 않으니 참으로 이상스러운 일이다. 내 말에 귀를 기울여 주고 때로는 추임새도 넣어 주면서 웃는 청중의 모습을 보면 내가 옛이야기를 만난 것이 삶의 축복이라는 생각까지 든다.

문예비평가 발터 베냐민(Walter Benjamin)은 소설과 이야기의 차이를 다음과 같이 말한 적이 있다. "이야기를 듣는 사람은 누구나 이야기를 하는 사람과 함께 있다. 심지어는 이야기를 읽는 사람도 이러한 함께 있음에 참여한다. 그러나 장편소설의 독자는 고독하다. 장편소설의 독자는 다른 어떤 독자보다 고독하다."[5] 베냐민은 장편소설이 독자를 이야기 전통으로부터 멀어지게 했으며, 독자를 고립된 상태에 놓이게 했다고 말한다. 베냐민의 말처럼, 이야기를 할 때는 청중과 화자 사이에 연대 의식이 형성되는 반면, 장편소설은 고립된 상태에서 읽어야 그 세계로 몰입할 수가 있다. 찰스 디킨스(Charles Dickens)는 독자들을 위해 수많은 소설 낭독회를 열었다. 한때 우리나라에도 고전소설을 낭독하는 전기수 또는 강독사가 있었다. 하지만 대부분의 독자들은 장편소설을 읽을 때는 묵독을 하고, 장편소설의 세계에 빠져들기 위해서 고립된 공간을 필요로 한다. 단편소설이면 몰라도, 장편소설을 읽을 때에 두 사람이 공감대를 형성하면서 같이 읽기는 어렵다. 그런데 구전설화는, 이야기판에서 이야기를 직접 듣거나 음성 자료를 듣지 않고 채록 자료를 읽는 것만으로도 이야기 속의 화자와 함께 있다는 느낌이 들게 한다.

옛이야기에 대해서 말하고 듣는 과정에서 낯선 청중과 친숙해지는 것은 이야기판의 힘 때문이기도 하지만 다른 한편으로는 옛이야기가 우리네 삶의 보편적인 문제들을 다루기 때문일 수도 있다. 최근 한국의 사회 현상을 살펴보면, 고부 갈등과 장서 갈등은 말할 것도 없고 자식과 부모 사이의 갈등, 형제 간의 갈등이 나날이 심화하고 있음을 알 수 있다. 지금의 한국 사회는 서구 사회의 개인주의와 한국 전통 사회의 가부장제 가치관이 묘하게 혼재되어 있어서 가족 간의 소통이 더욱 어려워지고 있다. 청소년과 노인의 자살률, 그리고 노인 빈곤율이 모두 경제협력개발기구(OECD) 회원국 가운데 1위라는 사실은 한국 사회의 혈연 중심주의가 서구의 개인주의보다 우리의 삶을 더욱 황폐하게 만든다는 것을 말해 준다.

많은 사람들은 옛이야기가 옛사람들로부터 전해진 이야기여서 가부장제 가치관과 혈연 중심의 효 사상을 담고 있을 거라고 생각한다. 하지만 우리의 대표 옛이야기를 조금만 찬찬히 살펴보아도 그러한 생각이 편견임을 잘 알 수 있다. 「콩쥐 팥쥐」 「해와 달이 된 오누이」 「선녀와 나무꾼」 「금강산 호랑이」 「손 없는 색시」 「아기장수」 「흥부 놀부」 등등 우리의 대표 옛이야기에서 아버지는 부재하거나, 존재하더라도 주인공의 삶에 도움이 되지 않는다. 옛이야기 속 주인공들은 대부분 편모 가정의 자녀이거나 고아이다. 「내 복에 산다」 「두고도거지」 「삼공본풀이」 「세경본풀이」 「제석본풀이」 「바리공주」와 같이 양친이 살아 있는 이야기에서도 주인공은 부모에게 버림을 받고 세상 밖에 홀로 던져진다.

부모나 형제에게서 버림받았다고 해서 옛이야기 속 인물들의 인생이 삭막하기만 한 것은 아니다. 그들은 홀로 낯선 세상 속을 헤매지만, 그 경험을 통해서 자신을 도와줄 조력자들을 만난다. 부모나 형제가 조력자로 등장하는 옛이야기는 아주 적다. 대부분의 조력자는 주인공이 음식을 나누어 주거나 친절을 베풀어 준 존재들이다. 특히 덫에 걸렸거나

그런데 아이는 이야기를 듣는 것만 좋아했지, 들은 것을 남에게
이야기해 주지는 않았어. 대신에 이야기를 들으면 잊어버릴까 봐
종이에 적었어. 이야기 한 마디를 들으면 한 마디를 적고 두 마디를
들으면 두 마디를 적어서 주머니에 넣고 꽁꽁 묶어뒀어. 그리고
주머니를 자기 방 벽장에 넣어 두었어.

부사가 집으로 돌아온 신랑은 벽장에서 이야기 주머니를 꺼냈단다.
꽁꽁 묶은 끈을을 끄르고 주머니를 풀어 헤쳤어. 갇혀 있던 이야기들이
여기저기로 훨훨 날아갈 수 있도록 살이야. 머슴은 어떻게 되었냐고?
신랑 집에서 마을처럼 아끼고 살림도 더 주어서 잘 먹고 잘 살았어.
그리고 나중에.

옛이야기 그림책 『이야기 주머니 이야기』(이억배 글, 그림, 보림 2008)는 우리 민족의 이야기에 대한 사랑과
이야기의 힘에 대한 믿음을 잘 담아냈다.

상처를 입은 동물들, 인간에게 학대를 받은 동물들을 구해 주면, 그들은 대부분 나중에 마법적인 조력자로 다시 나타난다. 폰 프란츠는 옛이야기 속의 조력 동물을 인간의 심층 심리 깊이 내재되어 있는 자기의 본능적인 속성을 상징한다고 보았다.[6] 조력 동물은 악과 맞서는 과정에서 주인공이 위기에 처해 있을 때 조언을 들려준다. 폰 프란츠는 전 세계의 설화가 보여 주는 악의 퇴치법은 무척 다양하고 때로는 모순되기도 해서 일반적인 법칙을 끌어내기가 어렵다고 말한다. 하지만 그는 모든 나라의 옛이야기에서 공통으로 발견되는 악을 이길 수 있는 예외적인 법칙이 하나 있는데, 그것은 조력 동물을 결코 다치게 해서는 안 된다는 것이라고 말한다. 요컨대 옛이야기 속 주인공은 자신을 돕는 동물의 충고를 따라야 불행이나 재앙을 면할 수 있다는 것이다.[7] 그 이유는 조력 동물에게 복종한다는 것은 인간 심층 심리의 중심에 위치한 자기의 목소리, 가장 본질적이고 본능적인 내면의 목소리에 복종하는 것을 뜻하기 때문이다. 그 목소리는 자아가 불행 또는 재앙을 맞이할 위기에 빠질 거라는 사실을 직감하고 도움을 주려는 내면의 목소리인 것이다.

나는 세상을 살아가면서 위기에 처하고 절망감에 빠질 때마다 평소에는 만나리라고 상상조차 하지 못했던 새로운 스승과 친구들을 만나서 심리적인 지지를 받았다. 그러한 조력자를 때로는 현실 속에서 만났고, 때로는 책 속에서 만났다. 분석심리학에서는, 옛이야기에 등장하는 조력 동물과 조력자는 외부에 있는 것으로 보이지만 실은 주인공의 심층 심리에서 우러나온 힘, 주인공이 온전한 자기 또는 전일성을 실현하기 위해서 끌어낸 '나'의 내면적인 힘을 나타낸다고 말한다. 내가 현실에서 여러 스승과 벗들을 만날 수 있었던 것이 외부적인 운 때문인지 내면적인 힘 때문인지 알 수 없다. 하지만 분명한 사실은 옛이야기를 매개로 만난 스승과 벗들 덕분에 나는 내 삶의 위기를 극복하고 공부를 지속적으로 해 나갈 수 있었다는 것이다.

옛이야기 공부가 내게 베풀어 준 것

내가 옛이야기 공부를 시작한 것은 강의를 하기 위해서도, 논문을 쓰기 위해서도 아니었다. 단지 삶의 늪 속으로 자꾸만 빠져드는 것 같은 나 자신을 구하려는 몸부림 비슷한 것이었다.

옛이야기 공부를 시작한 이후로도 십수 년 동안 나는 여러 대학을 떠돌면서 강사 생활을 했다. 선생의 길을 접고 마음을 다스려 볼 요량으로 시작한 옛이야기 공부는 아이러니하게도 나를 다시 선생의 길로 이끌었다. 지금은 비교문학자로서 옛이야기를 강의하고 연구하기 때문인지 예전처럼 학자로서의 내 삶이 불운하다는 생각을 하지 않는다. 유복한 가정에서 자라서 책 속에 파묻혀 살았던 내가 그나마 사람 공부와 세상 일 공부를 조금이라도 할 수 있었던 것은 기나긴 강사 생활 덕분인 듯싶다. 인생이 내가 계획한 대로 순조롭게 풀리지 않았기 때문에 옛이야기와 만날 수 있었고, 옛이야기를 머리가 아니라 마음으로 이해할 수 있었다. 만약에 내가 일찍 대학에 자리를 잡았다면 전공의 벽에 갇혀서 지금처럼 자유롭게 옛이야기를 공부할 수 없었을 것이다.

또한, 상아탑 밖에 있는 적지 않은 독자들이 한국과 외국의 옛이야기를 비교해 온 내 공부에 적극적인 관심을 보여 준 것도 고마울 따름이다. 과거에는 논문을 쓸 때 혼자라는 생각이 들었는데, 옛이야기를 공부한 이후 나는 다양한 독자를 머릿속으로 그리면서 글을 쓴다. 한밤중에 홀로 컴퓨터를 마주하고 글을 써도 예전처럼 외롭다는 느낌은 이제 들지 않는다. 옛이야기에는 이야기를 하는 사람, 이야기를 듣는 사람, 이야기를 읽는 사람, 이야기에 관해 쓰는 사람, 그 모든 사람의 마음을 따스하게 해 주는 온기와 힘이 있다. 옛이야기가 예전에 내게로 왔듯이, 여러분의 마음속으로 찾아가기를 바란다.

주

제1부

1장

1 Kristian Fraga, ed., *Tim Burton: Interviews*, Jackson: University Press of Mississippi 2005, 48면.

2 김환희「설화와 전래동화의 장르적 경계선: 아기장수 이야기를 중심으로」, 『동화와번역』 제1집, 건국대학교 동화와번역연구소 2001, 77~105면; 김환희「바리공주 이야기 속의 전통과 현대: 무속신화의 동화화가 지닌 여러 문제점에 관한 고찰」, 『동화와번역』 제2집, 건국대학교 동화와번역연구소 2001, 33~76면.

3 1장의 일부 내용은 내가 2000년과 2001년에 발표한 두 편의 논문「미궁 속에서 새의 비상을 꿈꾸는 예술가: 이청준의 '지관의 소'와 '날개의 집'에 나타난 새와 소의 문학적 상징성에 대한 비교문학적 고찰」(『비교문학』 제25집, 한국비교문학회 2000, 51~85면)과「설화와 전래동화의 장르적 경계선: 아기장수 이야기를 중심으로」에 바탕을 둔 것이다.

4 이청준 「날개의 집」, 『날개의 집: 1998년 제1회 21세기 문학상 수상작품집』, 도서출판 이수 1998, 25~90면 참조.

5 임철호 「아기장수 설화의 전승과 변이: 아기장수 설화와 홍길동전(1)」, 『구비문학연구』 제3집, 한국구비문학회 1996, 204면.

6 이청준 「아기장수의 꿈」, 『광대의 가출』, 청맥 1993, 251~71면; 이청준 『사랑의 손가락』, 문학수첩 2006, 95~137면 참조. 「아기장수의 꿈」은 김세현이 그림을 그려 2016년에 낮은산 출판사에서 그림책으로도 출간되었다.

7 이부영 『그림자』, 한길사 1999, 244~45면.

8 "굿 문화 속에 한 편의 부끄럽지 않은 소설을 꿈꾸면서 여기 내가 빚져 온 책 몇 권을 적어 본다. 먼저, 전국의 굿 현장을 자세히 취재하고 해설한 황루시 교수의 『우리 무당 이야기』, 현길언 교수의 제주도 당신들의 본풀이와 장수 설화 연구서 『제주도의 장수 설화』, 현용준 교수의 제주도 신화 정리서 『제주도 신화』와 종합적 무속 연구서 『제주도 무속 연구』, 교육철학적 시각에서 우리 무속의 사상적 기조를 밝힌 김인회 교수의 『한국무속사상연구』."(이청준 「문학의 숲 고전의 바다: 우리 굿 문화」, 『조선일보』 2001.6.30.)

9 김훈 『칼의 노래 1』, 생각의 나무 2001, 61면.

10 최래옥 『한국구비전설의 연구』, 일조각 1981, 35~36면.

11 현용준 『제주도 전설』, 서문당 1996, 121~23면 참조.

12 현용준·현길언 채록, 『한국구비문학대계 9-3: 제주도 서귀포시, 남제주군 편』, 한국정신문화연구원 1980, 419~21면.

13 현용준 『제주도 전설』 165~71면.

2장

1 임돈희 「임석재 선생님 이야기」, 『한국문화인류학』 31집 2호, 한국문화인류학회 1998, 113~49면 참조.

2 같은 글 116~17면.

3 같은 글 127면.

4 같은 곳.

3장

1 이부영 『아니마와 아니무스』, 한길사 2001, 276~78면 참조.

2 마리루이제 폰 프란츠 「개성화 과정」, 칼 구스타브 융 엮음, 이부영 옮김 『인간과 상징』, 집문당 2013, 217면.

3 한국학중앙연구원에서는 방대한 양의 구전설화를 채록해서 『한국구비문학대계』와 『증편 한국구비문학대계』를 발간하였다. 한국학중앙연구원은 두 책에 실린 채록 자료 가운데 상당수를 전자 텍스트로 만들어 장서각 디지털 아카이브와 한국구비문학대계 인터넷 사이트에 올려놓았다. 장서각 디지털 아카이브에는 1980년대에 수집한 자료들뿐이고, 한국구비문학대계에는 1980년대와 2000년대에 수집한 자료가 모두 포함되어 있다. 단 한국구비문학대계에 올려진 채록 자료의 양이 많기는 하지만 음성 자료 중심이어서 텍스트로 읽기에는 불편한 점이 많다. 채록 자료를 텍스트로 읽으려면 장서각 디지털 아카이브를 이용하는 것이 훨씬 편하다.

4 김환희 「옛이야기 전승과 언어 제국주의: 강제된 일본어 교육이 '나무꾼과 선녀' 전승에 미친 영향」, 『아동청소년문학연구』 제2집, 한국아동청소년문학학회 2008, 81면.

5 이항재·이희수 「미군정기 성인 문맹 퇴치 운동의 정치적 동인」, 『학생생활연구』 1권, 순천향대 학생생활연구소 1994, 56면.

6 임석재 선생이 전국에서 채록한 설화를 지역별로 나누어 전 12권으로 집대성한 『한국구전설화』(평민사 1987~93)에는 총 13편의 「구렁덩덩 신선비」 각편이 수록되어 있다. 본문 〈표 2〉로 정리한 13편의 각편 중 1번, 9번, 13번은 '전라북도 편(1)'을, 2번, 10번, 12번은 '경상남도 편(1)'을, 3~6번은 '평안북도 편(1)'을, 7번, 8번, 11번은 '충청북도 편·충청남도 편'을 참조.

7 1930년 일본어로 출간된 손진태의 『조선민담집』은 2000년 이후 번역본이 세 권이나 출간되었다. 내가 참조한 번역본은 『한국 민화에 대하여』(역락 2000)

이다.

8 임동권『한국의 민담』, 서문당 1986, 256~61면 참조.

9 포가 '단일한 효과' 이론을 담은 서평「너새니얼 호손의 '두 번 들려준 이야기' 리뷰」(Review of Nathaniel Hawthorne's Twice-Told Tales)를 기고한 잡지는 1842년 필라델피아에서 발간된『그레이엄스 매거진』(*Graham's Magazine*)이다.

10 『한국구전설화: 충청북도 편·충청남도 편』 311면.

11 같은 책 314면.

4장

1 장덕순 외『구비문학개설: 구전전승의 한국문학적 고찰』, 일조각 1997, 21면.

2 같은 책 23면.

3 Antti Aarne and Stith Thompson, *The Types of the Folktale: A Classification and Bibliography*, Helsinki: Suomalainen Tiedeakatemia 1961.

4 『민속 문학의 모티프-인덱스』는 톰프슨이 전 세계에서 수집한 설화들에 나타나는 보편적인 모티프를 종합해서 분류한 책으로, 인터넷 아카이브 사이트(archive.org)에서 무료 전자책을 내려받을 수 있다.

5 Hans-Jörg Uther, *The Types of International Folktales: A Classification and Bibliography Based on the System of Antti Aarne and Stith Thompson*, Helsinki: Academia Scientiarum Fennica 2004.

6 한국의「복 타러 간 총각」에 상응하는 'AT' 유형을 하나로 특정하기는 어렵다. 아르네와 톰프슨은 설화를 유형별로 분류할 때, 전체적인 서사 내용은 유사하지만 부분적인 차이점이 눈에 띄는 이야기의 유형 번호 뒤에 알파벳을 붙여서 차별화했다.「복 타러 간 총각」은 'AT 461 악마의 수염 세 가닥 뽑아오기'와 'AT 461A 충고 또는 보상을 얻기 위해 신에게로 간 여행'과 부분적으로 유사하다.

7 조희웅『한국설화의 유형』, 일조각 1996, 3면.

8 최운식『한국 서사의 전통과 설화문학』, 민속원 2002, 12면.

9 '한국민족문화대백과'에 따르면 주보(呪寶)설화는 "신기한 힘을 발휘하는 이상한 보물에 관한 설화"를 의미한다. 화수분과 여의주가 대표적인 주보이다.

10 조희웅, 앞의 책 4면.

11 Stith Thompson, *The Folktale*, New York: Holt, Rinehan and Winston 1946, 415면; 스티스 톰프슨『설화학원론』, 윤승준·최광식 옮김, 계명문화사 1992, 507~08면. 인용문은 번역서에서 주로 발췌했지만, 내용의 일부가 명료하지 않아서 원서를 참조해서 부분적으로 고쳐 썼다.

12 최운식, 앞의 책 21면.

13 최래옥「화소」,『한국민속문학사전: 설화 2』, 국립민속박물관 2012, 810면.

14 조희웅, 앞의 책 4면.

15 우터가『국제 설화의 유형』에서 모티프와 유형을 정리한 방식은 톰프슨이 『설화의 유형』에서 정리한 방식과 많이 다르다. 우터는 유형의 서사 개요 속에 모티프 번호를 삽입해서 종합적으로 소개하지만, 톰프슨은 유형의 서사 개요를 먼저 소개하고 관련 모티프는 개요 말미에 별도로 첨부하였다.

16 정인섭의『한국의 설화』(단국대학교출판부 2007)는 최인학과 강재철이 우리말로 번역하고 주해를 달아서 소개한 바 있다.

17 아르네-톰프슨의『설화의 유형』을 소장한 국내 대학은 계명대학교, 경북대학교, 서강대학교, 선문대학교, 성균관대학교, 숭실대학교, 안동대학교, 전북대학교, 충남대학교, 한국외국어대학교 서울 캠퍼스뿐이다.

18 우터의『국제 설화의 유형』은 전 3권으로, 전질을 소장한 대학은 연세대학교 학술정보원이 유일하다. 서울대학교 중앙도서관과 국민대학교 성곡도서관은 참고문헌 목록만 수록된 제3권을 소장하고 있다.

19 지난 90년간 수많은 설화 자료와 논문의 대다수가 'AT' 체계에 따라 유형을 분류해 왔다. 하지만 2004년, 우터가『국제 설화의 유형』을 출간한 이후, 여러 설화학자들이 ATU 체계가 AT 체계에 비해 좀 더 정교하다고 판단하여 'ATU' 체계를 채택하는 추세로 가고 있다. 1994년에 출간된 최인학의『한국 민담의 유형 연구』가 AT 체계를 채택한 것과 달리, '민속과 신화 전자 텍스트' 사이트는 ATU 체계에 따라 설화 자료를 분류해 소개하고 있다. AT 와 ATU는 서로 다르지만, 두 분류 체계의 차이는 크지 않다. 두 체계의 차이에 크게 신

경 쓰지 않고, 유형 번호가 동일한 한국 설화와 외국 설화를 비교 분석해도 무방하다.

제2부

1장

1 임석재 「구렁덩덩 시선비 설화와 큐비드 사이키 설화와의 대비」, 『한국·일본의 설화연구』, 인하대학교출판부 1987, 61면. 이 책은 인하대학교 정석학술정보관 홈페이지에서 무료 전자책으로 내려받을 수 있다.

2 Jan-Öjvind Swahn, *The Tale of Cupid and Psyche*(Aarne-Thompson 425 & 428), C.W.K Gleerup 1955.

3 같은 책 418면.

4 Heidi Anne Heiner, ed., *Beauty and the Beast Tales From Around the World*, SurLaLune Press 2013. 하이디 앤 하이너는 쉬르라뤼느 요정담 홈페이지(www.surlalunefairytales.com) 운영자이다.

5 프랑스의 「뱀과 포도 재배자의 딸」과 「구렁덩덩 신선비」의 유사성은 김환희 『옛이야기의 발견』(우리교육 2007)에 상세히 소개해 놓았다.

6 최운식 편저 『한국의 민담 2』, 시인사 1999, 186~93면.

7 『한국구전설화: 충청북도 편·충청남도 편』 311~15면 참조.

8 김환희 「잃어버린 남편을 찾아 떠난 여인들 3: 무쇠 신」, 『열린어린이』 2006년 9월호 26~27면 참조.

9 Paul Delarue, Marie-Louise Ténèze, *Le conte populaire français: Catalogue raisonné des versions de France*, Paris: Maisonneuve et Larose 2002, 72~109면; Paul Delarue, *The Borzoi Book of French Folk Tales*, New York: Alfred·A·Knopf 1956, 177~81면.

10 노르웨이 옛이야기 「린도름 왕자」에서 신부는 괴물 신랑의 마법을 풀어 주기 위해 첫날밤에 열 겹의 옷을 껴입는다. 신부는 린도름 왕자가 옷을 하나씩 벗

으라고 하자 왕자도 허물을 하나씩 벗어야 한다고 대꾸한다. 허물을 모두 벗고 살덩어리가 된 왕자를 신부가 회초리로 때리고 잿물과 우유로 목욕을 시킨 후 껴안고 잠을 자자 왕자의 마법이 풀린다.

2장

1 이부영『한국민담의 심층분석』, 집문당 1995, 23면.

2 베레나 카스트는 심층심리학 국제협회 명예의장을 역임한, 유럽의 대표적인 융 심리학자이다. 우리나라에도 여러 권의 책이 번역되었다. 그 가운데 옛이야기를 분석한 책으로는『동화와 심리치료』(열린시선 2008),『민담의 심층』(문학과지성사 2018),『동화의 행복법』(영남대학교출판부 2015),『어른이 되는 이야기』(철학과현실사 1994),『동화 속의 남자와 여자』(철학과현실사 1994)가 있다. 이유경은 융 심리학의 관점에서 한국 신화와 민담을 분석한 여러 편의 논문을 썼다. 그가 쓴 책으로는『원형과 신화』(분석심리학연구소 2008)가 있다. 샌프란시스코 캘리포니아대학교의 정신의학과 교수인 앨런 치넨은 옛이야기에 나타난 인간 심리를 분석하였다. 국내에 번역된 치넨의 책으로는『젊은 여성을 위한 심리동화』(황금가지 1998),『인생으로의 두번째 여행』(황금가지 1999),『어른스러움의 진실』(현실과미래 1999) 등이 있다. 미국의 융 심리학자 클라리사 에스테스가 쓴『늑대와 함께 달리는 여인들』(이루 2013)은 '여걸 원형'을 중심으로 옛이야기 속의 여성 심리를 분석한 책이다.

3 Jean Chevalier and Alain Gheerbrant, *The Penguin Dictionary of Symbols*, tr. John Buchanan-Brown, London: Penguin Books 1996. 이 사전은 1982년에 프랑스의 로베르 라퐁(Robert Laffont) 출판사가 출간한 상징사전(*Dictionnaire des Symboles: Mythes, rêves, coutumes, gestes, formes, figures, couleurs, nombres*)을 펭귄북스(Penguin Books)에서 번역 출간한 것이다.

4 브루노 베텔하임『옛이야기의 매력 2』, 시공주니어 1998, 487면.

5 이부영『아니마와 아니무스』277면.

6 한국문화상징사전편찬위원회 『한국문화 상징사전』, 동아출판사 1992, 326~
30면.

7 진 쿠퍼 『그림으로 보는 세계문화 상징사전』, 까치 1994, 306면.

8 한국문화상징사전편찬위원회, 앞의 책 461면.

9 『한국구전설화: 충청북도 편·충청남도 편』 311면.

10 루키우스 아풀레이우스 『황금 당나귀』, 송병선 옮김, 시와사회 1999, 113면.

11 같은 책 132면.

12 한국문화상징사전편찬위원회 『한국문화 상징사전 2』, 동아출판사 1995, 43면.

13 같은 곳.

14 稲田浩二, 『日本昔話通観 28: 昔話タイプ、インデックス』, 東京: 同朋舎出版,
1988; Hiroko Ikeda, *A Type and Motif Index of Japanese folk-literature*, Helsinki:
Suomalainen Tiedeakatemia, 1971.

15 신연우 「구비 서사문학에 나타난 '빨래' 모티프 비교 연구」, 『민속연구』 33집,
안동대학교 민속학연구소 2016, 203~04면.

16 이나미 『융, 호랑이 탄 한국인과 놀다』, 민음인 2010, 94~95면.

17 Antti Aarne and Stith Thompson, *The Types of the Folktale: A Classification and
Bibliography*, Helsinki: Suomalainen Tiedeakatemia 1961. 164~65면.

18 Benjamin Thorpe, ed., "The Two Caskets," *Yule-Tide Stories: A Collection of
Scandinavian and North German Popular Tales and Traditions from the Swedish,
Danish, and German*, London: George Bell & Sons 1910, 97~112면.

19 Anthony Stevens, *Ariadne's Clue: A Guide to the Symbols of Humankind*, London:
Penguin Books 1998, 422면.

20 분석심리학에서는 자기실현을 개성화 과정으로 본다. 융은 개성화에 대해서
다음과 같이 설명한다. "개성화는 개별적인 존재가 되는 것이다. 그리고 우리
가 개성이라는 말을 우리의 가장 내적이며 궁극적이고 다른 것과 비길 수 없
는 고유성(일회성, 유일무이성)이라고 이해한다면 그것은 본래의 자기가 되
는 것이다. 개성화는 자기화(Verselbstung) 또는 자기실현(Selbstverwirklichung)
이라고 규정될 수 있을 것이다." 이부영 『자기와 자기실현』, 한길사 2002,
95면에서 간접 인용.

21 마리루이제 폰 프란츠『C. G. 융: 우리 시대 그의 신화』, 이부영 옮김, 집문당 2016, 240면.

22 같은 곳.

23 장서각 디지털 아카이브에서「몸 말리는 소리」(안병남 구연, 강등학 채록)를 채록한 음성 자료를 들을 수 있다.

24 철원군청의 '철원군관광문화' 홈페이지(tour.cwg.go.kr) 참조. 철원군청 관광 과에서는 복주산 등산 코스를 소개하면서 산 이름의 유래를 다음과 같이 언 급한다. "복주는 '복주께'라고 하는 이름에서 딴 것인데, '복주께' 주발을 뜻 한다. 예전에 하늘님이 세상을 심판하실 때 온 천지가 물에 잠겼는데 이 산의 끝머리 봉우리가 그 물 위에 주발만큼 남았다는 것이다. 원래의 뜻보다 여기 서는 '매우 조금'이라는 뜻으로 사용되었다. 정상 봉우리 부분이 뾰족해서인 지 그런 유래를 가지게 되었다."

25 최동일 구연·최내옥 외 3인 채록,『한국구비문학대계 6-8: 전라남도 장성군 편』, 한국정신문화연구원 1985, 161~68면.

26 신연우, 앞의 글 199면.

27 Jean Chevalier and Alain Gheerbrant, 앞의 책 178면.

3장

1 박연숙「구전설화 '호랑이 눈썹'의 한일 비교」,『일본어문학』65호, 일본어문학 회 2014, 125~54면 참조. 이 논문에서 일문학자 박연숙은 한국의「호랑이 눈썹」 설화와 일본의「이리 눈썹」설화를 비교 분석했다.

2 최정여 채록『한국구비문학대계 7-4: 경북 성주군 편 1』, 한국정신문화연구원 1980, 94~95면.

3 박연숙, 앞의 글 134~38면 참조.『한국구비문학대계 7-12: 경북 군위군 편 2』 545~47면에 수록된 각편「궁합이 생긴 원인」에는 호랑이 털 대신 안경이 등장 한다. 이 각편에서 자식 없이 가난하게 사는 등짐장사는 자살하려는 순간에 호 랑이가 준 안경을 쓰고 나서 닭의 본성을 지닌 자신이 개의 본성을 지닌 아내와

살고 있다는 사실을 깨닫는다. 이후, 다른 등짐장사가 개의 본성을 지녔는데 닭의 본성을 지닌 아내와 불행한 삶을 살고 있다는 사실을 알게 된다. 두 등짐장사는 본성에 맞게 아내를 맞바꾼 후에 아들도 얻고 부도 얻는다.

4 임동권『한국의 민담』, 서문당 1986, 122~24면 참조.

5 이 유형의 설화들은 「악형」 「착한 아우와 악한 형」 「지성과 감천」 「횡재한 사람」 따위의 다양한 제목으로 구전된다.

6 『한국구전설화: 충청북도 편·충청남도 편』 314~15면.

7 그림 형제『그림 형제 민담집: 어린이와 가정을 위한 이야기』, 김경연 옮김, 현암사 2012, 181~88면 참조.

8 A. H. Wratislaw, "The Three Golden Hairs of Grandfather AllKnow," *Sixty Folk-Tales from Exclusively Slavonic Sources*, London: Elliot Stock 1889, 16~25면; Francis Hindes Groome, "The Three Golden Hairs of the Sun-King," *Gypsy Folk-Tales*, London: Hurst and Blackett 1899, 133~38면.

9 Haiwang Yuan, Awang Kunga, and Bo Li, "Three Hairs from the Sun," *Tibetan Folktales*, Santa Barbara: Libraries Unlimited 2015, 114~16면.

10 김흥식 엮음·정종우 해설 「호랑이의 넋」, 『조선동물기』, 서해문집 2014, 130면.

11 김환희 「한국과 프랑스의 'AT 613 두 여행자' 설화 비교 연구: 서사 구조와 모티프를 중심으로」, 『비교문학』 70집, 한국비교문학회 2016, 61~96면.

12 이부영『한국민담의 심층분석』 126면.

13 같은 곳.

14 Marie-Louise von Franz, *Individuation in Fairy Tales*, Boston: Shambhala 1990, 198면.

15 이부영, 앞의 책 150면.

16 Robert Elsie, "Gjizar the Nightingale," *Albanian Folktales and Legends*(*Kindle Edition*), London: Centre for Albanian Studies, 2015.

17 Marie-Louise von Franz, *Archetypal Dimensions of the Psyche*, Boston: Shambhala 1999, 95면.

18 베레나 카스트『동화의 행복법』, 최연숙 옮김, 영남대학교출판부 2015, 30면.

19 같은 책 31면.

4장

1 Italo Calvino, *Italian Folktales*, tr. George Martin, New York: Harcourt 1980, 57~60면.

2 앨런 치넨『젊은 여성을 위한 심리동화』, 공경희 옮김, 황금가지 1998, 301~15면.

3 『한국구전설화: 충청북도 편·충청남도 편』 311면.

4 이 장에서 인용한 장성만 본, 배명부 본, 송명희 본 「바리공주」는 모두 '문화콘텐츠닷컴'에 소개된 자료이다.

5 민속원에서 1997년, 2001년, 2004년에 전 4권으로 발간한 『서사무가 바리공주 전집』에는 중서부 무가권의 각편이 43편 수록되어 있다.

6 앨런 치넨, 앞의 책 329면.

7 Jean Chevalier and Alain Gheerbrant, "staff," *The Penguin Dictionary of Symbols*, tr. John Buchanan-Brown, London: Penguin Books 1996, 919면.

8 미르체아 엘리아데『샤마니즘: 고대적 접신술』, 이윤기 옮김, 까치 1992, 148면.

9 미르체아 엘리아데『대장장이와 연금술사』, 이재실 옮김, 문학동네 1999, 22~24면.

10 미르체아 엘리아데『샤마니즘: 고대적 접신술』 150면.

5장

1 이원수·손동인 「사람으로 태어난 구렁이」,『약은 토끼와 어리석은 호랑이』, 창비 2001, 144~45면.

2 서정오『우리가 정말 알아야 할 우리 옛이야기 백가지 1』, 현암사 1996,

71~72면.

3 김지원「구렁이 신랑과 그의 신부」,『돌아온 날개』, 제삼기획 1993, 149면.

4 서대석「'구렁덩덩 신선비'의 신화적 성격」,『고전문학연구』3집, 한국고전문학회 1986, 197~98면.

5 같은 글 198면.

6 같은 글 203면.

7 이동귀『너 이런 심리법칙 알아?』, 21세기북스 2016, 244면.

8 영어 'integrity'를 우리말로 온전히 번역하기 어려워서 발음을 그대로 옮겨 '인테그리티'로 적었다. 이 단어에는 '진실성, 성실성, 품위, 청렴결백, 도덕성, (나뉘지 않은) 온전한 상태' 등 여러 의미가 포함되어 있다. 강준만은『교양 영어 사전 2』(인물과사상사 2013)에서 이 단어를 '흠이 없는 온전함'과 '윤리관(moral soundness)'이며, '도덕적 해이의 반대 개념'이라고 풀이했다.

9 Marie-Louise von Franz, *Shadow and Evil in Fairy Tales*, Boston: Shambhala 1995, 229면.

10 루키우스 아풀레이우스『황금 당나귀』132면.

11 같은 책 139~40면 참조.

12 이부영은 그림자를 다음과 같이 정의한다. "그림자란 무의식의 열등한 인격이다. 그것은 나, 자아의 어두운 면이다. 다시 말해 자아로부터 배척되어 무의식에 억압된 성격 측면이다. 그래서 그림자는 자아와 비슷하면서도 자아와는 대조되는, 자아가 가장 싫어하는 열등한 성격을 지니고 있다. 자아의식이 한쪽 면을 지나치게 강조하면 그림자는 그만큼 반대편 극단을 나타낸다."(『그림자』41면.)

13 Marie-Louise von Franz, *Golden Ass of Apuleius: The Liberation of the Feminine in Man*, Boston: Shambhala 1992, 99면.

14 『한국구전설화: 충청북도 편·충청남도 편』314면 참조.

1 이청준 「날개의 집」, 『날개의 집: 1998년 제1회 21세기 문학상 수상작품집』, 도서출판 이수 1998, 86면.

2 이부영 『한국민담의 심층분석』, 집문당 1995, 4면.

3 김부식 『원문과 함께 읽는 삼국사기 3: 잡지·열전』, 박장렬 외 옮김, 한국인문고전연구소 2012, 333~34면.

4 마리루이제 폰 프란츠 「개성화 과정」, 칼 구스타브 융 엮음, 이부영 옮김 『인간과 상징』, 집문당 2013, 219면.

5 Walter Benjamin, *Illuminations*, tr. Harry Zohn, New York: Schocken Books 1969, 221면.

6 마리루이제 폰 프란츠, 앞의 글 216면.

7 Marie-Louise von Franz, *Shadow and Evil in Fairy Tales*, Boston: Shambhala 1995, 145~46면.

찾아보기

옛이야기 공부법

초판 1쇄 발행 2019년 2월 15일
초판 2쇄 발행 2024년 4월 2일

지은이	◉ 김환희
펴낸이	◉ 염종선
책임편집	◉ 백승윤
디자인	◉ 이재희
조판	◉ 박아경 황숙화
펴낸곳	◉ (주)창비
등록	◉ 1986. 8. 5. 제85호
주소	◉ 10881 경기도 파주시 회동길 184
전화	◉ 031-955-3333
팩스	◉ 031-955-3399(영업) 031-955-3400(편집)
홈페이지	◉ www.changbikids.com
전자우편	◉ enfant@changbi.com

ⓒ 김환희 2019
978-89-364-4738-0 03810